Return Journey
リターン・ジャーニー
福井研一
FUKUI KENICHI
幻冬舎MC

Return Journey

目次

1 始動
芝浦① 2009年……8
武蔵小山 2009年……12
三田① 2009年……18
荒川 2011年……20
南麻布 2011年……28
新橋① 2011年……31
三田② 2011年……36
芝 2011年……40
2 退化
明治通り 2012年……52
田町① 2012年……55

芝浦②　2012年……64
市川　2012年……77
新橋②　2013年……90
慶応仲通り　2013年……97

3　熱波

三田③　2013年……106
那覇①　2013年……109
国際通り　2013年……123
石垣島①　2013年……139
波照間島　2013年……153
石垣島②　2013年……177
那覇②　2013年……192
田町②　2013年……196

4 現実
代々木公園　2014年……200
道玄坂①　2014年……210
泉岳寺①　2014年……219

5 保護
淡島通り　2015年……224
三軒茶屋　2015年……230
池袋　2015年……241
木場①　2015年……243
円山町　2015年……252

6 旧知
渋谷　2016年……258
木場②　2016年……270

7 付着
泉岳寺② 2017年 …… 276
道玄坂② 2017年 …… 284
泉岳寺③ 2017年 …… 295

8 補助
道玄坂③ 2018年 …… 310
浅草橋 2018年 …… 316
那覇③ 2018年 …… 319
平和島 2019年 …… 331
三田④ 2019年 …… 343

9 帰還
泉岳寺④ 2019年 …… 358

新橋③　2019年……364
スクランブル交差点　2020年……372

10

手紙

WISH YOU WERE HERE……376

1　始動

芝浦 ①

2009年

あの日はマイケル・ジャクソンの『Bad』がブラウン管から流れていた。

世間は地デジに移行を推進しているが、外国人からしてみたらウサギ部屋のように小さく、ごく一般的な日本のワンルームの部屋で、私は一人、2008年の12月30日を迎えていた。

テレビではマイケル・ジャクソンのニュースから今年の流行語へ、巷では草食男子たる者が街に溢れかえり、その代表として人気俳優が俎上にのっていた。その映像を観ながら「くだらねぇ」とテレビに向かって話し掛ける。

あー、20代半ばのくせに独り言だなんて……。


大抵人前に出る時はフクイケンイチを演じている。しかし唯一ワンルームにいる時だけが本当の自分なんだと、肩肘張らずにいられる空間だ。誰に見られることもなく、ハナクソだって穿って良い。

そんなことにふけっている間に時刻は23時を回っていた。明日は大晦日で店舗も短縮営業のため、遅番ではなく9時出勤。翌日朝の出勤に備え珍しく早めにベッドに入る。

「今年は……」

私は、そう口に出しながら、思い出すのを止めて羽毛布団を頭のてっぺんまで被せた。

最初の異変に気が付いたのは、まだまだ寒さで身体が縮みこむ2月か3月だった。全て自炊とまではいかないが、料理を作るのが億劫ではなく、むしろ好きだ。誰かに作ってあげたいという願望に駆られることもなく、料理できる男子＝モテるという『ａｎａｎ』の中吊り広告にそそのかされて作るようになった。

まだ寒いその日の夜も、１週間の作り置きがてらに、カレーを作っていた。水曜日の夜に作り冷凍し、木曜日の夜に食べ、金曜日土曜日はＤＪ活動のため外食し、日曜日にまた食べる。なんなら月曜日も食べる。さすがに火曜日くらいは違うものを食べていた気もするが、食に関して理想も興味もない私にとって好都合なメニュー。それが、比較的作り置きができるカレーだった。

私は、いつものようにジャガイモに取りかかろうとしていた。包丁を使うことに恐怖を知らない私は、淡々と乱切りをしていったのだが、突然右手の親指と人差し指の間に熱い感覚を覚え、次第にジンジンと音を立てるかのような違和感を覚え始めた。

その違和感を覚えたまま続けた結果、切り終えたものの、今度は包丁を持っていた右手が包丁から離れなくなり、完全に握ったままの状態となった。

……何かおかしい

おもむろに左手で握ったままの右手を包丁から離し、カレー作業を続けた。あの感覚はなんだったんだ。指ってつることあるのか？　二日酔いの影響か？　単なる疲れなのか？　そんなことを考えながら、その日はジンジンと鳴り始めた右手のことを考えつつ、寝床に入った。

昔、少年野球チームに所属していた頃、私はジャイアンツの川相に憧れていた。足が特別に速い訳でもなく、バッティングが鋭い訳でもない、しかし自分が犠牲になってでも、味方を塁に進めるバントの名手として、彼に心底惚れていた。取り分け私は守備が上手くはなかったが、バントが好きだった。自分がアウトになっても評価される技だ。

アウトになっても評価されるなんて「美味しいな」と小学生ながら、甘くしたたかな私は率先してバント練習に明け暮れた。来る日も来る日もバント練習。野球中継の際も川相の打席に全神経を尖らせて見つめていた。

「頼む川相バントしてくれ」

今のように動画サイトでバントの極意なんて調べることのできない、94年の夜7時は私のバントの教室だった。そんなバントを半ば崇拝していた私だが、お別れも思いの外早く訪れた。その年の真冬の荒川土手。この日もバント練習に明け暮れていた私だったが、練習の際バットをバント構えして打席に入って、いざバントモーションに入った際に目測を誤り、あろうことかボールがバットを握っていた右指に命中。真冬の土手で指が悴《かじか》むほどの寒さの中で指に命中した。私のバント人生はここで終わった。

余りにも痛くて寒くて、涙が止まらなくなった私はバッターボックスでバントの構えを行うと、コーチから腰が引けてるぞと指摘されるまでに落ちぶれ、完全にトラウマに襲われ、それ以降、川相の打席に一喜一憂することもなくなった。

6月の梅雨時、今年の初春にあのジンジンとした感覚に陥って以来、右手は深刻な状態になっていった。ハサミを握る手にもチカラが入らず、字を書くためにはペンの持ち方を変える必要があった。もちろん箸の持ち方も例外ではない。まあ、ペンも箸の持ち方も元々おかしかったので、自分的にはさほど気にならなかったが、あからさまに、右手の甲の1箇所が凹んでいるのは誰が見ても気付くものだった。

得意料理はブリ大根、と合コンでウケを狙いつつ、半ば本気で語っていた料理ですら手をつけなくなっていた。一度の恐怖心をなかなか克服できない私は、好きだった料理でやらかした。

上手く握れない手で包丁を扱った際に、変に右手に気をとられていたため、ジャガイモに添えた左手を思いの外深く切った。昔図工の時間でザックリ指を切ったが、それ以来の切傷だった。その際、ふと真冬の荒川土手が脳裏に思い起こされた。

「ああ、もう料理したくねぇや」

明くる日からアパートの向かいのコンビニが我が宅の冷蔵庫と化す。この時点で病院に行けばいいのだが、病院嫌いで薬も飲まず自然治癒に頼る私には、その選択肢は微塵もなく、日に日に支障をきたす右手の違和感をアルコールで紛らすため、夜な夜な行きつけのＢＡＲへ酒と音楽を浴びに出掛けた。

武蔵小山

２００９年

彼女は言った。

「あなたは何も分かっていない。私がどれだけあなたを心配していたか」

「あなたは全て上辺だけなんだ。もうあなたの言葉遊びには付いていけない。だからサヨウナラ」

彼女はいつも冷静でタフだった。彼女が正しいのは分かっていて、だから私も冷静さを失うことはなかったが、彼女の目線と発せられた言葉はとても冷たい風に乗り、12月の武蔵小山の風はまるでノルウェーの突風かのように、私の視界と喉に突き刺さった。

ノルウェーには行ったことないけど。

2007年7月、自分の体調のことなど二の次で、今、楽しければいい、そんな生活を送っていた20代半ば、20歳から始めたDJ活動も軌道に乗り始め、自分がオーガナイズするイベントも立ち上げ、夜な夜な交遊関係を広げようと、次の日の仕事をも恐れずに出歩いていた。

当時、渋谷・新宿・下北・吉祥寺などのライブハウスでは、週末になるとオールナイトでロックDJが入れ替わり立ち替わり旬の邦楽洋楽ロックを選曲しては、オーディエンスを沸かせていた頃。私も見よう見まねでDJ活動に参加していった。

そんな中で出逢った彼女は、派手な外見と裏腹に冷静でタフだった。別にDJを聴くのが好きなんじゃない、先輩に誘われただけだ。なんなら早く帰りたい。演者の私に打ち明ける肝の強さに、一瞬で心酔した。

今日が終わったら、次はないことが目に見えていた。幸いお互い住んでいる場所が比較的近く、職場も隣駅だった。

「始発電車に揺られて帰るのはしんどいでしょ？　オレの出番終わったら明日朝早いって言って抜け出すからさ。オレ払うし一緒にタクシーで帰ろうか」

一か八かで誘ってみた返事は、ＯＫだった。

その後、時間差で出た方がいいと思い、ライブハウスの向かいのコンビニで立ち読みをするフリをしながら、ライブハウスへと続く地下階段を凝視していた。同時に1台のトラックが入り口脇に止まる。

この先の人生で、もうこんなに地下階段を凝視することはないだろうなと思い、多分、死んだ時にこの光景は思い出すだろうし、なんなら何十年か経ってDJを辞めざるをえない時が来ても、同じような地下階段へと続くライブハウスの前を横切った時でさえ思い出すだろうなと。

この感覚は、学生の頃から今に至るまで崇拝しきっているPENPALSという日本のバンドを、初めて小さいライブハウスに見に行った記憶に近い。当時高校生だった私も同じようにメンバーが地下階段を上がってくるのを出待ちしていたなと。

そんなことを考えて何分経っただろうか、深夜のコンビニの商品搬入のトラックが荷卸を終え、運転手が店員にハンコを貰っていた姿が視界に入ってきたと同時に、地下階段を上がってくる彼女が見えてきた。白のTシャツにオーバーオール姿で髪の毛をお団子にしていた彼女は、ライブハウスで見るよりも低身長で褐色で童顔だった。

「サエ」という私の5コ上のこの女性は、彼女も先輩に適当な嘘をついて抜け出してきたようだった。

それから二人が付き合うまでにさほど時間は経たず、翌月の私の誕生日にはお祝いもして貰っていた。付き合うという行為自体、別に初めて出来た彼女でもないし、付き合っては別れての繰り返しをしていた私にとって、半ばルーティンのような習慣だった。

でもこの子は違っていた、私の身体の調子を常に気に掛けてくれて、次の日が仕事の時はＤＪ活動も控えて欲しいと。いつもならこんな忠告は願い下げだったし、むしろ面倒くさかった。でも彼女を手放したくない一心で耳を傾けていた。完全に握られた。

でも握られてるのが心地よかった。


右手の違和感を感じたまま、むしろ悪化していった状況の中でも、私は言えなかった。言ってしまったら「ほら言わんこっちゃない、あれだけ忠告してたのに」

彼女の悲しむ顔が目に浮かぶ。「大丈夫、右手だけだから」と自分に言い聞かせて、彼女と過ごす3回目の夏が過ぎた。

まだ右手の状態はバレてない。いつも左で手を繋ぐし、なんなら歩道を歩く際も、左腕を組んで歩く。右手はポケットにしまいながら歩けばいい。いちいち自分のどこかで、バレてはならないというプレッシャーに似た状況に追われていた。

一度、２００８年の春先に右手の異変に気付き始めて、以来毎晩アルコールで紛らすことが続き、彼女も私にとうとう愛想を尽かしたようで、別れの言葉を発せられた。この時は話し合い、気持ちを入れ替えて、もう一度向き合うという話になったものの、やはり上辺だけだった。彼女には家に帰ると言い、毎日身体の不安を押し殺すかのようにアルコールを浴びていた。

確かに、今思うと忙しかった。その頃本業とは別にインディーズレーベルの専属ＤＪとして、そのレーベルが主催するライブイベントに転換ＤＪの仕事もこなしていた。

本業がシフト制ということもあり、ライブイベントに休みを合わせて、休みの日はインディーズレーベル、金曜の夜はクラブＤＪ、それ以外は本業と。

彼女との時間を作ることも儘ならない時が続いていった。そんな状況下で毎晩酒を飲み音を浴びに出掛ける。さすがに元々ＤＪ活動自体に否定的だった彼女はいい顔をしていなかった。

その中での自分自身の右手の違和感。色々なことが繋がり始めたのは、夏が終わり秋の訪れた10月だった。中学校時代の同級生の結婚式が終わり、翌週は彼女の誕生日であった。結婚式に感化されたのか、私は本気で彼女との結婚も考えるように変わり、そのためには今の身体の状態、今私の身体に起きている不具合をちゃんと彼女に話す必要があると、重い腰を上げる決心がついた。

しかし、結果、彼女を裏切ることになる。

私は誕生日前日の夜に、ハメを外し、日付が変わり誕生日当日になっても、飲み歩いていたのだ。心の中で甘えがあった。翌朝に待ち合わせ場所に着いてれば、お咎めなしだろうと。

アルコールの勢いも加わっていたのか、彼女のメールにも電話にも対応せず、結局朝まで友人達と飲み明かした。

朝二日酔いで目覚め、何もなかったかのようにメールを送るが返事はこない。電話にも出ない、慌てて時間前に待ち合わせ場所に行き、ことの重大さに気付くが、時すでに遅かった。結局彼女は待ち合わせ場所には来なかった。外の気候なんて覚えてもいない。それほど強烈な二日酔いと、罪悪感で私の目は覆われていた。

その日の夜、メールが届く。

「私の30歳の誕生日に、一緒にいてくれなかったことに大変失望しました。もう連絡してこないでね、自分の好きなように生きていってください」

この日も私は一生忘れないだろう。10月8日、奇《く》しくも実家のマンションの部屋番号と同じ数字だからでもある。

12月初旬　深夜、メールが届いた。「今までのこと、全て話し合おう、ちゃんと会ってお別れしたい」

私はタクシーに飛び乗り、彼女の自宅近くへと向かった。もちろん自分の中では、もうよりが戻らないのは分かっていたし、覚悟もできていた。ただ、2年半もの間、生活の一部のように接してきてくれた彼女に会うということ、裏切ってしまったということに、胸の奥、喉の奥深くが苦しかった。

彼女も同じだったと思うし、最後にこの場を作ってくれた彼女が、私に最後にしてくれた優しさだったんだなと、今なら思える。

この時、右手の異変のことは言わないと決めた。それが私にできる最後の優しさだったのかもしれない。

三田 ①

2009年

毎年大晦日はＤＪイベントを入れずに、決まったように田町のＢＡＲでヒデジと飲んでいた。

彼との出会いは高校生の頃、母親の飲み友達だった。田町にてスポーツＢＡＲを経営している。スキンヘッドで常に帽子を被りチョビ髭のオヤジ。私とは丁度二回りほど違い、父親がいない私にとっては、ある意味良い相談相手だった。

大晦日で本業が早く終わり、店に着いたのは丁度、テレビで坂本冬美が熱唱していた時だった。

「おう！　ケンボー」

いつもの挨拶でカウンター外に座って、第60回紅白歌合戦を観ているヒデジ。

私もいつものようにレー●ンブ●イを頼み一緒にテレビを見る。毎年、いやほぼ毎晩、このようなやり取りをもう5年近く続けていた。

途中レミオロメンが『粉雪』を歌い出すと、ヒデジもテレビに向かい熱唱し始める。甘い声とビブラートを効かせた、バブル世代の美声を浴びながら、私はタバコをふかす。右手はタバコを持つのが危うくなっている。

タバコを左手に持ち替え、マッチを擦り火を付ける。ライターの火さえ付けることが、出来なくなっていた私を見てヒデジは、

「マッチいいね〜、マッチでーす！」と、しょうもないギャグを発していた。ヒデジはもう既にキマっていた。テレビでは徳永英明が『壊れかけのRadio』を歌っている。

ヒデジは先客に「私、徳永英明と一文字違いなんです」と擦り切れるほど、言い回しているツカミを語っていた。

それを横目に、2杯目のレー●ンブ●イと3本目のタバコに火を付ける。

ふと、まだ誰にも右手の症状をカミングアウトしていないことに、気付く。

ほぼ毎晩顔を合わせるヒデジにもだ。この一年のことが、去年の年末のことが一瞬でフラッシュバックしていった。

自分自身に「右手は大丈夫だ」と言い聞かせてきたけれども、言えないだけなのか？

カミングアウトする勇気が、タイミングが、分からないまま、緑茶ハイをヒデジに頼む私がいる。

このように、またアルコールで不安を掻き消し、同じことを繰り返していくのか。

自答自問しながらテレビでは、布施明が『マイ・ウェイ』を熱唱している。

荒川

2011年

久しぶりに実家に帰り、居間の天井を見上げ電球の紐を見つめ、思い返す。


小学生の頃、私の身長は前から数えて2番目か3番目を行ったりきたりする少年だった。

とりわけ母親は170センチ近く身長があったため、まあ何事もなければソコソコ大きくなるなとは、小学生ながらも思って過ごしていた頃、あの紐に何百回とオデコを当てて、ヘディングの練習をしていたことか。


時にはオデコで叩いた紐が勢いよく電球の傘に跳ね上がり、傘の裏に入り込んでしまい大量の埃を落としては、姉や母親に怒られるのは日常茶飯事で、東京ドームで名前も知らないジャイアンツの2軍選手が投げ入れたファンサービスのサインボールも、ヘディングの練習として、真上に投げては自らオデコで打ち抜くという練習の犠牲になっていた。

まあ、産まれてから、オデコが人よりも広い私は、みんなが嫌がるヘディングを率先してやり続ける。馬鹿の一つ覚えだ。

私の地元には少年サッカーチームがなく、幼馴染が入っていたという理由で始めた少年野球だが、一番好きなスポーツはサッカーで、時代は90年代半ば「アジアの大砲」に憧れて、毎日牛乳を飲んでは腹を下していた小学生時代。世は空前のJリーグブームだった。

私もそこら辺の男子と同様に「将来の夢はサッカーの強い高校に入学してプロのサッカー選手になりたいです！」なんて卒業式の壇上で叫んでいたが、今考えてみたら、お尻が痒くなるほど恥ずかしく、小学生らしい。

23区内では下町で路面電車が走る街、隅田川沿いの全生徒数200人弱という小学校の、東京にしては小さい街で育まれた私の大きな夢。

一応、サッカーの強い高校に進学は出来たので、半分は叶ったといえば叶った。

2011年3月、中学校時代のサッカー仲間と、フットサルの大会に出場することになり、ぶっつけ本番で挑むことになった。

「タケも仕事の合間を縫って来てくれるからさ。ケンイチも来てよ！」

三年前に右指の違和感を覚えてから、まるっきり運動をせず、気の持ちようなのか、疲れが取れにくいと感じるようになり、フットサルの誘いも断っていたが、今回ばかりは人数が足りないということで、参加することにした。

この三年で右指は更に衰え、辛《かろ》うじて箸は持てるものの極力フォークやスプーンを使用することが増え、外食の際も和食を選ぶことが減り、洋食が多くなり体重も、この三年で5キロ増えていた。インディーズレーベルの社長の「いい年でガリガリだと、貧相だよ。若いうちはスリムがモテるかもしれないけど、ある程度いったら少しぽっちゃりの方が裕福そうでモテるって」

という言葉に、感化された28歳、目標体重まで残り15キロ。

会場に着き各々が着替えを始め、久しぶりに仲間と集まり、自然にみんながグラウンドに広がり、誰が声を掛けたでもないなかで、パス練習が始まる。仲間が近況を報告するなかで、私はまだ、体調の変化を誰にも言えないでいた。

いや、一度、当時流行っていたSNSの日記に書き込んだことがある。2010年の初めだったか。前年の大晦日、一年を振り返り、無性に不安になったあの日。右手で持てなくなってきたタバコを見つめていたあの日。布施明がマイ・ウェイを熱唱していたあの日。あの日を境にゆっくりとだが、カミングアウトしていこうと思い始めることが出来た。

しかし私の小さな叫びは、一年も経てば掻き消されてしまうものなのか。書き込んだ当初は心配の声もあったが、時間が経てば風化されしまう。そんなことを考えてるうちに、タケからパスが私に回ってきた。

サッカーを始めたきっかけは、幼馴染のタケの影響が少なからずある。彼との出逢いは、私が物心つき始めた、3、4歳の頃。親の離婚により引っ越してきた街で、私の自宅前の道路を挟んで、目の前にあった家の末っ子だ。同い年ということもあり、保育園は違うものの時折遊んだり、彼には年上の兄が二人いて、よく道路でサッカーボールを蹴ったり野球のマネごとをして、遊んでいる中に交ぜてもらっていた。

一緒に地元の小学校に入学し、彼が兄の影響で少年野球チームに在籍するのを追いかけるように、私も同じチームに在籍した。彼が小学校のサッカー倶楽部に入部したら、私も一緒に入部し、野球の練習がない日は、一緒に毎日ボールを蹴っていたものだ。

彼は身長は低かったが、運動神経は抜群だった。野球をやらせればエースで4番だし、運動会ではリレーでアンカーだし、サッカーでも10番だった。

それに比べて私は、ライトで8番だし、徒競走は万年ビリだ。サッカーだけは彼の相棒として9番だった。

私達は同じ地元の中学校に入学したが、サッカー部がなく他校出身の同級生達と一緒にサッカーチームを結成することになり、そこでも「あの、小学校のタケだよね？　覚えてるよ！　対戦した時からメッチャクチャ上手かったもん！」などと、タケはチームメイトからの言われようで、みんな、私のことは対戦記憶に全くない。それくらい実力の差がある子だった。

その幼馴染のタケのパスを、何年ぶりかで受けてトラップをしようとした瞬間、右脚に違和を感じた。

なんのプレッシャーもない、何万回とトラップしてきた平凡なパス。インサイドに軽く触れるだけだ。身体に染み込んでるはずなのに、後ろに逸らした。

「え？」

周りから失笑が起きる。とっさに

「いやー、今日、超寒いなぁ！　脚動かねえや」「数年ぶりのブランクってこえー！」と、おちゃらけてみたが、明らかに右脚が反応しきれていないのが、自分では分かっていた。たかが二、三年ボールを蹴っていないだけで、こんなことあるわけがない。

サッカーがやりたいがために、母親に迷惑をかけてまで強豪校に進学したのに、こんな女性アイドルがキャピキャピしながら「初めてサッカーしますぅ」みたいなミスをするはずがない。

そんなことより、右脚のこの違和感はなんだ！

ボールを拾いに行き、軽くドリブルをしてみる。感触はある。

だけど感覚が、知ってる感覚とは全然違う。強いて言うなら30センチくらいある靴ベラを、カカトに入れたままボールを扱ってる感覚だ。

遠くからロングパスを送る。が、ボールは上がらず、子供が投げるボーリングの球のように、コロコロとチカラなく、仲間の元に転がっていった。

その瞬間、今までの身体の異変は、ただごとではないという、確信に変わった。

「ちょっとタンマ、今日ダメだ」「オレ今日、キーパーやるわ」

脚が変だなんて言える訳もなく、その言葉が、今、言える限界のSOSだったのかもしれない。


人前に出るのが好きなタイプだ。今でも覚えているのは、私が小学校低学年の時に学芸会で演じた女性役。

覚えているとは言ったが、何の物語だったかは覚えてなくて、確か、世界の架空の国の人達が、我が国の自慢を品評する内容だったような気がする。

そこで私は何故か、女性役を演じていた。ザマス系（お金持ち）の国の女性役だった。母親が作った毛あみのカツラに、姉のブラウスとスカートを着て舞台に立ち、オネエ言葉を発し見事に演じきった。その時の客席から寄せられた笑いと拍手が快感になったのだろう、それを境に人前に出ることが好きになっていった。

が、しかし、高学年時での演劇、走れメロスではオーディションに落ち、結局メロスの妹の婿。セリフは一言しかなく、全くもって地味な役を務めることになりそれ以降オーディションなるものが苦手になった。

時は流れ、高校のサッカー部に入部していた私は、同級生のユウジと、部内でのお笑い担当のポジションにいた。合宿中に先輩部員が「面白いことやれよ」という、どこにでもある掟的な習慣で、ユウジの一発芸がことごとくウケていた。

幼少期からお笑い芸人が大好きで、人を笑わせるのが好きだった私は、それを間近に観ていて、ユウジに「コンビを組まないか」と誘ってみた。

コンビ名は『みずぶくれ』

当時、足に水ぶくれが出来た部員からとった名だった。まあ、高校生が思いつくコンビ名なんてそんなものだ。合宿中や遠征先、学園祭などで私が作ったショートコントを、二人で披露するだけの活動だったが、高3の秋に部活を引退した後は、本格的に動き出す。

学校が終わった後や休日になると、ハチ公前や代々木公園、新宿東口や池袋西口公園などで、ストリートライブに明け暮れる日々を送っていた。ネタは大したことはないながらも、行動することにより、色々な人達と出会うことになる。

当時、素人番組が人気絶頂期で、駆け出しの放送作家やテレビ局関係者の方達が街で、テレビで使えそうな素人を探していた時代だった。毎度、渋谷センター街付近をたむろしていた私も、その素人同様に声を掛けられることが増え、お笑いコンビをしていると伝えると、面白がって話を聞きにくる関係者と仲良くなっていった。

素人番組に出るのにも、オーディションがもちろんあって、オーディションに苦手意識がある私は、テレビ局にネタ見せをしにいけば、ネタを飛ばすわ噛み倒すわで、挙句の果てはディレクター陣に、立ち位置が悪いなどとダメ出しされることも日常茶飯事だったが、そこでオヤマさんという放送作家に出会うことになる。

オヤマさんは当時20代後半。大阪で芸人をしていたがコンビを解散し、東京に出てきたばかりだった。一回り近く離れた私を、弟のように可愛がってくれた。

ネタの作り方やお笑いの話、大阪の話や女性の話、酒の飲み方やシケモクの吸い方など、時にはオヤマさんが担当する、女性お笑いコンビを紹介され「どっちと付き合いたい？　お互い彼氏いないから紹介しよかー？　あ、まだ高校生だから大人の女性はダメやな。犯罪かー！」などと、当時の私には刺激的な話ばかりで、ほぼ毎日渋谷に顔を出しては、お笑い談義に花を咲かせていたものだ。

そんなオヤマさんから「事務所を紹介するから本気で芸人に、ならないか」と話を頂き、相方、ユウジに話したところ「服飾系の専門学校に行きたい」という話になり、私も芸人になることより、先ずは就職して親を安心させたいという気持ちが強く、ここでコンビを解消することになる。

この時、芸人の道を選んでいたら、今の人生とは別の道があったんだなと、改めて分岐路だったんだなとしみじみ思う。

南麻布　２０１１年

物心がついた時には既に東京にいて、下町ではあったものの山手線の駅までは、自転車で10分程度の街に住んでいたので、人生の殆どを山手線と共に暮らす生活をしてきた。母親が働いていた飲食店は、渋谷の電力館の近くだったので、よく小学生だけで遊びに行ってたし、母親とサッカーを観に行くのに待ち合わせしたのは、新橋のホームだった。中学校の友達と買い物に行くのは、ガラクタ貿易だったし、初めて付き合った女の子のプレゼントを選ぶのに、3時間ぐらいＡＢＡＢの指輪コーナーを眺めてたし、就職先の本社は稲荷町だった。

なにかと上野に縁がある。

社会人になってからも、そんな山手線沿いに住んでいたが、２０１１年3月に引っ越した先は南麻布。その頃に付き合い始めた女性と同棲を始めたのだ。

マサミという私の10コ上の女性との出逢いは、私が高校生のとき、ストリートライブを行っていたときに遡る。彼女は音楽業界やテレビ業界の仕事をしていて、偶然、ハチ公前でショートコントを披露している私達に足を止めて、話し掛けてくれた。それ以来、年に数回、たまにお笑いの話や音楽の話などをする程度の仲だった。

2010年末、私の携帯番号が変わった旨をマサミに連絡し「久しぶりに会いましょうか」という話になり、お互いの近況を報告、そこで私は彼女に右指の違和感の話を自然に出来た。毎日会う人や仕事仲間や同級生には話せないでいたのに、久しぶりに数年ぶりに会う彼女には話せた。不思議だった。カミングアウト出来た安心感と充実感からか、その日以来、私は西麻布にある彼女の家に上がり込むことになる。

彼女は、新宿にある芸能事務所の社員として働いていた。ちょうど自宅前から新宿行きの都バスが走っており、私の仕事場の近くにもバスが走っていた。今まで仕事や遊びに出掛けるのも山手線を利用していたが、28歳にして都バス通勤デビュー。電車でもそうだが、都バスだと更に密閉された空間で毎日同じ顔の人と出逢う。

毎日、後部座席で化粧をしているOL。

毎日、貧乏ゆすりをしてあからさまに機嫌が悪そうな中年。

毎日、同じバス停で乗ってくる南米出身であろう外国人。

とても新鮮だった。

「二人で住むなら広めの部屋にしようか」という、ごく自然な流れで同棲をすることになり、都バス通勤の快適さや面白さにハマった私は、お互いが変わりなく都バスで通勤できる場所を条件にしようと話し合い、少し南下した南麻布に決定した。


2011年3月に開催されたフットサル大会では、結局4チーム中3位で、なんとか最下位をのがれたものの、私の中では、優勝だろうがビリだろうが、どうでも良かった。

「いち早く家に帰り、冷静になりたい」

この今まで味わったことのない右脚の違和感を、冷静に考えたい気持ちで一杯だった。

ファミレスでの打ち上げも断り、一目散に帰宅。シャワーを浴び素っ裸になって、リビングのソファーに腰掛けながら、脚を伸ばして右脚を見つめる。

すると何もチカラを入れずに、無の状態にもかかわらず、右の足首が下向きにピクピク動いていて、逆に右足首に意識を集中させると止まった。


……その日を境に、毎晩、右脚の脹《ふく》ら脛《はぎ》がつるようになる。

……その日を境に、走ることはおろかジョギングも出来なくなり、小走り程度にしか走れなくなる。

そして翌週、大きな揺れが東日本を襲った。

新橋　①

２０１１年

高卒で入社した会社は、私が3年目の春先に倒産し、民事再生法で社員は守られたものの、5年目には、大型家電量販店に買収された。

入社当初からの、勤続年数5年目でハワイ旅行に行けるという、楽しみはなんだったのか。もちろんボーナスなんて、一度ももらったことはなかった。そもそも経営が傾いてるのに、よく高卒の新入社員を１００人近く雇用したものだ。21歳で倒産にあい、24歳で買収。なかなかハードな幕開けである。

でも憎めなかった。何故なら、母親にゲーム機を買ってもらった量販店であり、母親とサッカーの試合を見に行く時に待ち合わせの目印に使った量販店であり、初めてＰＨＳを購入した量販店でもあった。

元々、人と話すのが好きな私は、将来は接客業だろうなと思い始めていたため、そこの量販店の求人募集に、拒む理由など私にはなかった。

そんなバックボーンがあったので、何がなんでもしがみつくつもりでいた。なんか精神論とか根性論とかが叩き込まれたんだなと。サッカーが嫌いになりかけたキツイ高校3年間の贈り物のようなｃ。

そんな私の配属先はゴルフ事業部。まあ、スポーツだし悪くはなかった。配属先の先輩方も、みんな運動部出身の体育会系ばかり。半ば部活の延長線だ。そうか、人事はこういう経歴も見てるのかなと感心した。いや、自分に言い聞かせていた。

2011年3月11日、変わらず前日の深酒により、身体が揺れていた。深酒した次の日はお昼ご飯は温かい蕎麦と決めている。遅い昼休憩が終わり二日酔いも醒め始め、午後も乗り切るかと気合いを入れ始めた頃に「ガッン」と大きな物音と共に目の前が揺れ始めた。

「えー、まだ二日酔い醒めてないいんかーい」と心の中で叫んだ瞬間に、ゴルフクラブが、目の前から降ってきた。7万円するドライバーが、何本も降ってくるという異様な光景と共に、フロアが縦に横にと大きく揺れた。

私は咄嗟に足や手を出して、商品が傷つかないように押さえる。

「商品を足で押さえるな!」と怒られそうだが、サッカー経験者なら瞬時に足が出てしまうのが性なはず。

奥では「バキバキ!」と音を立てて、エスカレーターが壊れていた。幸いエスカレーターを使用してる客はいなかったが、エスカレーターの前で大きな揺れに動じずに会計をしている老人がいた。今思うと、やはり戦後を経験してるであろう老人は最強だなと。

突然の出来事に若干混乱しつつも「あ、関東大震災がようやく来たのか」とも思っていた。小学生の頃、10年以内に70パーセントの確率で関東大震災が来るといわれて、そこから20年経った頃に、また10年以内に70パーセントの確率で来るという「70パーセント理論」。ようやく来たと私は思い「ああ、もう関東大震災が起こる起こらないの恐怖に怯えることはないのかな」と、少し安堵した気持ちに浸っていた。

揺れがおさまり、客に一度館内から退去してもらい、各フロアで上からの指示を待つ間に、ゴルフ売り場の大型テレビで、地震の情報を集めていた。

どうやら震源は関東ではなく東北だったようだ。

東北の非常な状況が、テレビで中継されてる映像を見て、隣の先輩社員が一言

「終わった、ウチの地元の方だ、終わった」

そう、私が入社した会社の半数以上は東北出身だったことを、この時思い出した。

19時、結局店は早く閉めることとなり、電車も全て止まっていたため「帰宅できる者は帰宅、できない者は会社に泊まる」という指示が降りてきた。私の職場は新橋だったため、帰宅することになる。

都バスは動いているという情報を掴み、外に出てみると、道路は大渋滞でどう考えても、帰宅までに数時間が掛かると予想出来た。

新橋から南麻布までなら、真冬の寒空の下だろうが、余裕で歩けると思い歩き出す。

右脚は、既に引きずっていた。

地震による交通渋滞の中で新橋から第一京浜沿いを必死に歩くと、同じ考えであろう会社員がみんな一目散に前を向き、家路へと急いで歩いていた。側から見たら私も同じように思われていただろう、ふとコンビニの店内を覗くと、陳列棚は奥の白い壁がむき出しに見える。あるはずであろう食品や弁当が空になっている。それを見て私は、学生時代にバイトをしていたコンビニの改装を思い出した。

バイト仲間と陳列棚を作り、納品されてくる商品を手分けして並べる。冷蔵室に籠もり、携帯電話でメールを返しながら、ドリンクを補充する。

私が部活引退後、バイトをしていたコンビニは、フランチャイズ店舗だったため、比較的ゆるかった。オーナーは年中短パンだし、バイト仲間はギャル、ギャル男だし、暇を見つけては、バックヤードで廃棄されるおにぎりやパンを齧っていた。

よく利用しにくる客室乗務員の女性が綺麗だったよなあとか、その女性に「おでんください」って言われた時に、緊張して大根真っ二つに崩したよなーとか、その女性がコンドーム買いにきて、なんかエモかったよなーとか。

そんなことを思い出していた時、携帯電話が鳴る。

「おう！　ケンボー　大丈夫か？」「店は大丈夫だからお待ちしております」

ヒデジからだった。

札の辻辺りまで来ていたし、なんなら気がつけば、右脚を引きずるように歩いていたため、少し休憩もしたかった。あと、アルコールを妙に欲していた。

ちょうど彼女からも、既に帰宅したという連絡がきていたが、ここでも、アルコールの誘いに負けて店に顔を出すことになり、小一時間だけ寄ることに。

店内には帰宅を諦めた常連客が多数いて、いつもと変わらない金曜日の夜がそこにはあった。

店のビル自体古いものの、被害はなく、奇跡的にグラスは1個も割れていなかったようで、ヒデジは小指を立てながら、上機嫌に話していたが、大型モニターにはスポーツ中継ではなく、地震の規模と被害の大きさを伝えるニュースが、ひっきりなしに、流されている。

そのニュースを観ながら、もし東京で同じ規模の震災が起き津波に晒されたら、間違いなく私は、今の脚の状態だと逃げ遅れるだろうし、周りの人達に「私には構わずに先に逃げろ！」と声を張り上げることができるのか？　もしたった今、地震が起きて非常階段をゆっくり下っていたら、後ろから人が雪崩のように下りてきて、みんな、私を突き飛ばして、我先に下りていくのだろうか？

そんなことを考え始めた頃、心なしか店内にいた全ての人が、今後の不安をふき消すかのように、話し声のボリュームが普段より一段も二段も大きく聞こえたような気がする。

レー●ンブ●イを3杯ほど飲み終え、さすがに彼女との約束通りに、1時間で店を出る。時刻は21時。残りの距離を歩き終えるのに何分かかるのか、今後この右脚はどうなってしまうのか、ゆっくり、ゆっくりとだが身体の右半分がおかしくなってきて、終いには全身動かなくなるんじゃないのとか。

明日も店は営業するということは、新橋まで右脚を引きずりながら、歩いて出勤するのかとか。明日からの人生の不安にかられながら、古川橋を過ぎ真っ暗な深々とした、明治通りを歩く。後ろからは、乗客ですし詰め状態の都バスがこちらを照らしながらゆっくりと近づいてくる。

三田②　2011年

やたら電力不足だ節電だと喚いていて、会社内も暑い。客からも「館内が暑過ぎるからどうにかしてくれ」とクレームを言われたところで、こちらで温度調整が出来るはずもなく、言葉を濁す。普段、汗を滅多にかかない私だが、ハンカチを携帯し時折、広い額を拭う。

家に帰宅すれば、即風呂場に直行し、ガンガンに冷えた部屋で身体の火照りを冷やす。もうこんな生活が2ヶ月ばかり続いている。

表向きでは、節電と謳っているアナウンサーだって、家に帰ればキンキンに冷えた部屋で、グダってるはずだと「私だけじゃない、なんならみんなそうだよな」と自答自問。

テレビのニュースでは連日、澤の神がかったボレーシュートが流れ、岩手出身の岩清水が地元に帰郷し、丸山桂里奈が歌っている。私の音楽の履歴書の最重要バンド、PENPALSが再結成をし9月には大阪と東京でフェスに出演と、震災後の日本や私を勇気づける明るいニュースが、流れる夏。

8月に入り、私がオーガナイザーを務めるDJイベントが3周年を迎えた。

【TAMACHINISTA!!!】

という名のイベントは、文字通り田町で産声を上げたイベントだ。田町のヒデジのBARで年に数回行われているDJイベントで、私も含めてDJが6名。

巷では、誰がタニマチなの？［タニマチニスタ］やら、男だけだから？［タマキンニスタ］などと揶揄されるが【タマチニスタ】が正解である。

確か、イギリスのバンド、クラッシュのアルバム『SANDINISTA!』を、オマージュしたような気もするが、メンバー全員、クラッシュ教でも、パンクロック精神でも、ロンドン愛者でもない。

「タマチニスタ」という響きがよかっただけだ。

最初はSNSのPENPALSコミュニティのオフ会で出会い、そのうちに飲み会の延長で始まったイベント。当時は「好きなバンドの曲を大音量で流しながら、飲めたら最高じゃん」的なノリで始まり、何人かメンバーも入れ替わり、今の6名に落ち着いた。

ファイティーはタマチニスタの出川哲朗のような存在で、ハイライトは昔他のイベントに遊びに行った際にＤＪがブルーハーツの「終わらない歌」を流した際、狂喜乱舞したファイティーはＤＪブース前で踊り狂い、勢いあまってコンセントにつまずき音を止めた。終わらない歌を終わらす男である。

ケイゴは、メンバーの中でも一番冷静で頼りになる。彼はデザイナーということもあり、初期からフライヤーイベントロゴを担当していた。確かド●え●んを愛し、の●太を愛している。そして毎週日曜の夜に、自らバリカンで6ミリに揃えるようで、私は彼の坊主姿しか知らない。

タローは彼が大学生の頃、タマチニスタに遊びに来てくれたお客さんだった。多分こんな感じならオレでも出来ると思ったんだろうな「オレにもＤＪやらせてください」と自ら売り込みに来た。その積極性を見込んでメンバーに加えた最年少であり集客担当。

ヤマちゃんは私の会社の先輩でもあり、ＤＪの先輩でもある大久保さんという方から紹介をしてもらった。沖縄生まれ東村山育ちの陽気な男だ。

いつもお酒を浴びるほど飲んでは、終電を乗り過ごす。尿酸値がやたらと高く、いつ痛風が来るかと怯えている。シャイな私達には苦手なマイクと接客担当。

ユウタは私がインディーズレーベルのイベントでＤＪをしていた時の共演者の彼氏だった。その子と一緒に「タマチニスタ」に遊びに来てメンバーと意気投合した。初回から、ワインをぶちまけたままのTシャツで来場してきたロン毛眼鏡。インパクトが強かった。彼もまたデザイナーで、ケイゴと共にフライヤーデザインを担当してくれる。

　そして私と、まぁ個性豊かな6名、一人一人好きな音楽ジャンルも微妙に違い、基本的には、飲み会の延長線であることに変わりなくマイペースで活動をしている。


　3周年当日、イベントも終盤に差し掛かり、私の出番が回ってきた。

　既にレー●ンブ●イやらウーロンハイやらをトータルで10杯近く飲んでいたし、集客も満員ではあるが五十名ほど。自分のイベントだし、緊張の「き」の字もない、それにもかかわらず、DJブース内での私の右脚は震えていた。

　震えていたというより、激しく貧乏ゆすりが止まらなかった。正面のお客には見えないが、横から眺めているお客には勘づかれる。

　止めようにも右脚にチカラが入らなく止まらない。私は酷く動揺していた。

　もうこの際ワザと縦ノリの曲を集中的に流し、ダンスフロアに変えてしまおう。そうすればオレの右脚が小刻みに震えていても傍から見た客は、リズムを刻んでいると勘違いするに違いない。

　途中ケイゴから「ゴルフ（私のあだ名）今日飛ばすね、いつもと違くていいじゃん」なんて声を掛けられたが「ありがとう」としか言えず、本当はブルーノ・マーズやアデルを流して、マッタリ、やりたいんだとは言えなかった。

そんな投げやりのDJとは裏腹に、フロアは大盛況で店のビールは底を突いた45分間。常時震えていた右脚は出番が終わり、ブースを出たら治っていた。

追加のウーロンハイを貰いにカウンターに向かう私にマサミが一言、

「来週病院連れていくから」

どのタイミングで脚の不調に気付いていたのか。私はその一言に小さくうなずくしかなかった。

芝

2011年

「馬鹿は風邪を引かない」ち●ま●子ちゃんで聞いたことわざを、馬鹿正直に信じていた小学生時代。

そのことわざ同様に、風邪らしい風邪を引かずに育ってきた私は、野球やサッカーをしてきても、怪我らしい怪我にも無縁で生きてきた。私にとって、病院に出向くことはハードルが高く、アカの他人の主治医に身体の症状を上手く説明出来るか不安でしかなかった。

タマチニスタの3周年が終わり、翌週、私は近所の大学病院の待合室で涼んでいた。

「ほーら」

節電といっても、電力が必要な施設に行けば涼めるもんだなぁ、病院関係者さんは羨ましいわー。などと浮かれていた。

そうこうしてるうちに、名前が呼ばれる。

症状も症状だったので、何科に行くべきかが分からず、とりあえず外科医に診てもらうことにした。今までの症状を上手く説明できない私に代わり、マサミが一から全て説明してくれた。

若い担当医は、私の痩せ細った右手の甲を見て「確かに筋肉が減っているように見えますが、レントゲンでも異常が見られませんし、気の持ちようでは？　ここの病院は神経内科がないので専門外です」などと話し始めた。

私とマサミは、気の持ちようなら、ここまで詳しく説明しないだろうと詰め寄り「ラチが明かないから、紹介状を書いてくれ」と頼んだ。

こうして私の人生で、ほぼほぼ初の医者との面談会話は「気の持ちよう」という適当な会話で幕を下ろすこととなり、病院や医者への不信感は倍増する結果となった。

すぐさま、マサミは自身の知り合いのツテを使ってくれて、都内の別の大学病院を紹介して頂き、そちらの神経内科で診てもらうことが出来た。

その大学病院の神経内科医は、もう70は超えているであろう老人であった。

指の状態から「これは平山病ではないか」と言われるが、私が調べた限りでは平山病に指の症状が似ているものの、自分の場合には脚にも違和感が出ている。ネット情報を信じるならば、そもそも平山病は脚には違和感は出ないはず、平山病ではないはず……と自分の中の何かが訴えた。

そもそも、3メートル前後歩いた私を見て「脚には異常なさそうだ」と言い放ち、さすがに距離が短過ぎて「この距離歩かせただけで、診断したつもりか」と、ここの病院でも私の不信感は倍増するだけだった。この時、自分達で症状から調べ上げて、どの角度から見ても行き着くところ、「筋萎縮性側索硬化症」

という、長ったらしい画数がやけに多い病名で、さすがに、これはないだろうなと思い、通称ALSという字面を見て、PENPALSの「ALS」入ってんじゃん、程度に認識する。

数回の通院ののちに、その病院で検査入院することになるが、その際もいきなり、「1週間後に10日ほど入院しましょう」と持ち掛けてきて、さすがに仕事もあるし、今返事はできないと伝えたところ、担当医は持っていたペンを机に放り投げて、「じゃ病名分からなくても良いのか?」と、若干逆ギレしたニュアンスで向かってきた。

つくづく思う、本当医者が嫌いだと。

私は仕事場に頭を下げて、1週間後の検査入院にシフトを合わせ、担当医に半ば強制的に入院させられることとなる。

入院準備の傍、私はPENPALSのサイトを眺めていた、入院期間中に大阪でフェスに出演することを再確認していた。


働き始めてから約10年、まとまった休みは年に三連休が1回ほど、後は週休2日。それも連休は取れず、どこかに泊まりで出掛けることさえままならない日々を過ごしてきた。

学生時代も、土日は部活の練習や試合で休みはなく、気が付けば15年以上も動き続けていた私にとって、入院は束の間の休暇みたいなものだった。


私のこの入院での計画はこうだ。

月曜から木曜までは、大人しく検査を受け、金曜に一時退院させてもらい、土日で大阪へ。

月曜に大人しく戻り、水曜に退院する。

既に大阪への新幹線も、フェスのチケットも、取ってあった。解散ライブ以来、約6年ぶりにライブをするPENPALSのための計画的入院とでも言おうか。

確実にPENPALSを観れる準備が整ったことで、私は検査入院によるドキドキよりも、復活ライブを観れるワクワクの方で、高揚感を感じていた。

いざ入院生活が始まったものの、やることがない。

2日で携帯ゲーム機の野球チームを作るソフトをクリアしていた。たまに医大生であろうグループが病室を訪れ、身体をあちこち触ってきては、数字で伝え合う。

右指2
右脚3
左指5
首5

多分だ、多分。

筋力の反発力のチェックなのか、学生達のモルモットになった気分だ。午後にMRIやレントゲンやら、検査があり、後は一日中ベットで過ごす。

朝、昼、晩
規則正しい食生活をする。酒も飲まない日々を過ごし、幾分か顔にハリが出てきた感じがし、なんならイケメン患者がいると、噂になり毎日毎晩、入れ替わり立ち替わり看護師さん達が様子を見にきてると、思い込んでいた。

朝、脈と熱を測りに来る看護師さんに、脈がいつもより速いですねと言われ、クールに見せていたものの内心は、バレバレだった。

金曜日午前、筋電図という拷問のような検査をしたことは、未だに覚えている。ぶっとい針を直接筋肉にぶっ刺して、なおかつ「チカラを入れろ」と言われ、お望み通りチカラを、入れ続ける。しかし、明日ライブが観れると思えば苦行ではなかった。

　何十箇所と刺されては、おもいっきり刺された部位にチカラを入れる。

　この作業は1時間以上続いたが途中から、楽しくなってきた。実は自分にはMの癖があるのかもしれない。いや、分からない。他人にはフクイはMだと、言われていたのかもしれないが、自覚したのは、この時が初めてだった。

　そして午後、入院目印のリストバンドをしたまま、5日ぶりに帰宅。浴びるほど酒を飲んだのは、言うまでもない。


　翌日、早朝、大阪出身のマサミを先頭に出発。大阪へは梅田近辺に数回行ったことがある程度で、ライブ会場がある泉大津という埋立地は、未知の領域だった。

東京の電車の乗り換えは難しいというが、東京人からしてみたら、大阪の電車の乗り換えも難しい。頼りになるマサミ様様である。

　ライブ会場に到着後、お世話になっている渋谷のDJ BARエッジエンドの店主エンドウさんと、高校時代にPENPALSと共に聴いていた、babamaniaのユージンさんと会った。一時退院して見にきた旨を伝えたら、さすが最高のファンだなと言ってもらえたことに嬉しくなり、ビールが進んだ。

　肝心のライブは最高だった。PENPALSのファーストアルバムとセカンドアルバムからの初期の曲を中心というのが粋だった。
初めて存在を知った『TELL ME WHY』
聴いた瞬間に打ちのめされて、私のロックへの扉を開けてくれた『I WANNA KNOW』
曲が流れる度に当時を思い出し、飛び跳ねたが、私の身体はもう、ジャンプすることさえ出来ずにいた。心の中でダイブしていた。
後方から見るPENPALSも最高だと思いながらも、前方で楽しみたい思いを押し殺すかのように、震える右腕を突き上げる。
数万人の中で多分私だけであろう。突き上げた右腕にはフェスのリストバンドと、入院患者のリストバンドが重なっている。

45分プラス交通費で4万円弱。超高級風俗店のような料金。その価値はあった。
大阪へのPENPALS復活ライブからとんぼ返りした私は、月曜日には入院先のベッドにいた。
あっ、ライブにかかった料金だ。

夕方、検査結果がどうやら出るようで、私は内心ホッとしていた「家族を呼ぶか?」の質問に、
私は「NO」と返答した。多分、自分のことは自分で考えたかったんだろう。ある意味、肝は据

わっていたし、誰にも、診断された段階で心配されたくなかった。

院内の面談室に通されて、老人の医師とその補佐であろう医師から伝えられた病名は、

運動ニューロン病

そんな名前聞いたこともないし、調べても出てこなかった。

医学的病名を伝えられないまま、淡々と、この後起こり得る身体の状況を説明される。

簡単にいうとこうだ。

「この後、何年かかるか何十年かかるかは個人差があるが、やがて全身が動かなくなり、呼吸も出来なくなる。気管切開をすれば生き延びることは出来ます」

そんなことより運動ニューロン病が気になり、絶対何か隠してるなと思ったが、冷静に話を聞いていた。

病室に戻り、ふと、冷静になり考えていた。

身体が動かなくなるということは、今の仕事も出来なくなる。病名は宣告されなかったが、重大な病気なのは分かった。

適齢期で、その時付き合ってた彼女と結婚し、仕事を当たり障りなくこなし、役職もつき上司と部下に挟まれながら、仕事の愚痴を呑み屋の亭主に溢《こぼ》し、東京の下町か神奈川辺りにマンションを

購入し、ローンに追われる、そんな人生は歩めないということか。

何故か頭の中で、ブルーハーツの『夢』が流れていた。


その瞬間、右指の異変からのことが走馬灯のように思い返された。そして、一粒二粒とポタリと滴を流したが、悲しい滴なのか、悔しい滴なのか、どうかは分からない。感情がないままに流れた。と同時にふと我に返った。

「てか、めっちゃヤバい病気っぽいな。ちゃんとした病名言わなかったし。これ重大な病気じゃん。ということは、仕事出来なくなっても、最低限の生活は国が面倒みてくれるやつかな。だとしたら、もう働かなくてもいいんじゃね？　ある意味宝くじが当たったな。残りの人生謳歌するか！」

夕食もシッカリ食べた私は、ある意味ワクワクしながらその日を終えた。ただ、運動ニューロン病というニュアンスに引っかかっていた。


退院後、ちゃんとした病名も聞かされないまま月日が流れていた。生活は変わるどころか、前と全く変わらなかった。

強いていえば通院するのも、めんどくさくなって予約をキャンセルする日が増えていった。検査入院したにもかかわらず、運動ニューロン病という神経病の大きなくくりで分けられ、これからどうなるかまで、説明されたのにもかかわらず、まだ病名を告知しない病院と医師には、うんざりしていた。

翌年3月、病院から通院に来てくれと催促の連絡があり、仕方なく向かう。

この日は、暖かかった。どうしても冬場は寒くて身体が硬直してしまい右脚が動かしづらい。ずーっと突っ張った感覚だ。だが、この日は春の訪れを祝うかのように暖かかった。

到着後、大きな病院というのもあり、待ち時間が非常に長い、行列の出来る店などに全く興味がなく、待たされるのが嫌いなセッカチな私は、この待ち時間の待つ長さも億劫である。待ちに待って診察室に通された。

どうやら担当の老人医師が定年で退職するらしい。そして、そのタイミングで病名を告知された。

筋萎縮性側索硬化症

だろうな、知ってたわ。ALSだろ?

運動ニューロン病と濁して言われて、この後、動かなくなる、この後、自発的呼吸が出来なくなるって言われた時点で、なんとなく察したわ。

というか、何故もっと早く告知してくれなかったんだ。

もっと早く、治療始めることが、出来ただろうに。

もっと早く、リハビリなりなんなり、役所に相談なり動くことが出来ただろうに。


患者を馬鹿にした態度、退職するから後は任せた的な感じが許せなかった。

「裁判で訴えるから覚悟しておけジジイ！」と、なりかけたがグッと堪えて飲み込んだ。

半年前の検査入院の際には告知しなかった。その結果、病院にも顔を出さない私に老人医師は定年退職のタイミングで告知してきた。

もうこんな病院に通い続けるほど私も馬鹿じゃない。病名を聞き終え何を話していたかは覚えていない。もうこれ以上この病院の空気を吸い込みたくないし身体に残したくなかった。

その日を境にジレンマの解消なのかどうかは分からないが、ＤＪ活動に更にギアを上げた。

全く動かなくなる前に生きた証を残すかのように。

2 退化

明治通り

2012年

エリザベス女王が空から舞い降り、ミスター・ビーンが、オーケストラの中に紛れ込んではアタフタし、百貨店の婦人服売り場で、買い物している叔母さんみたいになっていたポール・マッカートニーが圧巻のパフォーマンスを披露し、会場全体が、いや世界中が『Hey, Jude』を熱唱している。そんな度肝を抜く開会式で始まったオリンピックも、気がつけばジョン・レノンの人面図でフィナーレを迎えていた。

新旧の音楽やミュージカルがちりばめられたオリンピックセレモニーに、私は毎晩心酔していった。

そんな夏が秒速で過ぎて行く、思い返せば目まぐるしい2ヶ月だった。

職場では、ただごとではない病名に上司は驚きつつも、現状はまだ業務に差し支えはない。ということで、今まで通りに勤務を続けることになり、私もなんだかんだいって仕事は好きだったので、今まで通りに続けられることを望んだ。

変わったところは、朝の通勤ラッシュを避けるために、午後出勤という超遅番に固定されたくらいか。そのため、連日の深酒が可能になりアルコール摂取量が増えた気がする。

それと病名を告知され、しばらくして、マサミとは別れていた。

お互いが今したいことに貪欲になり過ぎて、両方ともに現実を受け入れられなかったのだろうか。

私は我を通し、彼女も我を通した。それで良かった。

これからの人生は自分で選択していく。お互いに解放することが必要だったんだろう。


7月、私はマサミと別れた後、田町駅近くのマンションに移り住んでおり、この日も渋谷で深夜帯までＤＪがあり、酒なのか病気の影響なのか、もう把握が出来なくなっていた千鳥足でＤＪをこなしタクシーで帰宅の途についていた。

その際、運転手はいつもと違うルートを走っていた。いや実際はそのルートが一番早い。

私は毎回敢えて遠回りのルートを伝えて走って貰っていた。何か変化が欲しかったんだろうか、過去の自分と今の自分は違う人間だということを、目からの情報で得たかった。

次の日が休日だった私は、深酒により運転手にルートを説明するのが億劫になっていたんだろうか、運転手は田町方面へと走り出す。


私が気付いた頃には、明治通りから既に恵比寿近辺へと向かっていた。このルートは春、道路脇に無数の桜が咲く。

私は都内で一番この桜並木が大好きだ。久しぶりに緑葉に覆われた並木道を眺め、来年の春はどんな想いをして見上げるのだろうか。そんなことを考えているうちに、見覚えのある24時間営業の業務用スーパーが見えてきた。

数ヶ月ぶりに見たスーパーは変わりなく、薄暗い明治通りをポツンと黄色い看板で照らしている。その右隣には、かつて同棲していたマンションが並んでいる。

その風景が目に入った時、私はある子にメッセージを送っていた。

「久しぶり、元気か？　実はＡＬＳという病気になってしまった。驚かすつもりはなかったけど、伝えておくべきだと思ったのでメッセージ送った。無理せず体調に気を使ってね」

すぐに返信が来た。


「やめて」


数年ぶりのやり取りは、このような展開で始まった。

無意識なのだろうか、酒が回って昔に思いふけたのだろうか、メッセージを送っていた。心配して欲しかったのか、側にいて欲しかったのか、分からない。

私の予想を上回る即レスだったため、メッセージを送った本人が返信に困っていた。時刻は深夜3時を過ぎていた。

私は、その「やめて」の一言をどう返していいのか悩み、一晩寝かせるつもりだった。

しかし着信が鳴る。

ディスプレイには「サエ」の2文字が映し出されている。

田町 ①

2012年

スポーツ中継のアナウンサー実況が好きで、今でも動画サイトを見返すことがある。

思い出のスポーツ中継の実況といえば、何を思いつくだろうか。

私は杉本清が思い浮かぶ。

そう競馬の実況でお馴染みの、世代には分かるのかハンマープライスでお馴染みの。

数ある名実況の中から、私が挙げるのは、マヤノトップガンが制した春の天皇賞。

当時私は中学生であった。

競馬ゲームが大ヒットし、私ものめり込んでいた。必然と実際の競馬にも興味が湧き、その中でもマヤノトップガンという馬に惚れ込んでいた。綺麗な茶色の馬体に緑と黄色の勝負服。対照的なコントラストが美しくもあった。そしてこの春の天皇賞での杉本清の実況が個人的には伝説だった。

道中
「16頭をもう一度整理しましょう、先頭を行く10番……ドキドキしますねー、本当に」

実況も実況を楽しんでいるのがうかがえる一コマがあり、最後の200メートル直線。「大外から何か1頭突っ込んでくる」「トップガン来た！　トップガン来た！　トップガン来た！」

当時生中継で見ていて、デカイ影が大外から突っ込んできた！　と思った私と同じ言葉で表現してくれた杉本清。本当に視聴者目線の名実況だ。


思い出の声。そんな声が通話ボタンを押せば聞ける。数年ぶりの会話は、目の前に訪れている。最終回はノルウェーの風のように冷たかったあの声が、最後に聞いた声から上書き保存できるかもしれないというのに、私は躊躇していた。

躊躇うのも、仕方がない。酔っ払い過ぎて舌が回っておらず、運転手にも道を伝えるのが、億劫だったんだ。

ディスプレイを見ながら段々と呼吸が荒くなるのを感じていた。


10秒は経過しただろうか、私は通話ボタンを押し左耳に携帯電話を押し当てる。

深夜の暗いタクシーの中で、数年経っても変わらないその声は何故か温かく感じられた。

「何故、病気になったのか」

「現時点では、どうなのか」

「これから、どうなるのか」

私は全ての質問に酔っ払い過ぎているということを、察せられないように「分からない」と簡単に答えることしか出来ず、電話を切った。

携帯を持つ左手は汗ばみ、ディスプレイは耳汗で光っている。


8月のやけにジメジメした土曜日の19時。私は田町駅改札を眺めている。数年前のデジャヴだ。地下へと繋がるライブハウスの階段を眺めていた２００６年。

誕生日に深酒し待ち合わせ場所に現れなかった２００８年。

そして、今日２０１２年。

場所と時間は違えども、私は待ち続けている。最後に会った時の胸の苦しい感覚が呼び戻されていた。

「２番線に東京上野方面行きの電車が参ります」山手線が田町駅に着いたようだ。

それと同時に「着いた」と、メッセージが送られて来た。

私はエスカレーターが昇ってくるのを凝視している。しかしなかなか昇ってこない。

心臓のドキドキとソワソワに押し殺されている私の肩を、後ろから叩かれた。

振り返ると、数年前と変わらない褐色で小柄なロングヘアーのサエが笑顔で立っていた。

どうやら別の改札口を見つめていたようだ。

「変わりないな、体調はどうだ？」

「30半ばになるとメンテナンスが大変で、今日もメンテナンスしに行ってたよ！」

「めっちゃ女子は大変だよね、オレ男で良かったわ」

「大変だと思うなら、今日奢ってね」

「考えておくわ」

数年のブランクをも感じさせない会話がそこにはあった。


今までの人生で、一対一で、元カノに会うという行為が初めてだったが、よりを戻すつもりはあったのか。分からない。ただ戻すことによって、この子に迷惑をかけるということは明白だった。私は会社の経営者でもないし、資産家家系でもない。いち会社員であり、一般民族である。この先、私の身体が動かなくなり、仕事も出来なくなり、お金も尽き、路頭に迷う。そんな人生が待ち受けているかもしれない状況で、よりを戻して付き合いたい、なんて私には言えるはずがない。身勝手に接していた当時。そして今、彼女にはもう迷惑をかけたくはなかった。

土曜日の田町は、平日の夜に比べれば静かで、私達が入った居酒屋は、古いＪＡＺＺが流れていた。確かビリー・ホリディだったような気がする。店員にはカップルだと思われているのだろうか、店内には、私達以外客の気配がなく、奥の個室に通された。

目の前の数年ぶりに会う元カノに私は病気の説明をし、この先どんなことが起きて、どんなことに困るのか、彼女は全てを、大人しく取り乱すこともなく聞いてくれた。

一通り話し終えた後、私は2杯目のビールを注文しようと呼び出しボタンを押している。

久しぶりに会う緊張からなのか、顔は熱いし脇汗がにじむ。少しだが酔いが回っているのか、早口だったような気がした。

「私も病気のこと、私なりに調べてたよ。最初は驚いたけど、でも会おうって誘いがきて、まだケンイチは大丈夫なんだって思って会うことにしたんだ」

火照っている私とは対照的に、彼女は冷静に話し始めていた。彼女は私の口から聞きたかったんだろうか、説明を聞き終わるまで話を中断させないように、全てを聞き終えてから話してくれた。

「今日会ってみて、全く変わってない姿に少し安心した。想像してたより、元気で普通で少し肩透かし食らったよ」

その率直な言葉が嬉しかった。何よりも自分が思っているより、側から見たら病気なんか患ってない、どこにでもいる昔から変わらないフクイケンイチだったようだ。

安堵した私は、注文に来た店員に追加のビールを注文する。

「安心したからって図にのるなよ」っと釘を刺されたが、それも昔と変わらないやり取りだったのか、二人には笑みが溢れている。

なんだかんだ近況報告に花が咲き、時刻は21時を過ぎていた。久しぶりの田町だというので、もう一軒ハシゴすることになり、私はある男に電話を掛けている。

「おう！　ケンボー！　どーしたのかな？」ヒデジは1コールで出た。

「店やってるー？　今近くで飲んでて、一人連れて行く」

「また新しい女か、相変わらずお盛んだな、お待ちしておりますわ！」

私達は、ここから徒歩1分のヒデジの店に向かうことになり、会計の準備をする。私はサエに財布ごと渡した。

「こっから全額払っといて、奢るわ」

彼女はボロボロになったブラックとゴールドのストーンがちりばめられた財布を手に取り、半ば呆れた表情で、

「その言い方！」「そしてまだ使ってるのこの財布」

私が5年近く使っている、使い込んでいる財布は、サエに初めてもらった誕生日プレゼント。未だに使っているがさすがにボロボロで、合皮の皮は剥がれ始めていた。

その財布を手にし、会計しているサエの後ろ姿を自動ドアのガラス越しに、店の外で見つつ、まだ元気に動いてくれている左手でタバコを持ち口に咥え、左手でライターをつける。

付き合っていた際の、右手が動かないことをバレないように接していた頃の、自分の姿が目の前に現れる。

私は右手を見つめながら、ジメッとした空気と一緒に煙を喉の奥に通す。

ヒデジの店は、田町にあるスポーツBAR THC。

その名の由来は諸説あるが、田町変態倶楽部、だったり、トクナガヒデジカンパニーだったり、マリファナの成分からきてるだったり、開店当初は全て300円だったらしいので、スリーハンドレッドクラブだったり、と謎だらけな店だ。

常連も個性豊かな人が多く、特に私を可愛がってくれていたのは、映像グラフィック関係の仕事をしているアキラさんと、出版社に勤めているヨウコさんのシオザワ夫婦。

矢沢永吉を崇拝しきっていて、身も心も喋りも矢沢永吉になりきっているが、どう見ても哀川翔にしか見えない不動産屋のサカモト社長だ。


毎週金曜日になると誰が呼び寄せたでもなく、パラパラとTHCに集まるというか導かれる。BARにしては安いが、たまに酔っ払ったヒデジに適当に勘定されて、多く請求されるのに憎めない空間。不思議な店だ。


雑居ビルの3階にあるワンフロアの縦長の店は、エレベーターから降りるとガラス越しのカウンターの中にいる、ヒデジと目が合う作りになっている。

3階のエレベーターから降りた私達を見て、ヒデジは驚きと共に、ニコニコの笑顔でこちらを見ていた。

「サエちゃん！　どーしてこんな男と！　さては貴様、無理矢理誘ったのか！」

もう既にキマっていたヒデジは、興奮した状態でサエの手を両手で握りしめ、一向に離そうとはしなかった。

私は先にカウンターに座り、店の大型テレビに目を移す。巨人vs横浜の試合中継が流されている。4対4、どうやら延長戦に突入しているようだ。


ほどなくして隣にサエが座った。

私はレー●ンブ●イを頼み、彼女はス●ノフア●スを頼んでいる。5年前と同じ光景に、ヒデジは野球中継のことなど、お構い無しにサエに話し掛けていた。

「今なんの仕事してるのか？　チエチエ（上司）とは連絡取ってるのか？　彼氏はいるのか？」

そう言えば彼氏がいるかどうかを私も聞いてなかったが、付き合っていた当初、元カレ元カノと会うか？　の話をしたことがあり、その際、その時に付き合っている人がいるなら、絶対に会わないと返答していたことから、私と会うということは、彼氏はいないなと思い込んでいた。

その質問に対しサエは、私と目を合わせて
「そんなねー、いい歳ですし」とはぐらかしているが、彼女の性格上いないなら、いないと、ハッキリ言う。

サエは話を逸らして「今お勧めのアーティストを紹介して欲しい」と訪ねてきた。

彼女自身も音楽は好きな方で、付き合っていた当時から、洋楽邦楽問わず、幅広いジャンルを聴いていたのを思い出す。

「今はブルーノ・マーズなんか好きそうだからオススメかな」

「星野源という日本人、これから大衆ウケするよ必ず」

なんて私は得意げに語っていた、実際どちらも今となってはビッグアーティストだ。

付き合っている彼氏がいるかと聞けぬまま、時間だけが過ぎていく。ヒデジが洗い物で厨房に隠れたのが目に入り、私はサエの左手を右手で握った。彼女は振り解くことはせずに、私の痩せ細った右手を握り返してきた。

「彼氏いるのに何で会ってくれたんだ？」彼女は私の目を見て答えた。

「何でだろうね。迷ったんだけど。会いたいとは違って。会った方がいいって気持ちが強かったのかもね」

そう言うと立ち上がり、トイレに向かっていった。途中厨房にいるヒデジにス●ノフア●スを追加オーダーしているようだ。私はＤＪブースの前に立ち、店に置きっ放しのＤＪバッグの中から、ブルーノ・マーズのＣＤを出し器材に読み込ませる。店内に『Just the Way You Are』が流れる。

彼女には、この名曲がどのように聴こえていたのだろうか、もちろん英語詞だ。何年か経ってこの曲の和訳を読んで欲しかったのかもしれない。

その日を最後にサエとは会っていない。最後に触れたのは隠し続けていた私の右手になった。

THCの大型テレビでは横浜のサヨナラ勝ちに、絶好調男、中畑清が満面の笑みでナインを迎え入れている。

芝浦 ②

2012年

夏の暑さも和らぎ始めた9月下旬、小学校時代の同級生と地元で飲んだ帰り、終電ギリギリで田端駅から山手線に飛び乗った。

時刻は0時30分。平日深夜車内には人がパラパラといる、ちょうど田町には1時前には着く。

私はポータブルプレイヤーのスイッチを押し、残りの約30分間をフィッシュマンズのアルバム『空中キャンプ』に委ねた。オープニングナンバーの『ずっと前』のノスタルジーなインストが、イヤフォンからダイレクトに右脳を刺激する。

日暮里駅を過ぎた辺りか、気が付けば目の前に大学生であろうカップルが腰を掛けている。

私はふと高校生の頃に付き合っていたメグミを思い出した。

当時毎回といっていいほど、日暮里か上野で待ち合わせして会っていた。高校生カップルなんぞ金もないし、行けるところも限られている。

私達は毎回カラオケボックスのフリータイムを使いデートを繰り返していた。カラオケに飽きたら上野公園まで歩くという、今考えたら、とてつもなく無駄足なデートだが、高校生カップルの体力というのは凄まじいモノで、何をするにも苦ではなかった。

毎回メグミの地元の北千住まで常磐線で送り届けて、私は日暮里で山手線に乗り換えてたなと、フィッシュマンズのメロディーに乗せて、そんなおセンチな気分に浸っていたところ、目の前のカップルがイチャつき始めた。

ちょうど鶯谷駅を越えた頃だ。鶯谷で降りろよなと思いつつも、学生は金ないもんなと、擁護する気持ちが上回り、私は彼らの邪魔にならないように車両を変える。

右隣の車内も比較的空いていて、私はちょうど中間位置の座席に腰を掛けた。

次の停車駅、上野駅から乗ってきた女性は、今にも倒れ込むのではないかと思うほどフラフラな状態で、私の目の前の座席に座る。

と、すぐさま女性は携帯電話を落とす。フラフラになった身体で目一杯前屈みして携帯電話を拾う。私は酔っ払ってるであろう女性が気になってしまい、席を移動することが出来ずにいた。

神田駅を出た頃には目の前の女性は、完全に眠りこけていた。そして、東京駅に到着したと同時に再び携帯電話を落とした。

数秒ほど見守ってみたが、一向に起きる気配がない。私は立ち上がり女性の携帯電話を左手で拾い、そっと女性のカバンの上に置いた。どうやら本気で寝てしまっている。

気が付くこともなく、山手線は東京駅を出発している。私は席に戻り動かしにくくなった右足首でリズムを取りながら、音に浸る。
山手線が新橋駅を出発したと同時に、イヤフォンからは名曲『ナイトクルージング』が流れ始めた。

目の前には眠りこけている女性、そしてその後ろには爽やかにライトアップされている東京タワーが映り込む。流れている曲と目の前の光景がマッチして鳥肌が立った。

眼を瞑り曲のメロディーを全身に染み込ませる。曲が終わると同時に田町駅に到着した。

私は眼を開け女性に目を向けるが姿がない。真横の視界に人影が降りた。女性が座っていた目の前には、携帯電話が転がっている。私はハッと我に返って立ち上がり、携帯電話を拾い降りた女性を追う。同じ駅だったから良かったが姿が見当たらない。素早く走れない私は、懸命に改札口へと向かうが女性の姿はなかった。

左手で携帯電話を握りしめたまま、私は途方に暮れていた。駅員に渡すのがセオリーなんだろうが、私は女性のフラフラな状況から、遠くには移動できてないと察し、改札口を出てエスカレーターを降りた。タクシー乗り場には数台のタクシーと数名の男性と、カバンの中を血眼になって探っている女性が視界に入っている。女性は先ほどとは打って変わって機敏な動きだ。

私は一言声を掛けた。

「携帯電話落としましたよ」

返事はない。一心不乱とはこのことを指すのか。

「すみません、席の目の前に携帯電話落ちてましたよ」

2度目か3度目の声掛けにようやく顔を上げた女性。私の顔と左手を同時に見て、その場で「へたーっ」と座り込む。ホント漫画の一コマに出てくるような感じで「へたーっ」と座り込んだ。

女性は安堵したのか泣き出しそうな顔で、こちらに頭を下げて「御礼させてください」と言い寄ってきたので、私は思わず、ヒデジの店でビール奢れと言い掛けたが、鬼だなと思い、遠慮して断った。

しかし、女性は何かしないと気が済まないと言う。押し問答の格好になってしまったので、私は折れた。

「じゃ今日は遅いし酔っ払ってるからさ、携帯番号教えるから落ち着いたら電話してよ、ケンイチで。

オレも田町駅周辺に住んでるからさ、遠慮なく誘って」

私はそう言って、その場を離れヒデジの店へ向かった。

この女性との出逢いが今後の私の人生を変えるとは、お互いまだ知るよしもない。

翌日20時過ぎ、ショートメールが届く。

「昨晩はありがとうございました。携帯電話拾ってもらった者です。都合のいい日ありますか？御礼させてください、アユといいます」

昨晩の女性からだった。

まさか本当に連絡が来るとは思わなかった。

あの後、ヒデジの店でことの次第を話していた。その際、もし連絡がきたら一杯サービスしてやると言われてたので、御礼分も含めたら2杯無料で飲める。ラッキー過ぎるできごとに、仕事もそっちのけでテンションが上がり、即返信していた。

23時前、私は仕事を終えて、秒速で田町駅前のTSUTAYAに移動していた。昨晩のアユという女性は既に着いていたらしく、2階のレンタルDVDアニメコーナーにいるとのことだった。それならと私も2階に上がりアユという女性を探す。

なんだこの感覚は、何故、御礼されるのに探しているのか、不思議な感覚だったが、ワクワクしている自分もいた。
辿り着いた時、女性はアニメコーナーの一角を見つめていた。私は声を掛け挨拶をすると、女性から昨晩の御礼を伝えられ、すぐさま、
「今敏って知ってますか？　私大好きなんです」と語りかけられ、
私はとっさに「知ってる、知ってる」と聞いたこともない、今敏という単語に知ったかぶりをす

る。するとテンションが上がったのか「どの作品が好きですか？　音楽良いですよね」など畳み掛けるように話し始めた。

しまった、何故カッコつけて、知ってるなどと、言ってしまったんだ。墓穴掘るパターンだ。

私は曖昧に返事をし、その場を乗り切ることにする。早々にアニメ話を切り替え、逆に質問した。

「何か食べたいモノある？　お腹は空いてないか？」の質問に対して「大丈夫」との返答だったので、早速ヒデジの店で飲むことになった。

ＴＨＣには常連客はおらず、店に入るやいなやヒデジは後ろの見知らぬ女性に対し、クールに「いらっしゃいませ」と挨拶をしている。私と女性はカウンターに座り、酒を注文する。ヒデジが、レー●ンブ●イとソルティードッグを作っている間に、女性から改めて昨晩の御礼を伝えられた。

私は昨晩のことは聞かないことに徹し、自分の話をすることにした。

仕事場は新橋で家電量販店のゴルフ売場の店員。仕事終わりの深夜や休日に都内でＤＪ活動もしている。駅を挟んで反対側に住んでいて、ほぼ毎晩この店で飲んでいる。年齢は29歳になったばかりで、Ｏ型だとも付け加えた。

その説明を終えると女性から、

今年30になる。血液型は一緒だと、笑顔で話し始めた。と同時に、ヒデジがレー●ンブ●イとソルティードッグを持ってきた。

「昨晩、話してた女の子だよ」

ヒデジは「どうも！」っと挨拶をし、ニヤニヤしながら、溜まったグラスを洗いに厨房へと姿を消した。

二人で軽く乾杯をし、お互いひと口酒を喉に流し込む。アユという女性も自己紹介を始めた。舞台女優として活動しているが、前まではタレント業もこなしていた。仕事は職場の人と上手くいかず、もう辞めるがレストランの接客をしている。田町駅から徒歩圏内に友達と住んでいて、昨晩は仕事帰りだったとのことだ。

お互い同世代で、地元も東京ということもあり、いつの間にか会話が弾んでいた。すると「DJさんだったら平沢進、知ってますか？」との質問に対して、

ようやく知ってる単語が来たと肩を撫で下ろし、すぐさま、

「ベルセルクの曲作ってた人だよね。オレはベルセルクのオープニング曲歌ってたPENPALSが好きなんだよ」

と知っていても当然だい！　的な感じで話す。すると女性は

「PENPALSはベルセルクのオープニング曲だけ知ってます。確か実家にCDがあると思う」と。

私は「PENPALSを知っている同世代の女性がいた」ということに興奮を抑えきれず、まだ半分残っている目の前のレー●ンブ●イを一気に飲み干した。女性も知ってる人がいて嬉しくなったのか、再度、

「今敏の作品で好きなのはありますか」と聞いてきたので、私は再びその場をしのぐために

「あれ、あれだ、数年前のあれなんだっけ。ちょっとトイレ行ってくるわ」

と、携帯電話を持ちながらトイレに向かい席を立つ。

トイレに入るやいなや今敏とネット検索し、一番上に出た『パプリカ』というアニメをタップして、あらすじに目を通して、知っている声優がいないかをチェックし、人気声優の名前を発見しトイレを出た。冒頭のあらすじと、声優だけで乗り切ろうという手段だ。

カウンターに戻ると女性はヒデジと談笑していた。何故かヒデジは「コイツを宜しく」などと言っていたので、私は話を遮るために、追加のレー●ンブ●イを注文し、今敏の作品を今思い出したかのように伝えた。

「パプリカいいよね！　SFぽいのがいいね！　確か主人公の声はあの声優だよね」

つい数十秒前に脳に仕入れてきた字面を一気に伝え、もう手持ちがなくなった。

私は早く次の話題になってくれと思い「好きな漫画はないか」と質問を返した。すると「今は『宇宙兄弟』にハマっている」という返答が来た。漫画は特別詳しい訳でもないが、その漫画は聞いたことがある。

私の病気ALSを検索している時に、やたらと引っかかってくる漫画だった。

ALSの病気がキーを握っている漫画だという認識しかしておらず、肝心なストーリーや内容は把握していなかったが、この女性なら、私の病気のことをある程度理解してくれるかもと思い、振り絞って答えてみた。

「病気のALSが出てくるよね？　オレALSなんだ」

アユという女性は、キョトンとした顔でこちらを見つめている。


ひょんなことから偶然出逢った私達は、その日を境に、毎日のように仕事終わりに逢うようになった。

アユは3週間後の舞台の稽古終わりに、私の家に訪れては、舞台の台本を私と読み合わせ稽古をする。

そして毎晩遅くまでどちらかが寝落ちするまで、好きな映画や漫画や本の話を沢山、私に話してくれていた。

彼女も私が今敏なんぞ知らないことは、勘づいていたのだろうか。かえって、この作品を一緒に見ようと教えてくれたり、聞いたことがない漫画を私に貸してくれたりと、気が付けば、お酒を飲みに出歩かない日の方が増えていっていた。

私の生活スタイルが徐々に変化していっていることを肌で感じる日々に、充実感を覚え始め、幾分か病気のことも忘れられる日々がそこにはあった。

彼女自体、気持ちの浮き沈みが激しく、不安定な時があるということをカミングアウトしてくれたことにより、お互いの距離は更に近づくことになり、そして、彼女も私の病気のことを理解した上で接してくれていた。しかし付き合うという形式を取ることはしなかった。

舞台本番10日前、アユから仕事終わりに、駅まで来てくれと連絡が入った。

今日でバイトを辞めるということは聞いていたが、私は若干不安でいた。メンタルが強くない彼女が無事に家まで帰ってこれるのか。

その不安は的中した。駅で待ち合わせした彼女は表情は暗く、ずっと俯いたまま立ち竦んでいた。

私は彼女の手を取り歩き始めた、私はバイトのことを聞くことができず、ダンマリを決めてしまっている。彼女の細い手が時折震えているのが分かる。私はなるべく彼女のペースで、ゆっくり歩くことを心掛けていた。


もう10月も半ば、すっかり秋めいた夜の運河沿い。スズムシの音色を聴きながら、私達は家路へと急いでいた。

その時、彼女はもう生きる価値がないと、急に運河へ飛び込もうと柵に足をかけ始めた。

私は、オイオイなかなか面白い女だとは思っていたけど、これはやり過ぎだ。さすがに運河に落ちたら生死に関わるし、こうなったら力ずくで引っ張って静止させないと。

私はチカラが入らないであろう右手と左手で懸命に柵の上から引きずり降ろした。

この時、火事場の馬鹿力を発揮したのかもしれない。

彼女は柵から地面に落ち蹲《うずくま》っている。私はさすがに大きな声で怒ったが、彼女は足を押さえて悶絶している。しまいには泣き出し、足が動かなくて歩けないと。

私は我に返り、ちょっとやり過ぎたことに後悔をしだした。一向に立ち上がれない彼女を見て私は、ことの重大さに気付く。すぐさま救急車を呼ぶ。

思いのほか早く到着した救急隊員に、私はちょっと遊んでて高い所から落ちたと、カモフラージュし伝え、一緒に救急車に乗る際に隊員から、

「お兄さんも脚引きずっているけど、怪我してるのでは」と言われ、その際はじめて他人から見たら、私は脚を引きずるように歩いているというのを知った。

私は「これくらいなら大丈夫です」と言葉を濁し、救急車に乗る。


救急車が辿り着いた病院は、私の身体の異変に痺れを切らし、初めて訪れた大学病院だった。

夜の救急外来の待合室。

そこにいるのは私一人。薄暗いやけに静かな待合室で私は、アユの診断結果をビクビクと待っている。大事な舞台の前に怪我をさせてしまったことに、強い罪悪感でいっぱいであった。

数十分経っただろうか、看護師さんから「お連れ様もどうぞ」と診察室に通された。

そこには、
あの時の「気の持ちようでは？」と、身体の異変に不安でいっぱいであった私に、適当な言葉を発した若い外科医がいた。

相手はもちろん気が付いていないし、忘れているに違いない。

私は「墓場までお前の顔を持って行くから覚悟しておけよ」と心の中で叫ぶのであった。

結局、診断結果は骨折であったが、アユは2日後には舞台稽古に復帰していた。彼女は地元に一度帰ることになり、そこには名師と呼ばれる整体師がおり、そこのクリニックに通うことになった。その名師は凄腕の持ち主であり、アユは骨折して松葉杖を突いていたのにもかかわらず、骨折してから数日でギプスのみで歩けるようになっている。彼女から「ここの先生にあなたも見てもらいな」と提案され一度見てもらった。

整体師童貞な私は、ビクビクしながら施術を受ける。下半身、特にお尻辺りを入念に施術され、その名師は、私が尾てい骨を昔、打っていることを見抜き、座るのが今も辛いことを簡単に見抜いていた。

イメージでは、バキバキされるのかと思っていたが、ストレッチとお尻周りを揉みほぐすような施術であった。余りの気持ち良さにヨダレを垂らしながら、半分寝てしまっていたので、大まかな流れはうろ覚えである。

そして施術が終わり私のお尻近辺は、テーピングが張りめぐらされている。引きずるように歩いていた右脚も、スムーズに歩けるようになっていた。

「2週間毎に来ればだいぶ良くなる」と言われ、感銘を受けたので通おうか迷ったが、保険が利かないこともあり、一度の施術代も当時の私からみたら大金だったため、泣く泣く断念することにした。

帰りアユの実家にお邪魔することに。アユの部屋は、まるでおとぎ話に出てくる図書館のような部屋だった。木目調の壁に木目調のベッドに、木目調の本棚、本棚には数えきれないほどの絵本や書籍が並んでいた。

自分がそうだったように、

「将来自分の子供にも沢山の絵本を読み聞かせしてあげたい」その彼女の言葉が、今も脳裏に残っている。

帰り際にご両親と妹と愛犬を紹介された、リビングには、妹が書いた詩、

消費税、たかが五円、されど五円

こちらも今もなお、脳裏に残っている。

アユの舞台は無事に終わり、これを最後に彼女は舞台女優も辞め、事務所も辞めることになった。私の自宅近くの飲食店のホールでアルバイトを始めた彼女。出逢ってから1ヶ月弱のできごとだ。もう一緒に深夜まで台本の読み通し稽古も、団員の愚痴や脚本の愚痴を聞けないのかと思うと、私は心なしか、もう少し彼女の演技を見ていたかったという気持ちにもなっていた。

すっかり薄手のカーディガンでは、冷たい風を通してしまう季節になっていた11月。

彼女の誕生日があり、私は昔付き合っていたサエにしてあげられなかった女性の30歳の誕生日をお祝いさせて貰うことにした。

大事な女性の大事な誕生日、昔、私のわがままと酒に溺れていたことにより、出来なかった大事な女性への、誕生日祝い。無事に終えられたことにより、過去の胸のつっかえが取れた気がする。

私は、来年また同じように祝えないかもしれない。病気が進行して、身体がどうなるのかも予測がつかない。来年のこの日は、違う日常なのかもしれない。そう考えると、今できること、今目の前にいる人と、精一杯楽しむ。

このことを胸に刻んで歩むことを決めた日だった。

そして12月も近づき始め、気温の低下と共に、脚の不調が現れ始めてきた。時折、全身が硬直するような言葉にするのが難しい症状が出始めた。本格的に病気が私を蝕んできた前触れなのか。

市川

２０１２年

風の強い日だ、私は信号待ちをしている。

私の左手には携帯電話が握られている。人通りは普段に比べれば少ない、昼前のスクランブル交差点。デジタル気温計は9℃と表示されている。

突然大きなクラクションが鳴った。

私はビクン！と大きくリアクションをし、左手の携帯電話を落とす、両隣の男性は私をチラッと見て、視線を前に戻している。

膝を曲げると脚の筋力だけでは元に戻せなくなった私は、目の前の地面に落ちた携帯電話を拾うために、ラジオ体操の身体を前後に曲げる運動のように脚を開き、落ちた携帯電話を拾う。


また画面にヒビが入った。


12月を過ぎた頃から急激に気温が下がり、私の身体がいうことを聞かなくなってきていた。

時折クラクションの音で、飛び跳ねるように驚く現象が現れ始めた。

映画やライブなどで、大きな音が鳴るぞと分かっているモノに関しては、この症状は現れないのだが、不意に鳴る大きな音に関しては尋常ではないほど、ビックリするように反射的に身体が動いてしまう。

普段なら大きな音でビクン！と全身にチカラが入る。しかし私の身体はチカラが入らなくなってきたためか、全身が飛び跳ねるようになっていた。

そのせいもあり、信号待ちでのクラクションで、携帯電話を落とすことが日常になってしまい、携帯電話は日を追うごとにボロボロになっていった。

そのことを通院先の大学病院に相談すればいいのだが、私は病院との信頼関係はゼロに等しく、月1の通院も適当にあいづちをして終わりという、全くもって意味のない通院になってしまっていた。

ある日、私はアユに病院との関係が良くないので、どうしようかと打ち明けたところ「病院を変えたりしないのか？」というアドバイスが来たが、私は「もう医者も病院も信用ならないから変えるのも億劫だ」と返事を返した。

翌日、仕事中にアユからメッセージが来た。

「千葉県の市川にALSの方を多く見ている先生がいるらしいから、お願いだからアポ取ってみて」

私は渋々、教えて貰った病院に電話をかけてみた。受付の女性は、ゆる～い声で応対してくれた。

「ALSの診断結果はでている。障害者手帳も持っている。会社員なので社会保険証だ。今通院している病院から、そちらの病院に変更したいので、一度先生に診てもらいたい」

その旨を伝えた。

受付の女性は、ゆる～い声ながらも、慣れた口調で、私に必要な手順を教えてくれた。電話でも把握出来た。電話を切った私は、病院のゆる～い感じに不思議な感覚を抱いた。

数日後、通院していた大学病院の担当医に、病院を変更するので紹介状をお願いに向かったが、その際に「何処の病院でも同じだよ」と投げ捨てられた。

最後の最後までムカつく病院だったなと、金輪際この病院とは関わらないことを誓った。


晴れてある意味フリーな状況になった私は、翌週にはアユに教えて貰った病院の自動ドアをくぐる。彼女も一緒に行くと言ってくれた。私はまた初めて会う医師に病気のこれまでの経過を上手く話せるのかが不安であったが、彼女のアドバイスとして、

「上手く説明できないか不安な時は、箇条書きのメッセージでいいから、先生に渡すのが良い。その方が担当医も把握しやすいし、カルテに残しやすいはず。私も説明できない時はそうしてるから。大丈夫」と。


その言葉に物凄く安心出来たが、箇条書きも上手く書くことができず、結局アユが私に質問した内容を、そのままメモに書き写してくれた。どこまでも甘える性格である。


私の不思議な感覚は間違っていなかった。

先ずホームページでも把握出来てはいたが病院の規模が小さい。

町医者レベルの大きさだった。

そして受付の女性は電話で対応してくれたであろう、ゆる〜い話し方の女性が待っていた。

「電話頂いたフクイさんですね〜。

お掛けになってお待ちくださ〜い」
電話のままであった。アユはすかさず
「あの子、江古田ちゃんに出てくる猛禽類だな」とポツリと呟いていた。

そんなのっけからユル度数MAXの病院。担当医である病院の屋号が名前の先生が現れた。

私はメモ帳を渡し、担当医は目を通す。

「ふむふむ、そうでしたかぁ」

「遠くからご苦労様です」

「今一番困っていることはありますか？」

「進行は非常に遅いようですね」

優しそうな表情。

優しそうな声。

優しそうな雰囲気。

そして自ら多くは語らず、あくまでも当事者の考えを尊重するスタンスに、私は安堵感を得た。

この病院なら上手く病気と向き合える。この病院なら全て納得出来る。

バケツリレーのような次の患者次の患者スタイルではない。

受付、看護師、リハビリスタッフの仲睦まじい病院の雰囲気に私は安堵感を得た。

近所の大学病院では一言も出てこなかったリハビリという言葉も提案してくれた。

翌週から月に2回ほど、この市川にある病院にお世話になることになった。


もう一度ALSと向き合えるチャンスが訪れたのだ。


学生時代。

右膝の靭帯を伸ばし1ヶ月間、全く走れず、ボールを蹴ることさえ出来ず、私は毎日、部員が使う用具を揃え、ビブスを洗い水を用意し、練習試合ではグラウンドの外から、ライバル部員のシュートミスを願っていた。

男子校でマネージャーというメンバーがいなかったため、マネージャー業は一年と怪我で離脱中の者が率先して行うスタイル。

タイミングが良かったのか、春休みに怪我をし戻って来れたのはゴールデンウィーク前。

私のポジションは、下の代からの台頭はなく、すんなりと元の序列に戻れていた。

そもそもレギュラーではなく、ベンチメンバーだったが。

その高校生以来のリハビリという行為。

私を担当してくれたのはクサマさんという女性であった。

ＰＴ（理学療法士）のクサマさんは行く度行く度、毎回マスクをしていて、素顔を決して見せない仮面女子であったが、ＵＫミュージックに精通していて、ブラーやパルプなどの音楽をこよなく愛していた。リハビリを受けに病院に向かう度に、オススメのアーティストを紹介し合うのが日課になっていった。

もう一人は、ＳＴ（言語聴覚士）のオオノさんという男性。

私は言語のリハビリという概念を知らずに30年近く生活していたため、驚きであった。

まだこの頃は、発声や飲み込みに問題はなかったものの、いつか来るであろう日に備えて準備という名目で受けることにした。

因みにオオノさんは何故ＳＴ？と思うほどウエイトリフティングに没頭している。

そんな真新しい環境。

私の会社での勤務シフトも、病院がある月曜日に固定休を貰い、残りは平日休みになったため、金曜日の深夜や土日でのＤＪ活動が頻繁には出来なくなり、ＤＪ活動を減らすことになっていった。

アユとの日々を優先する日が増えていく中で、私は病気と向き合いながら、何か新しい生活を模索していた。

正直、病気と向き合うにつれ、今の自分の位置を模索する日々。楽観的な私でも、今後のことを考えると不安になる。
そこで少しでも癒しをインプットするために、猫を飼うことにした。アニマルセラピーというほどでもないが、酒を飲み歩く抑止力とでも言おうか。ペットを飼うことで、ある意味責任を自分に課した。

そう思い立ったら猪突猛進の私は、里親募集のサイトを開き、これから人生を共にする相棒ということで、生後まもない猫をしらみ潰しに探した。

すぐに、小さくて、美味しそうな、ちょっと不安そうな猫が目に入った。

11月21日産まれ、オス
スコティッシュフォールド
12月24日お渡し可

ドキュンと来た。
もう他の里猫は目に入ってこなかった。
それほど一目惚れだった。
ちょうどクリスマスまで1週間、私はすぐ里親にメッセージを送り返信を待った。

24日、私とアユは、猫を迎えに里親の元へ訪れた。

そこにはサイトで見たよりも更に小さい、15センチほどの子猫がお出迎えしてくれていた。

余りにも小さくて抱えた腕が震える。右手が動かしにくいこともあり、すぐさまアユに手渡した。

購入したばかりの猫用キャリーバッグに入れた子猫は、先ほどまでは大人しかったものの、突如鳴き出した。

「ニャ！　ニャ！　ニャ！」としか鳴かない子猫。

キャリーバッグの中で暴れている。イメージしていたより活発的な印象であったが、引き取った後のタクシーの中では、大人しくなっていた。


さて自宅に帰ってきたものの、部屋にはケージがない。

子猫ということもあり、ベッドの下に入り込まないように隙間を埋める。

もうケージを作らないで部屋全体で飼うことにした。


キャリーバッグを開けると、自ら率先して出てきた子猫。用意しておいた子猫用の餌にすぐさま向かっていく。

「ペチャペチャ」ものの30秒で食べ終えている。

おかしい。

子猫を飼う前に子猫の迎え入れ方と名乗るサイトをしらみ潰しに調べたが、どこも「迎え入れた初日は警戒心が強く、餌を口にしないかもしれない。根気よく待ちましょう」などと記載してあったが、この子猫は一目散に餌を発見し、すぐさま食らいついた。

前日にアユと今敏の『東京ゴッドファーザーズ』を見てた私達は、オスの猫でも「キヨコ」と名付ける予定であったが、この食い意地を見て、ある名前を思いついた。

多分予測的に、この子猫はイケメンになると勘づいていた私達は、岡田あーみんの作品『ルナティック雑技団』から孤高の貴公子、天湖森夜（てんこモリヤ）と。こんな沢山食べるならもっと食べたまえ。

今日の餌も「てんこモリヤ！」

このフレーズが頭に浮かんだ。

そして、

「フクイ　モリヤ」と名付けた。

今後この猫が8キロオーバーの肥満猫になるとは、この時は知る由もなかった。

モリヤという猫を飼い始め、アユとの生活も落ち着いてきた頃、私はとうとう転んだ。自宅でサッカー日本代表のワールドカップアジア予選の試合を見終わった後、不甲斐ない戦いに苛立っていたのか、宅飲みなど滅多にしない私が珍しく酒を呷っていた。

19時過ぎから呑み始めた私は、深夜1時を過ぎた頃には呂律も回っておらず、30分に一度のペースでトイレに向かう。呑んでは尿意の繰り返しだった。

さすがにアユからは「もう止めなよ」と忠告され、渋々それに従い最後のトイレに向かう。

その時、トイレ個室の隣に置いてある洗濯機に、脚をぶつけて頭から廊下の床に落ちた。

車のクラクションで飛び離れるように驚く私に、とっさに手が出せるはずもなく、左目の額近くから落ちた私。

衝撃はあったものの特に悶絶する痛さはなかったが、左目付近が、猛烈にジンジンし熱くなっている感覚があった。

倒れた物音にリビングから飛んできたアユは「あちゃー、出ちゃったわ」と言い、台所の台拭きを私の左目に当ててきた。その際、ピリッとした痛みの感覚を覚え、左目から離した台拭きには部分的に真っ赤に染まり、しばらくしてから、左目上部から真っ赤な血であろう液体が、ポタリポタリとトイレ前の床に落ち出した。

頭を打っているし、下手に動かすとマズイと考えたのか、アユは救急車を呼び、深夜、病院に運び込まれることになった。今回は私が救急車に運ばれている。


そう言えば3日後、姉貴の結婚式だったな。

目ん玉腫らして、行くんだろうな。

結婚式の写真に、一生残るのか。

生涯語り継がれるのかな。


なんて、アユの心配を他所に考えていて、連れて来られた病院は決別したはずの大学病院だった。

結局。

脳にはダメージはなく、数針縫うだけで事なきを得たが、翌日の会社は大事を取り休むことに。

ただこれを境に、仕事へのアプローチを模索するようになっていった。

外はシンと静まりかえっているが、夜明けの前なのかカラスが時折、鳴き出している。

空は運ばれた頃とは違い、薄暗くなりだしている。

私は、帰りのタクシーの中で考えていた。

今晩は呑み過ぎていたのは確かだが、今まで倒れて更に出血するなんてことはなかった。

ここ最近は脚にチカラが入らず、落ちたモノを拾うのにも一苦労だし、躊躇することもある。

私は事務作業をする社員ではなく、売場という舞台で販売員を演じている。そこの業務にも支障が出始めてきた。

この先、お客様に迷惑をかけることが起きるに違いない、そんなことを考えていた。

とりあえず、今考えてもラチが明かない、姉の結婚式が終わってから考えることにする。


週末の姉の結婚式。

「弟さんはボクサーですか？」

と姉の旦那、すなわち、義理の兄の会社の上司に問われている。

滅多に見ない着物姿の母親には目もくれず、瓶ビールを呷る。

左目をお岩さんのように腫らした私がそこにはいる。

新橋 ②

2013年

高校を卒業して就職し、

18歳からゴルフ売場に配属された私は、お客様からよく可愛がられていた。

とりわけご年配の方や母親世代の経営者の方々に、

指名されて接客を担当することが多かった。

今思うと、仕事的にダメだったんだろうが、ある食品会社の社長には、接客する度に商品券を頂き、昼飯や夕飯に有り難く使用させて頂いたり、赤坂の地主だというお爺ちゃんは、私がお酒好きだということを伝えると、毎度来店する度に、珍しい焼酎をプレゼントしてくれていた。

その他沢山のお得意様の中でも、マツナガさんという撮影関連の会社の社長は、私が20前から可愛がってもらっている古参のお得意様である。

マツナガさんは、いかにもゴルフ焼けと思わせる色黒の肌に、ウェーブがかかったシルバーの短めの髪、ド●え●んのような丸っとした体型に、口髭でダンディーな雰囲気を醸し出しながら、愛くるしさも兼ね合わせていた。

マツナガさんは、ゴルフボールや小物などを買いに頻繁に来店し、月に二度は顔合わせることもあった。

そんなマツナガさんのことを、私は好きであったし、私も小旅行する度にマツナガさんに、お土産を買ってプレゼントしていた。


左目上部を縫って以来、今後仕事をどうするか悩んでいた。

ちょうど姉の結婚式の翌週、2ヶ月ぶりだろうか。久しぶりにマツナガさんから電話があり店に顔を出すという連絡だった。

もちろん、マツナガさんにも病気のことを打ち明けてはいたが、最近はなかなか会うタイミングがなく、久しぶりの再会となった。


夕方、店舗はサラリーマン街の新橋にあるため、平日18時以降に決まって忙しくなる。

18時から19時半がコアタイムとなっていて、その時間は途切れなく接客をしている。

マツナガさんは、その時間帯は忙しくなるということを熟知してくれているのであろうか、毎回時間をずらして来店してくれる。

その日も夕方の17時頃にフラッと現れた。

私がゴルフパターを整理していると、後ろからフワッと香水まではキツくない、オーデコロンの匂いを漂わせて現れた。

オーデコロンなのか、ヘアトニックの匂いなのか分からないが、イケおじ特有のあの匂い。

当時、雑誌LEONの影響なのか、ちょいワルおやじ、という新種が街に溢れかえり、そこら中に偽ジローラモが屯《たむろ》していた時代だ。

私は背後から漂わす匂いに振り返る。

マツナガさんは開口一番に、

「おまえ痩せたな、体調大丈夫なのか?」

と私に話しかけてきて、私は苦笑いで返すが、
その時体重も減ってきてることに初めて気付いた。


確かに私は他の男性に比べれば細い、学生時代無理に食事を摂っても、60キロに到達しなかった。

身長は、170センチ後半はあるのにだ。

よく部活を引退すると急激に丸くなる学生がいるが、私はその逆で、むしろ引退してから50キロ前半まで体重が減ってしまっていた。

数年前に少し太らないと、と思い始め、体重は増加傾向にあったが、病気の進行が進むにつれ、どうやら体重も減ってきてしまっていたのかもしれない。


私はマツナガさんの取り置きのゴルフボールを持って来ようと、身体を起こし、カウンターに向かおうと移動した、次の瞬間。天と地が逆さまに視界に映った。

ガシャーン！

鈍い金属音と共に目を一瞬瞑り、もう一度開く。

時間で言うとたかだか3秒ほどなのだろうが、私には10数秒ほどに感じられた。

スローモーションで映し出された私の視界。

ゴルフボールを取りに行こうとカウンターに向かった際に、パターマットの人工芝に躓き、前方に前回りするように転んだようだ。

それと同時に脚や身体が触れて、
先ほどまで陳列されていたパターが、雪崩のように崩れ落ちている。

大きな音に周りは一瞬静まりかえり、聞こえるのは店内に流れるテレビCMでお馴染みの陽気な家電量販店の曲のみだった。

その静まりも一瞬で、次に聞こえてきたのはマツナガさんの声だった。

「派手に躓いたけど大丈夫か？」

この時、自分が躓いて転んだことに気が付いた。

私はなんとかカウンター席に置いてある椅子に手を置き、チカラの反動で起き上がる。

「最近躓いて転ぶことが多くて」

「この左目の絆創膏も転んで」

マツナガさんに打ち明けた。


その日の夜、私は珍しくといっても週1のペースに落ち着いたが、ヒデジの店にいた。

一人になりたい気分だったので、家には帰らずに。

と、言っても落ち着く場所は、ヒデジの店しか思い浮かばずだ。

店は平日の夜にしては珍しく団体客が入っている。
落ち着きを求めてきたものの、
店内には大音量でケツメイシのアルバムがフル尺で流れている。
ヒデジも団体客の対応に追われて慌ただしくしている。
ＴＨＣに珍しく入った、アルバイトのケイコにレー●ンブ●イを注文し、
私はタバコを口に咥え、動かなくなりつつある右手で器用にマッチに火を付け
口をマッチに近づけた。
左手の人差し指と中指の間にタバコを挟み、親指の付け根の筋肉に目を向ける。

やはり凹んでいる。

先に右手に現れた症状が露骨に見えてきた。

箸が持てなくなるのに五年かかった。となると同じく五年後には、左手も……


今年で30歳だ。

五年後は35歳か。

それと同時に右手も、脚も終いには呼吸機能も落ちて進行していく。

正直五年後の私がまだ販売員を続けられてる、絵が浮かばない。

ましてや接客中に転び、お客様に怪我がなかったものの、お得意さんのマツナガさんでなかったら、ビックリさせてしまい、購入意欲も落としてしまいかねない。

しかし18から働いてる会社だ。

辞めようと思っても思い入れが強過ぎてそう簡単に踏み出せない。

辞めたとて、次の仕事はどうする？

生きてくには働かないと、この生活を維持するには収入がないと。

そんな時、ヒデジが「フゥー」と息を吐き出して近づいてきた。

「今日は忙しかったな」

「ど平日に新人の歓迎会なんてやるなよな」

と愚痴をこぼしながら、洗ったグラスを棚に戻している。

どうやら団体客は、既に帰っていたようだ。


私は無意識にヒデジに質問をしていた。

「ヒデジはどうしてサラリーマン辞めてBARを始めたの？　超大手の地上げしてたんじゃないの？」

ヒデジはあっけらかんと答えた。

「ケンボーも知ってる前の奥さんが、銀座で働いてて、のめり込んだらBARの経営してた」

「んま、仕事も忙しくて、嫌になったんだろうな、ちょうど30過ぎだったか」

そう答えた。

私はその答えに何故か、背中を押された感覚になった。


「オレ今の仕事変えるわ、辞めるかどうかは分からないけど」

「明日上司に相談するわ」

ヒデジからは返答はなかった。

分からない、言葉には発しなかったのかもしれないし。

たまたまケツメイシの曲に、かき消されてたのかもしれない。
ため息とタバコの煙を口から吐き出し、
私は財布を取り出し席に立つ。

慶応仲通り

2013年

「邪魔だから、生きるな」

私には、そうとしか聞こえなかった。


その日休みだった私は、総務部に今後のことを相談するために、本社を訪れていた。

総務担当は、私が入社した頃によく指導してくれた上司であった。

接客するのが身体的に難しくなってきたため、事務仕事に回してくれないかと、直談判することにした。

どうしても会社に残りたかったし、まだ会社に貢献していきたかった私に、放たれた言葉は意外にもあっけなかった。

「ウチの会社に、あなたを受け入れられる部署はない」

要するに、病気になって接客することが出来なくなったオマエが、働く場所はないということだ。

それが10数年間、働き続けた私に会社が下した言葉だった。

子供の頃から何度かお世話になっていた会社。

倒産しても残り続けた会社。働けるギリギリまで、売場に貢献してきた会社。


その言葉が返ってきた瞬間、もうどうでもよくなってしまった。

働くことにも、会社に貢献することにも、なんも意味がないと。

事務仕事、裏方の仕事、何一つも提案されなかった。

買収された会社だとはいえ、余りにも酷な一言だった。

帰りの山手線の車内、私の脳内は、

「邪魔だから生きるな」

その言葉だけがループしている。


果たして、この車内に今日、邪魔だから生きるなと言われた者が何人いるのだろうか。

目の前のストライプのスーツで極めている男性も。

くたびれたスーツでネクタイも緩んでいる男性も。

これから出勤するであろう、香水の匂いをなびかせている女性も。

どのようなバックボーンがあって、平然とした顔をしているのか。

私だけが、世間から取り残されている感覚が、フツフツと湧いてきている。


その日の夜。

私はヒデジの店の常連客の、サカモト社長を誘って田町の串焼き屋で飲んでいた。

なかなかサカモト社長に今日言われた会社からの通達を、相談できぬまま時間が過ぎて行く。

「ケンボー長生きしろよ」「オレより長く生きろ」「オマエは本当に可愛いな」

「オマエは最高だな」

と酔っ払ってくると毎度聞くセリフも、上の空だった。


生ビールを3杯飲んでも酔えない日。

そんな日があるなんて、考えもしなかった。

私はこの店の辛味噌ホルモンが大好きで、来る度に頼んでいる好物の品。

いつもなら美味しく感じるのだが、今日は噛めば噛むほど味気ないガムのように感じ、気が付いたときには、ただゴムを口に含んでいる感覚だった。

当然飲み込むことも出来ず、途中でトイレの便器に吐き出した。

どうしたものかと顔を上げ、トイレのドアを開けようとした私の目に飛び込んできたモノ。

それは何処の居酒屋にも貼ってある、船で世界一周○○○万円から！

という文言のアレだ。

今まで確実にスルーしてきたモノに何故か敏感に反応してしまった私は、そのポスターを見るやいなや

「旅に出よう」そう思い立った。


思い立った伏線は、何個かあって、アユは海外旅行の話や国内旅行の思い出話を、私に話す機会が多かった。

モロッコの砂漠は、他の砂漠と比べて赤っぽいオレンジ色なので、日の出と共に見ると幻想的で良かったことや、モルディブでスキューバダイビングをした際に、差し歯をなくして意気消沈していたのだが、翌日違うスポットでダイビングしてるときに、目の前になくしたハズの差し歯が浮いていた摩訶不思議な話やら。

仕事がら、まとまった休みを取ったことがなく、国内旅行も疎い私に、事あるごとに面白おかしく旅行話を話してくれていたため、いつかまとまった休みが出来たら、旅行に行きたいと強く思うようになっていた。

そんな影響からか、会社に半ば捨てられた私が、世界一周〇〇〇万円から！という広告に反応したのも必然だったのかもしれない。

結局その日はサカモト社長に打ち明けられず、大人しく家路につく。
今後のことを、仕事のことを、旅に出たいことを、
アユに伝えるために、ヒデジの店に寄らずに帰ることにした。

中学の英語の時間も、ちんぷんかんぷんで、
高校の最初の英語の授業で、アルファベットのＡＢＣからスタートするような学校出身の私には、英会話など無理難題である。

洋楽のアーティストを聴いてる時も、もっぱらメロディーが心地良くて聴いている。
それと正直、洋楽＝邦楽よりカッコいい、という浅はかな考えで聴いていた。
そんな私の選択肢に、海外に行くというカードは持ち合わせてなかった。
先ずは北の宗谷岬から攻めて、鈍行列車を乗り継いで、最後は南の波照間《はてるま》島に行こうかなと。

途中友達に会いに仙台へ、次は山形へ。一度東京へ戻り、富山方面へ行き黒部ダムを見て、石川を回遊して関西へ行こうかな。なんてことを考えながら仕事をする日々。
暇が有れば日本地図と時刻表と睨めっこをし、仕事に身が入らず。ズタボロの気力も落ちたオウムのように、来店したお客さんを接客していた。

アユに仕事を辞めると打ち明けた頃から、二人の関係がギクシャクしてきた。言い争いが絶えない日も続き、毎日のように一緒にいた日々もいつの間にかなくなり、アユは実家に帰ってると、連絡が来る日も増えていた。

私はアユとの時間を大切にしようという思いも、頭の何処かに有ったのだろう。仕事を辞めてから一緒に旅に出ようと考えていた。
そのことを伝えたところ、「一人で行ってきなよ」と素っ気ない返事が返って来た。

その一言が影響したのかは定かではないが、より一層どうでもよくなった。
身体は動かしにくい、心理的影響なのか呼吸も浅くなり始めたと感じるし、自分のメンタルの着地点が分からなくなった私。

8月末に退社が決まってからの、残り約1ヶ月は会社にも顔を出さず、自暴自棄というのか、廃人となっていた。

18から働き出した会社は、30になる月まで続けたものの、最悪なカタチでエンディングを迎えた。

今思うと会社や売場、上司や後輩に、迷惑を掛けてしまったと悔やんでも悔やみきれない。綺麗に終えることができなかった私に、今でもムカついているし、ケジメをつけられなかった。毎週のように飲みに誘ってくれたバイヤーにも、御礼の言葉が言えぬまま、今日に至るまで連絡出来ずにいる。

こうして退職していった私は、会社に言われた通り、ハローワークへ向かい失業保険の手続きをする。せめてもの優しさだったのだろうか。自己都合ではなく、会社都合での退職という形を取って頂き、障がいでの退職というカタチも相まってか、通常の失業保険の給付期間よりも更に長い間、給付して貰えることになる。

9月
私は一瞬、舞浜?と見間違えるような街にいる。

タクシー乗り場で雑談している運転手が、私に気が付いたようだ。
「めんそーれ」
と発せられた言葉は生ぬるい風に乗り、
私の視界と喉にまとわり付いている。

3 熱波

三田 ③

2013年

あれは8月の中旬だったか、私は会社に行かなくなり、
夜な夜なヒデジの店で現実逃避し、数年前のように酒を浴びていた。
髭も剃らずに、抜け殻になった私は、
ただただ目の前のレー●ンブ●イを喉に流し込む。

ヒデジの店でバイトとして入ってきた、
ケイコがため息をつきながら愚痴を溢している。
「ヒデジまた消えたよー、ケンボー手伝ってぇ」
ヒデジはケイコがアルバイトに入ってきてから、店を空ける日が増えている。
ケイコに店を任せておいて、同じ雑居ビルの4階の飲み屋で飲んでいるのが、
お決まりのパターンとなっていた。

一応飲み屋でのバイト経験があった私は、
ビールを注ぎ、簡単な酒なら作れるレベルはあった。

客として飲みに来ているのにもかかわらず、気が付けばカウンター内で作業していることもしばしば。

動かなくなってきた右手で上手にグラスを支えながら左手でビールやらマドラーを回す。

初めて会う方には左利きなんですね、なんて言われても説明するのが、めんどくさいので両利きと答える。

女性客に「天才ですね」と言われることに、変な快感を覚えて鼻の下を伸ばすこともあった。

混み出すと、私がヒデジに電話をし、店に呼び戻す。

渋々戻ってきたヒデジはオーダーされた酒を作り、場合によっては、カクテルを作るためにシェーカーだって回している。

ほとぼりが冷めたところで、いつの間にか、いなくなり4階で飲んでいる。

学年が私の一つ上のケイコと仲良くなるのも自然なことだ。

彼女はダンスの講師をしていて、今までの一番の思い出は、ブラジルでサンバカーニバルに参加したことだと教えてくれた。

私にブラジルに行ってみて欲しいと話すことがある度に、「いつか一緒にブラジル行こうよ」と、社交辞令のように誘ってくる。

この日もヒデジはいつの間にか店から姿を消し、私とケイコが店番をしていた。
私は8月いっぱいで会社を辞めて、
9月から北海道に旅に出ようと考えていると打ち明けた。

先ずは宗谷岬を目指し、そこから南下して、最終的には波照間島に行きたい。
さすがにブラジルは、身体のこともあるし難しいから国内で旅してくるわ、
と一通り話した後、彼女は前のめりで目を輝かせて言ってきた。

「波照間島、行ってみたい」
「石垣島に行ったことないから、私も行きたい！」
「9月中旬ちょうど空いてるし、飛行機のマイルも使わなきゃだから」
「ケンボーが行くなら私も行く！」

私は一人旅で行く気満々だったが、旅は道連れだと方向転換し、
先ずは南から攻めることにした。
まぁ、同世代の女子と二人で旅行に行くという下心はなかったかと言えば嘘になるが、
アユとの関係がギクシャクしてきたという事実もあったためか、
アユにはそのことを言うタイミングもなかった。

それと、言葉通り現実逃避したかった。

「邪魔だから、生きるな」

この言葉が時たま脳裏を駆け巡る。
少しでも非日常的で刺激的な日々を欲していた。

かくして、ヒデジの店のバイト女性と石垣島旅行に行くことになった私は、
その日から旅行計画を立てるために、
『石垣島完全ガイド』『八重山マスター』『訳あって沖縄』
なんて本を片っ端から購入し、毎日あんなことこんなことを妄想する日々が続くことになった。

那覇 ①

2013年

飛行機の窓から見える景色は、私が知っている海の色ではなかった。

昔、母親に連れてかれた喫茶店で食べたクリームソーダが感動するくらい、美味しかったのを覚

えている。
それ以来コンビニやスーパーでメロンソーダの炭酸飲料を見つけると、一目散に手に取りバニラアイスも購入し、自宅で即席クリームソーダを作っては癒されていた。
飛行機の窓から見えた海の色は正しく、クリームソーダのバニラアイスとメロンソーダが交わる境目の色をしていて、どこか懐かしくも思えた。

飛行機に乗ること自体が、高校の修学旅行ぶりで、男子校だった私は、男だけでの九州縦断旅行に参加するまでは憂鬱であったものの、鹿児島空港に降り立ち出迎えていた私達のクラスのバスガイドに一目惚れをしてしまい、1週間限定の男子大勢プラス女子一人という、アナタハンの女王ばりの縮図が出来上がり、私は帰りの福岡空港にて別れを惜しむ辛さなのか人目をはばからず、号泣していたことを思い出す。

それ以来の飛行機で、ましては、一人で乗るなんて生まれて初めてだった。
一人で旅行すらも行ったことがない、遅咲きだ。
飛行機に恐怖心があるビビリな私は、
自分は大器晩成型だと胸に言い聞かせながら、3時間のフライト中一度も立ち上がらず、ずっと気張った状態で過ごしていた。

午後4時、私は生まれて初めて見知らぬ地に降り立った。

東京と違う空気感は、空港内でも如実に現れていた。

なにしろ全てにおいてスピードがゆっくりなのだ。

分からない。

物心ついた時から東京育ちの私にとって、東京のスピードが体内に染み込んでいる。

正直私は地方出身者の方々の、東京のスピードに付いて行けないというフレーズが、全く理解出来てなかった。

しかし、この時初めてギャップに気付いたのかもしれない。

といっても行動が一つ一つ遅い訳でもない。

スピードがゆっくりといっても苛立ちを覚える訳でもなく、なんと言えば良いのか、

緩い

の一言に表れるのかもしれない。

一抹の期待と不安を抱えながら、空港の外に出た瞬間、
知らない匂いと、知らない風。
知らない太陽と、知らない雲。が私の五感を包み込んだ。

感覚という感覚に刻まれていくのがヒシヒシと伝わってきた。

目の前にはモノレールが走っているし、近代的だし、
一見は、舞浜だったり千葉駅だったりするため、
関東園となんら遜色はないが、
午後4時を過ぎたというのに、強烈な西日が私の背中を焼き付けている。

那覇市内にホテルを取っていたので、モノレールで向かうことも考えていたが、
タイミングよくタクシー乗り場の運転手に話しかけられたため、
タクシーで国際通り近くまで乗っけてもらうことにした。
「お兄さんナイチャーだねー」
「色白いからすっぐ分かったさー」
「タイミング良かったねー、もう台風は去ったからしばらく天気良いさ」

まてまて
「ナイチャーってなんだ」
私が片っ端から集めた、沖縄旅行誌や『訳あって沖縄』という文庫本には、方言特集のページは、なかった。

この旅で私の知らなかった日本を、目と耳で感じたい。

匂いや舌でも味わいたい。

足は引きずっているものの、私は全くといっていいほど気にもしなかった。

目の前は高揚感に満ちていた。


「んじめんそーれー」

ホテルの前にタクシーが到着し、会計を済ませ下車する際に、運転手から言われた方言だ。

沖縄出身の若い世代は、沖縄方言をあまり使わないと聞いたことがあるが、私が乗車した運転手は60代を超えてるであろう、恰幅の良い色黒のお爺さんであったためか、「めんそーれ」で始まり「んじめんそーれー」でお別れとなった。

後日意味を調べたところ、「ようこそ」で始まり、「気を付けて行ってらっしゃい」という意味だったようで、観光客の私を温かく迎え入れてくれてた、と思うと嬉しくなった。

この旅は先ず、最初の3日間沖縄那覇を拠点に一人で滞在し、4日目に石垣島に渡りケイコと合流する予定だ。

最初の那覇での宿はドミトリーホテルでも良かったのだが、さすがに初の一人旅でビビリな私は、結局1泊目は東京にもある全国チェーンのホテルに泊まることにした。

まだ2泊あるし、明日以降は違う宿に泊まる予定である。

チェックインを早々に済ませ、時刻は午後5時過ぎ。
ホテルのフロントの女性に「一人飲みが出来るような居酒屋がないか」を尋ねたところ、ホテル真横の沖縄居酒屋を紹介されたが、まだまだ明るい時間であったため、強い西日の中、私は散歩がてら散策することにした。

一人プラプラと国際通りを歩く。
修学旅行生が食い付きそうなプリントTシャツ屋さんと、お土産屋さんと、大手コンビニエンスストアと、都心でも見掛けるドラッグストアと、ステーキ屋に沖縄大衆居酒屋。

これがテレビや本で見ていた国際通りかと、歩くスピードが速くなる。いや速くなった訳ではなく、周りが緩やかなのか、私は足を止めることなく前や横に進んだ。

小路を入り牧志公設市場と書かれている看板に出くわしたが、どこもシャッターが閉まっていて、路《みち》を一本入っただけだというのに、国際通りの華やかな喧騒から、ガラッと雰囲気が変わった。
東京でも路地を一本入れば、ガラッと雰囲気は変わる。
しかし沖縄で感じたこの感覚は、異国の地にいる錯覚に陥る。

気が付けば午後7時を回っていた。
別に食べたいモノがあったわけでもなく、
今すぐ行きたい見たい場所があったわけでもない。

私はただただ、今までの生活環境とは別の場所をいち早く身体に馴染ませたくて、止まることなく歩き続けていたのだろう。

暑さも和らぎ歩き疲れた私は、一人で気軽に入れるような居酒屋を探し始めた。

大衆居酒屋ばかりのため、なかなか踏み出せないでいた。

正直一人で新しく店を開拓するのが苦手な私。

酒を飲むとなるとヒデジの店ばかりだし、
一人で飯を食べるとなれば牛丼屋か蕎麦屋だった。


知らぬ地で知らぬ店に入るというハードルが高い行為に怖じ気づいたのか、急に心細くなった私の足取りは、ホテルに帰還するという答えであった。

頭の中で葛藤している。

「ここまで来て、コンビニエンスストアで夕飯買って帰るなんて馬鹿げている。いや、今日はまだ1日目だ。とりあえず明日に取っておこう。これも現実逃避だよ」

私の頭の中で、ポジティブな私とネガティブな私が突っつきあっていた。

そうこうしている間に、路を一本間違えたようで完全に迷子になった。
携帯を手に取り目印になるような店はないかと探していたところ、
目の前の足元に小さい看板を発見した。

「おひとり飲みＯＫですよ。まいすく家」

その手書きの看板を見た瞬間に、私の頭の中の争いは消えてなくなっていた。


「おひとり飲みＯＫですよ」


その看板は、突然と私の前に現れた。

まるで私がこの通りに迷い込んでくるのを知っていたかのように、無造作に置かれていた。

国民的アニメ映画のように、どんぐりを拾い続けたら迷い込んで現れた場所。

その感覚に近いのか。

看板の先は人が一人通れるほどの隙間しかない、建物と建物の隙間から店に入るようだ。

今までの葛藤はなんだったのか。

私は躊躇することなく狭い路に入って行き「まいすく家」と表記されている扉を開いた。

カランコローン「いらっしゃいませ」

カウンター内の男性が、私の目を見ながら挨拶をしている。

私は左手で数字の1を作り、一人で来店したことをアピールし男性の目の前のカウンター席に着いた。

念願のオ●オンビールをと、早速メニュー表に目をやる。

しかしビールの欄には、プ●ミアムモ●ツの表記しかない。

何故だ。

私は、沖縄で生ジョッキのオ●オンビールが飲みたかったのに。

東京でも飲めるプ●ミアムモ●ツしか店にないなんて。

思いの外ガッカリしている自分がいたが、喉の乾きに文句など言っている暇はない。

私は笑顔で男性に生ビールを頼み、店内を見回す。

店内は私一人のようだ。
沖縄のイメージとは真逆の、山林のコテージのような内装で、
入り口の左手に5人並べばキツくなるカウンター席、
カウンター内の奥に厨房があり、4人席のテーブルが2つ。
12畳あるかないかの、こぢんまりとした縦長の店だ。
「おまちどおさまです。旅行か何かでしたか？」
声を掛けられ私はカウンター席に目を戻す。
男性は私よりも年下であろう、東京にもいそうな爽やかな青年だった。

「3日後には石垣島に行くのですが、今日初めて沖縄に降り立ちました」
私は一通り自己紹介をし、東京から来たと伝えたところ、
青年は昨年まで東京の大学に通っていたとのことで、今は沖縄に戻ってきたらしく、
東京の足立区の花火大会に感動した、と伝えてきた。
まさか沖縄にまで来て東京の、しかも私の地元近所の花火大会の話題が沖縄出身者から出るとは驚きである。

そんな話を進めるうちに腹を空かした私は、さっぱりしたモノが食べたかったので、
海ぶどうと島豆腐、それと手作り沖縄おでんなるモノがあったので注文した。
その際に青年は裏の厨房に向かい
「今日おでんある？」と聞いていた。
どうやら厨房にもう一人いるようである。

店内は私一人、ピアノジャズが流れている。
カウンター席に座り銘柄は違うが、ビールを飲みタバコに火を付ける。
沖縄の地にいながら、いつも通りの私がそこにはいる。

そうこうしている間に、沖縄おでんが私のカウンターに届いた。

目の前の器に盛られたものは、私が知っているおでんとは若干違うようで、練り物がなく、野菜が多くヘルシーに見えた。

そして極めつきは豚の前足が入っていて、どうやらテビチと言い、沖縄では豚の頭から足まで使える部位は全て使うとのことだ。


2時間ほど経っただろうか。

入り口が開いた。一人の恰幅の良い爽やかな沖縄顔の、少し年上であろう男性が入ってきた。


爽やかなで恰幅の良い男性は私を見るや否や「いらっしゃいませ」と挨拶をしてくれた。

私は軽くお辞儀をし、残っているビールに口を付ける。

男性はカウンターに入り、今まで私と話していた青年に「もう上がって良いよ」といった感じのやり取りをしていた。

青年は最後に私に会釈をし店を出て行った。

どうやら爽やかな恰幅の良い男性は店長のようである。

「先ほどの者から聞いてます。一人旅で来られたようで」

私は、もう一度東京から来た旨を伝えた。

この優しそうな男性、沖縄の社会人野球チームでプレーしているとのことで、国体で東京に来る機会も多いそうだ。

酔いがまわり安心しだした私は、男性に質問責めを続ける。

「レンタカーで移動出来ないので、行動範囲が限られると思うが、沖縄のお勧めの場所はどこか。何故オ●オンビールを置かないのか。那覇で女の子と遊ぶならどこか」

最後の質問はいらなかった気もするが、男性は丁寧に教えてくれた。

「近場の海で良ければ、波の上ビーチがあるけど、小さいから拍子抜けするかも。中部の方に行けば美《ちゅ》ら海《うみ》水族館があり、観光バスで行けるから、明日の朝イチで旭橋のバスターミナルに行くといい。平日だから当日でも大丈夫なはず。あとこの裏手の牧志公設市場、午前中に行くと賑わってて凄い」

石垣島の情報ばかりに気を取られていた私にとって、地元の方からの沖縄本島の情報が、とてもありがたかったし心強かった。

男性の名はマエソコさんといい、石垣島の八重山諸島、黒島出身らしく、私がこの後波照間島に

も行くと伝えたところ
「黒島に行く機会作れたら是非行ってみて。船着き場の目の前にある、ハートランドというカフェ、叔父さんがやってるから行くといいよ。牛しかいない島だけどね」
と新たな情報を教えてくれた。
「それと波照間島には波照間島でしか買えない泡盛、泡波という珍しい泡盛がある」という話も聞けた。

どうやら沖縄本島でも入手困難で、本島の居酒屋でも置いてある店は珍しく、一杯3000円も取る店もあるとか。

決してぼったくりではなく、波照間島の老夫婦が二人で製造しているようで、なかなか生産できず、本島まで流れてくるのも難しいようである。

そんな珍しい泡盛があることすら知らなかった私。

ますます好奇心で揺れ動いていた。


すると奥の厨房から年配の女性が出てきた。

マエソコさんは「おっかー、今日もありがとう、気を付けて帰ってな」と言い、その年配の女性は店を出た。

どうやら厨房で料理を作っていたのは、マエソコさんのお母さんだったようだ。

この店、那覇の国際通りに近く、隠れ家でありながら、
沖縄の家庭料理の味が味わえるという、贅沢過ぎる店だったようだ。

私は決めた。

那覇に滞在期間中は毎日この店で飲み食いする、と。明日も明後日もだ。
この店を那覇の拠点にすると誓ったのだ。

気が付けば時刻は12時を回っていた。
最後にマエソコさんに「明日も来ます」と告げ店を出る。
深夜の国際通り、静まりかえっているが、私の鼓動は高らかに鳴り続けている。

国際通り

2013年

聞き慣れないイントネーションで、しゃべり倒してるローカルタレントの声と、
肌寒さで目を覚ました。
全裸姿の私がベッド前の姿見に映っている。

テレビを消し忘れていたのか、沖縄のローカル番組の左上には、10時15分と表示されていた。

昨晩のことを思い出してみるが、猛烈な二日酔いのため、嗚咽が部屋中に響きわたる。

私は冷蔵庫内のミネラルウォーターに手を伸ばし、左手でキャップを開けようと試みるが、握力がなく滑ってしまった。

数回試みても開きそうにない。


痺れを切らした私はおもむろに、キャップに齧《かじ》りついた。

奥歯でキャップを齧り、両手でペットボトルを持ち右に回す。

「カチカチ」と、音を立ててキャップが開いた瞬間、水が勢いよく飛び出した。


私は水を浴びながら平然とラッパ飲みをする。

二日酔いの乾きで枯れていた五臓六腑に染み渡る。身体が潤っていく感覚が心地よい。

このまま二度寝でもしてしまおうかと思った矢先に、客室の電話が鳴った。

どうやらチェックアウトの時間が過ぎていたようだ。

そうか、このホテルは一泊しか取っていなかったことを思い出した。

もう一泊延長出来ないかと尋ねたところ、ツインルームなら空いているらしく、私は値段が上がるものの、このまま二日酔いの中、宿を探すのが億劫になってきたため、移動することにした。

この時間からツインルームに移動しても良いということだったのでフロントで手続きをし、荷物もまとめて部屋に移動し、少しでもサッパリしたかったのでシャワーを浴びる。私はシャワーを浴びながら昨晩のことを、時系列順になぞり思い出していた。


「まいすく家」に入店したのは19時頃で、結局4時間以上も飲み続け、店を出たのは24時を過ぎていた。

私は国際通りをホテルに向かい歩いていたが、思い立ったのかタクシーを止め、松山方面に向かっていた。松山は那覇の飲み屋街である。

ここでいう「飲み屋街」とはキャバクラ街と言った方が良いのか、国際通りからものの5分も経たないうちに着いた。

歩いても10分かからないだろうか。

私は一人松山の街を歩く。周りには明らかにキャッチだという男性が大勢屯しているが、誰一人として私に声を掛けてこない。

確かにだ。

短いショートパンツにピチッとしたマドンナのTシャツに、首からはカメラの形をしたニットポシェットを下げている。

誰が見てもキャバクラに行きそうな雰囲気もないし、金もなさそうに映るであろう。

私がキャッチならコイツに声は掛けない。


一向に話しかけてこない客引き。

私は何かに勘づいたのか、自動販売機で水を買い、キャバクラに吸い込まれていき、キャバクラに排出されてくる客を眺めることにした。


サラリーマン風の男性二人組、旅行客であろうラフな私服の三人組。

顔に傷が入ってそうな二人組、一人で店から出てきたと思ったら、先に店から出てきただけだった四人組。


一人で入店し一人で出てくる者など、私が見てた店ではいなかった。

そうか、私は店の入り口に近づき看板に目を向ける。

「1時間泡盛飲み放題、2名様以上お一人様3000円」

キャバクラで泡盛飲み放題で3000円、とてつもなく安い。スナック感覚だ。

いや実は入店したら、スナックだったたっていうオチなのか。

私は興味本意ながら目の前にいたキャッチに声を掛けた。

「松山にある店は一人だと入店出来ないの？」

沖縄のダンスグループのメンバーにいるようなイケメン爽やか男性は私の問いに明るく答えてくれた。

「基本的に松山の店はグループでの入店になってます」

「お一人様で入店の場合は2名様分の料金を払って頂けるならオッケーです」

なるほど。松山のキャバクラは基本二人以上の方がお得なのか。

一人旅の私にキャッチが声を掛けてこないのも納得である。

そうなると一人6000円か。それなら那覇に来てまで行く必要はないなと、
私は松山を後にしようと大通り向けて歩き出したが、途中ガールズバーの女の子に声を掛けられ、

60分泡盛飲み放題3000円という誘いに、鼻の下を伸ばし付いて行ったのが万事休す。
断片的に覚えているのは、沖縄出身の女の子は誰一人いなく、
大阪、千葉、福岡、と東京のガールズバーとさほど変わらないメンツ。

結局ホテルに帰ってきたのは、朝方4時。

火照った身体を冷やすため全裸で寝落ちしたのであった。

「12時前か」
シャワーを浴び終えた私は、またしても全裸でベッドの上で大の字になっている。

小腹も空き二日酔いも醒めてきたことだし、出掛けることにした。
昨晩マエソコさんが言っていた、沖縄観光バスツアーは、時間的には今日は厳しそうである。
それならと、明日の朝からのコースを予約することに。
8時30分発。

起きれるのか、今晩はほどほどに飲むことを胸に誓った。

カバンの中から情報誌を取り出す。

近場で沖縄と言えばココか、どうやらタクシーで10分弱、金額にして1500円ほどか。
ちょうど良い、今日は那覇近辺をゆっくり観光し、明日はバスツアーでマッタリすることにしよう。

13時過ぎにホテルを出た私に、沖縄からいきなりの洗礼が浴びせられる。
日差しとムワッとした湿度が私の眼球に、染み込んできた。
日差しは痛いし、湿度は顔面にのっぺりと付き纏う。
9月も中旬だというのに、沖縄の夏は今がピークなのか。
私はすかさずタクシーを止めて、行き先を告げた。

タクシー車内から那覇の街を見回すが、人が歩いていない。
歩いているのは、私と同様の旅行客なのであろう。
現地の人は、基本的に真夏は出歩かないのだろうか。
タクシーの運転手に質問する間もなく、目的地に到着していた。

「首里城はね、目の前のなだらかな坂の上にあるのでね」

「今日も暑いから水分取って無理せず観光してくださいね」

運転手さんの優しいアドバイスを受けて、タクシーを降りた。

確かに目の前にはなだらかな坂道、そして日陰はない。

この先に目的地の首里城があるのか、私は生唾を飲み込むと同時に歩き出した。

既に首筋から額から、大量の汗が滴り落ちている。

私は我慢出来ずに途中の自販機で水を購入し、腕や首や顔に水をぶち撒けた。


このヒンヤリとした感覚に潤い、すぐさま太陽の熱に吸収されてしまう感覚。

学生時代の炎天下の中、グラウンドで行っていた水浴びを思い出した。

当時はよくこんな暑い中身体を動かしていたな、今やったら確実に倒れて搬送されるだろうと身震いしている間に、赤い門が見えてきた。


「守礼門」

と書かれているが、ここがゴールではないようだ。

たまらず地図看板を確認し、現在地を確認。まだまだ先は長い。

途中に石畳みの階段が現れたが、私は迷いなく右足を踏み出していた。

東京であれば間違いなく躊躇していたであろうが、沖縄へ辿り着いた私には「障がいがある」という気持ちも、消え去っていた。


手すりが付いていない急な階段が続いた。

先に見覚えのある風景が目の前に現れた。

ミクスチャーグループの、ケツメイシのアルバムでお馴染みの、首里城の石畳みの階段。

ここが撮影スポットだったようだ。


その撮影場所を通り過ぎ、ようやく現れた赤い門。

振り返ると随分と丘の上まで登ってきたようだ。

門をくぐり目の前に現れた広大な広場。その奥には巨大な赤い建物。

そう首里城が私を迎えていた。

歴史建造物も社会科見学で訪れた場所にもさほど興味が湧くことのなかった私は、ただ単にセッカチなだけだったのだろう。

説明文にも目をくれずすぐさま先へと急いでいたが、今は一人旅、一人の時間を思う存分使える。

私は生まれて初めてだろうか、一字一句を目と脳裏に刻み首里城の歴史、琉球王国の歴史をしらみ潰しに回った。

気が付けば16時を過ぎていた。３時間近く首里城にいたようだ。
普段使わない脳がキャパオーバーし、これ以上情報を得ようとはしなくなった。
本日の私の頭はここで打ち止めである。
しかし、私の知らない沖縄の歴史を理解出来たことに充実感で潤っていた。

強い西日を浴びながらタクシーでホテルに戻ることにした。

その日の夜「まいすく家」で飲んだプ●ミアムモ●ツは、東京で飲む味とは違い、私の脳と肝臓に喜びを与える祝杯のように思えた。

つくづく懲りない男だ。

沖縄の歴史を知れた！　祝杯だ！　などと浮かれていた私は、
結局「まいすく家」でビールやら泡盛を飲み続け、店を出たら出たで、昨晩徘徊した松山に移動した。

結局同じガールズバーで大阪出身の、モモちゃんにおねだりドリンクを永遠と思えるほど注文させられていた。

途中、財布の中の現金が底をつき、店の隣のコンビニのATMで下ろす。

逃亡防止なのだろうか、モモちゃんもコンビニまでついてきていた。

コンビニ内でおもむろに腕を組まれ、

「タバコ欲しいなー」

20代そこそこの女子にそそのかされた、30歳の男子は笑顔で受け答えする。

カウンターで店員に5番と告げて出された銘柄は、ハ●ライトであった。

ハ●ライトを吸う20代そこそこの大阪女子、恐るべし。

店に戻り、何故に大阪から沖縄へ来たのかと尋ねたところ、ハニカミながら答えてくれた。

「大阪と和歌山の県境出身で、高校卒業して直ぐに飛田新地で働き始めたんだけど」

「まー、アイドルみたいな子しか稼げなくて、私みたいなテンションだけが取り柄の女は正直しんどくてね」

「たまたま仲良くなった女の子が沖縄出身でね、2週間くらいで帰っちゃったんだけどさ、生まれて初めて馬が合うというか、心底仲良くなれそうだと思って」

「私は沖縄に行ったことがなかったんだけど、後を追うように沖縄に遊びに行ったんだよね」

「そしたらさ、沖縄の緩さと優しさにハマっちゃって結局そのまま沖縄で生活することにしたんだわ」

「結局その子は、東京に男を追って行ったきり連絡つかなくなっちゃったんだけどね」

「私は大阪で見せ物として働いてたより、沖縄の自分の生活に満足してるし、なんなら大阪に戻る気はないかな」


彼女はあっけらかんと話していた。

「ケンケンは何故一人で沖縄に？」

そう言えば自分のことを話すのが先だったなと謝りを入れ、私は沖縄に来た経緯や病気のことを話した。

「そかそか、人それぞれだよね。こうやって会って話す機会が出来たのは、お互いがアクションを起こした先に出逢いがあったからだよね」

「この出逢いに乾杯だー！　おかわりおねだり！」

と、まんまとドリンクを追加されたが、嫌味な気分は微塵もなく、那覇の夜は更けていった。

翌朝、なんとか起きれた私は、旭橋にあるバスターミナルにいる。

周りは老夫婦にマダムの集い達。

時刻は8時。

これからマエソコさんに教えて貰った、沖縄バスツアーである。

とりあえず美ら海水族館に行きたかった私に、選択出来るルートはこれしかなく、朝出発し夕方に帰ってくるという丸一日使ったツアーである。

定刻通りに出発し途中、大きめのホテルで更に乗客を回収して、水族館へと突き進む。

私は昨晩のアルコールが完全に残っているし、熱波の中、首里城を歩き続けた疲労もあるのだろう、
しばらくして気が付けば美ら海水族館に。秒で寝ていたようだ。

だだっ広い公園の奥に水族館があるが、なんせ本日も日差しが強過ぎる。

昨日で赤くなり始めた皮膚を更に焼き尽くす太陽。

スポーツドリンク片手に汗をかき、水分補給をしているうちに、
二日酔いは何処へやら。二日酔いをも消し去る、恐るべし沖縄の太陽。

結局美ら海水族館ではジンベイザメの目の前で集合時間ギリギリまで涼み、寝ていた私は、
特にこれといった驚きも収穫もなく、帰りのバスの中でも眠りにつき、

バスガイドさんに起こされて到着したスタート地点。

バスを降りる際にカバンからタバコが落ちた。薄い青のパッケージが目に入り、「ハ●ライト」と書かれた白字の文字が浮かぶ。

モモちゃんに買ってあげたハ●ライトが、何故カバンにあるのか。

私はタバコを拾いながら、夢か現実かの境界線のところでゆっくりとホテルに向かうのであった。


4日目、とうとう那覇を経ち石垣島へ。

昨晩は3日間お世話になった「まいすく家」へ行き、1週間後に戻って来ると約束してしまった。

この場所もマエソコさんのことも好きになっていた。

昼発の石垣島行きの便まで時間があったので、ホテルをチェックアウトし、牧志公設市場へと向かう。

結局、1泊の予定だった滞在先のホテルも丸々3日滞在し、1泊7000円の金額をのっけから3日間惜しみなく使った。

ホテルからの裏路地を回る。この3日間国際通り周辺を歩き回ったため、土地勘が染み付いたのか、地図を見ずともおおよその現在地が頭の中に入っていた。


初日の夕暮れに見たシャッター街の市場周辺とは違い、午前中の市場は全く違う光景だ。

先ず国際通りから一本入った商店街、各々の店が店舗前に商品を並べ、
店の店主であろう初老の方々が丸椅子やパイプ椅子に座り、お客であろう人々と談笑している。

アメ横商店街に近い感覚ではあるが、あそこほど騒がしくなくノホホンとしている。

隣の店では島塩なるものを販売し、更に隣の店では海ぶどう4パック500円、破格の値段。

叩き売りという感じはなく、サラッと販売していた。

この1パックの半分も入っていない海ぶどうを東京の沖縄料理屋では、1皿600〜700円で提供していると思うと……考えるのはやめた。


そして見えてきた牧志公設市場。

中に入るやいなや、金曜日の昼前だからだろうか、人々でごった返している。

市場独特の魚臭とプールの塩素の匂いで、私は何故だかワクワクしていた。

精肉コーナーでは、豚のもはや手なのか足なのか分からない部位が無造作に置かれ、

深夜の公共放送で、時たま目にする、アジアの食品市場を垂れ流している番組で目にする豚の顔の皮が吊るされている。

少し先にある鮮魚コーナーでは見たことのない甲殻類に、ナポレオンフィッシュのような色の魚、オジサンというふざけたネーミングの魚まで並べられていた。

昔、興味本位で訪れた築地市場も喧騒で圧倒されたが、牧志公設市場はその更に上を行く世界だった。

私がこの数日で知り得ていた沖縄のイメージを一度叩き割ったかのような衝撃でもあった。

異国の言葉も時たま飛び交う店内はパワーに満ち溢れている。

石垣島への出発の時間が迫ってきたので、空港へと向かう最中に携帯電話が鳴った。アユからの着信だった。

「沖縄楽しんでる？　まだ1週間くらいいるでしょ？　モリヤの面倒は任せておいて」

珍しくハキハキした口調ではあったが、メールでも済む内容だっただけに一抹の不安を覗かせた。

沖縄に着いてからは連絡を取ることはなかったため、この電話で一気に現実へと戻された気がした。

アユとモリヤを置いてきた私自身に若干の違和感を覚えたし、この後石垣島ではケイコと待ち合わせをしている。

　このまま自由に生きていて良いものなのか。

また頭の中でポジティブな私とネガティブな私が突っつきあっている。

「せっかくの人生だ。君は大変な病気なんだよ。治らない病気だ。日に日に身体を蝕んでいくんだぞ。やりたいことをやりたい放題やれば良いさ。誰も文句は言えないから大丈夫だ。

いや待て、今が楽しければ良いのか、このままやりたい放題やれば、いつか代償となって戻ってくるぞ。もっと病気と向き合え。現実逃避は良くない」

　そんなやり取りが、沖縄の手を伸ばしたら届きそうな低い雲の上で言い争っているかのように、私の頭の中に降り注いできている。

　その言葉達は、石垣島へ向かう飛行機の中では下から突き上げてくるかのように、私の足元から頭頂部へと流れていく。

石垣島　①

２０１３年

ちょうど60分、那覇を旅立った飛行機は個々の島を越えて行く。

空の上から見下ろす島々、農村の一角にロール状の白い物が積み重なっている。

初見の私は脳内で一人謎解きを開始していた。

家畜のフンでも溜めて、頃合いを見て土に埋めるのだろうという答えだ。

いやそうに違いない。私は真っ先に答えを出し一人納得している。

那覇は都会であったが、本島を更に南下して見えてきたモノに、東京出身の私は好奇心で踊っている。

とうとう遠くまで来たものだ、日本最南端への玄関口、石垣島は、南ぬ《ぱい》島《しま》石垣空港。

アユの話では「中心地から近いし、なんなら到着の際、急ブレーキだから気を許してると、首持ってかれるよ。絶叫マシーン苦手な貴方には、さぞかし耐え難いだろうね」と忠告されていたものの、飛行機は周りに何もない平野に普通に降り着いた。

到着時、新石垣島空港とアナウンスされていた。

どうやらアユが数年前に撮影で訪れた時とは違い、新しい場所に出来た空港のようだ。

到着口を出て直ぐ、香ばしい匂いに私は首を横に向ける。

褐色の運転手と思われる男性が、沖縄そばを食べている。更に反対側では島寿司を食べている家族がいる。

到着口を出て目の前がフードコートという、旅行客を魅了するなら、先ずは胃袋を掴め的な発想なのか。


まんまと石垣島の作戦に釣られ、島寿司とオ●オンビールを注文した。

ほぼほぼマグロで埋め尽くされた寿司下駄。

今まで好きな寿司ネタは海老とイカという、安上がりな男であったが、石垣島のマグロは人生で食べてきたマグロの中で一番サッパリしていて、弾力があった。

オ●オンビールのみずみずしさも相まってか、アルコールが進む。

寿司下駄のマグロが空になる前に、オ●オンビールを追加で注文していた。


この日を境に、私の好きな寿司ネタにマグロが追加されたのであった。


ケイコとの待ち合わせ時間に余裕があった私は、一度ホテルに荷物を置きに市街地へ向かうバス乗り場に向かう。

時刻表を確認してみたら15分間隔で運行されているようだ。

しかしホテルのある離島ターミナルまで40分と表記されており、私は荷物を置きにホテルへ向かうのを諦めた。


そうしてまた、オ●オンビールを注文しにフードコートへ向かう。

どうやら頭の中で葛藤していたモノ達は現実逃避に軍配が上がったようである。

私はホロ酔い気分で到着口を見つめ、降り立つ人々を観察している。


仲良く手を繋いで出てくるカップルや、はしゃぐ子供の両脇に並ぶ家族夫婦。

石垣島に帰ってきたと思われる大きな男性や外国人の団体客、もちろん私と同様に一人旅であろう女性もいる。

この中に私も溶け込んでいるのだろうか……。


目を閉じ、この一年、自分の行動を思い返してみた。

病院を変え、猫を飼い、明らかに身体が自分の意志に追いつかなくなっていき、転んでは周りをヒヤヒヤさせ、そんな自分が嫌になり、とうとう仕事も辞めた。

次は何処へ向かうのか。

そんなことを考えていると目の前から、聞き馴染みのある声がする。

「ケンボー！　いたー！　わ！　赤い！」

タンクトップにショートパンツでバンダナをしたケイコが明るく話しかけて来ている。

「ケンボー焼けてるよ！　那覇で海潜った？」

海にも行ってないし、なんなら夜な夜な那覇でも女の子と飲み明かしていた、なんて言えず、笑って誤魔化す私がいる。


タクシーが進む両脇には森も林もない、農地なのか牧場なのか分からない風景が広がっていて、白い大きなロール状の物が積み重なっていた。

私とケイコを乗せ空港から街の中心地を目指している。私はタクシー運転手に「あの白いロール状の物は何か」と尋ねた。

どうやらフンを溜め込んでいたのではなく、単なる稲を刈って白いロールでラップした牛の餌とのことだった。

ラップすることで餌に甘味が増すとのことで、それを食べて育った牛が石垣牛として食品になる。私が思っていた物とはだいぶ違っていた。

市街地に向かうにつれ、住宅も多くなり大型スーパーや薬局なども見えてきた。

小学校か中学校かは定かではないが、学校の校庭はサッカーグラウンドが一面埋まるくらい広大な芝生だ。

小中と土のグラウンドで練習してきた私は高校で初めて芝生でプレーした時の、足元のフワフワ感、芝生のプレーに慣れてなく、ボールが足に収まらない感覚を思い返していた。

合宿地での朝練、朝露に覆われた芝生でサッカーボールを蹴る際の、

「ピシッ」という音が、懐かしく思う。

そんなセンチメンタルな気分に覆われているが、辺りは随分と街らしい雰囲気になってきている。やはり都会で育った身なのだろうか、私はコンクリートに覆われた道やビルに囲まれた風景の方が落ち着いてしまう。

タクシーはホテル前へと到着した。ホテルといってもリゾートホテルではなく、いたってシンプ

ルなホテルだ。

私達は荷物を部屋に置き、近場を探索することにした。

時刻は16時。離島ターミナルまでは徒歩5分ほどのホテル。

田町でお世話になっているシオザワ夫婦にお勧めされたターミナル脇にある魚屋を目指している。

なんでもここは外にテラスがあり、獲れたてであろう魚の刺身を販売していて、その場で購入し食べることが出来、オ●オンビールまで販売しているとのことだ。

私とケイコは逸る気持ちを抑えきれず、足早に魚屋へ突き進む。離島ターミナルと漁港が見えてきた。

穏やかで磯臭さが全くない海が広がり、そこの横にポツンと魚屋があった。

私はたいそうオシャレな魚屋を想像していたが、なんの変哲もない魚屋だった。

私は店頭にいたお母さんに500円玉を渡し、刺身を1パック購入しオ●オンビールも2本購入。

私達は外のテラス席で漁港を眺めながら、乾杯したのであった。

「那覇での一人旅どうだった」ケイコが私を覗き込むように聞いてきた。

「いや、全てが新鮮で今見ている景色も含めて未体験の連続でさ」

「那覇にも気に入った店が出来て、毎晩飲んだくれて既に財布が枯渇状態だよ」

そんな話をしているとケイコが、

「ケンボーのコミュニケーション能力憧れるよ。誰とでも仲良くなれるよね」

その質問に対して私はふと考えてみた。

私自身、正直誰とでも仲良くなれるとは思ってもいなくて、たまたま出逢った人と上手く付き合っていっているつもりである。

もちろん人間だから好き嫌いもあるし、私は少しでもこの人なんか違うと感じたら、近づかないようにしているし、好きな人には男女問わず自分が表現出来る最大の気持ちを表しているつもりだ。ま、結果的に私の周りには私のことが好きでいてくれるであろう人達が集まっているのかもしれない。

目の前にはメロンソーダの色をした海、奥にはサザンゲートブリッジというアーチ形の橋が見える。

空は夕暮れで赤みを増してきている。

ここより先は船でしか移動手段がない港で、獲れたての刺身とサッパリしたオ●オンビールを喉に通す。

　せっかく石垣島に来たのだから、石垣牛を食べなければと入った焼き肉屋だが、時既に遅し。石垣牛は売り切れていたため、私達は石垣牛ではない肉を焼いて食べている。東京で食べる肉に比べて、遥かに柔らかく感じるのは気のせいだろうか。気が付けば私のお腹は米とビールと肉で膨れ上がり、ピチピチとしたTシャツが伸び、マドンナの顔が太ったドラァグクイーンのように見えた。

　満腹中枢がMAXに上がった私は、沖縄っぽい居酒屋で飲もうとケイコを誘ったが、仕事の資料を作らないといけないとの理由でホテルに戻るとのことだ。

　ホテルの部屋は別々であったため、それではと、私は一人石垣島の街を徘徊することにした。

　石垣島の繁華街は、那覇の夜と比べ物にならないくらい静かである。

　私はアーケード街を歩くが、飲み屋はなくシャッターが閉まっている。

　小脇の路地に顔を出してみたが、BARやカラオケスナックのような店が多く、私が望んでいる飲み屋の類ではなかった。

少し開けた通りに、変わった店が現れた。私のアンテナが察知したのか、とりあえず入ってみた。看板には「栄福食堂」と書かれている。食堂とのことだが店内には、
赤木圭一郎という古い俳優のポスターやブロマイドが貼りつくされている。

目の前には店主であろう老人が野球中継を観ていた。

声を掛けたが反応がない。私は白い壁に目をやる。メニュー札にはヤギ汁と記載されていた。

マエソコさんに「石垣島でヤギ汁があったら飲んでみるといい。何事も経験だよ」と言われたことを思い出し、もう一度老人に声を掛けた。2度目の声掛けに反応した。

老人はここに座れと言わんばかりにメニュー表をテーブルに置き、私を促した。

ヤギ汁とオ●オンビールの瓶を注文すると厨房に消えていった。

私は店内を見回す。

赤木圭一郎記念館と言っても良いのではと思うほど、店内は赤木圭一郎一色だった。


ところで、赤木圭一郎って誰だ。ポスターを見る限り古い俳優のようだが、ここの店とはどんな関係があるのか、謎が謎を呼んでいる。

頭が……の状況でヤギ汁が運ばれてきた。

口にした瞬間、私の地元の「あらかわ遊園」を思い出した。

「あらかわ遊園」には、モルモットやウサギと触れ合うことが出来るコーナーがあり、ヤギや羊とも触れ合うことが出来た。

その幼少期の思い出が蘇り、あの誰もが思い浮かべることが出来るであろう、俗に言う、獣臭が口の中に広がった。


正直に言うと私の好みの味ではなかった。これが経験ということか。


数分で完食し店を出た。さてどうするか。

この獣臭を一度削ぎ落としたい、私は再び石垣島の繁華街を歩くことにした。


アーケード街を抜け更に直進していく。真っ暗な街灯しか明かりがない通りを歩く。

途中これぞ沖縄と言わんばかりの、赤瓦の家が出てきた。その奥に暗い通りを照らす店が現れた。

どうやら居酒屋のようだ。


この先、もうお店がある雰囲気はなさそうだ。私はこの店に入ることにした。

店頭の暖簾には、「魚仁」と書かれている。

真っ暗な通りに突如現れた居酒屋、「魚仁」。

店の外から店内を覗くと団体客が数組いる。私は扉を引き入店した。

甚平姿の若い女性がコチラに気が付き「カウンターにどうぞ」と誘導される。

寿司屋のカウンター席にあるガラスケースが置かれ、ケースの中にはマグロの赤身やサザエなどの魚介類が置かれ、その隣には東北の地酒や各県を代表する焼酎の一升瓶が並べられている。

私は刺身盛り合わせと泡盛を注文し、タバコに火を付けチカラいっぱい吸い込んだ。

石垣島に着いてからタバコを吸っていなかったためか、煙が身体中に染み込んでいくのを感じている。

泡盛と一緒に嗜むタバコも格別に美味しく感じ、私の口角が自然と上がっている。

はたから見たら、ニヤニヤしながら嗜む姿、それを見ていたカウンター向かいの厨房にいる男性がニヤニヤしながら声を掛けてきた。

「一人旅？　どこから来たの？」

訛りが一切なく標準語で話す男性。

私が「東京から」と言うと
「東京のどこ？　オレも東京なんだよ」「田町か、高校どこだ？　大田区？　オレも大田区だ」

ジンさんという男性は、東京出身で多摩川の土手に面している高校に通っていたとのことで、私の高校もその高校とよく練習試合をしていたのでスムーズに会話が途切れることなく続く。

ジンさんは、元々、下北沢の居酒屋で働いていたのだが、石垣旅行で魅了され、数年前にこの魚仁を立ち上げたとのことだ。

私が下北沢にはよくライブを観に行っていたと伝えると、私の知っているバンドもよく下北沢の店で飲みに来てくれていたと話してくれて、一層親近感が湧いた。

「この店はね、石垣島でも珍しく沖縄以外の魚や食材も提供してるから食べたい物あったら遠慮なく言ってね」

確かにメニュー看板に目をやると、高知産カツオのタタキ、山形産青菜漬など、沖縄とは遠い地の名が連なっていた。

ジンさんに明日から波照間島に行くと伝えたところ、

「波照間には泡波しかないから、今のうちに他の酒飲んでおいた方がいいぞ」とそそのかされ、秋田の地酒を注文した。

石垣島で飲む地酒に刺身、これまた別格だ。

「おーい、田町から一人旅で来てるぞー！」

ジンさんが厨房奥へ伝えている。驚きの声が聞こえてきた。

一人の女性がコソコソッと厨房から顔を出している。

「どうも！　はじめまして」

私が挨拶をするとカウンター向かいまで来てくれた女性。

「田町から来られたのですか、私の実家は泉岳寺近くなので、ほぼほぼ田町です」

こんな遠くまで来て、田町出身の方に会うなんて驚き、世間の狭さに唖然とした。

女性もビックリしたようで、お互い笑いこけてしまった。

石垣島で迷い込んだ居酒屋は私の中では、地元の飲み屋のような感覚に陥ったのである。

アンドウさんという女性は、ジンさんと同じく石垣島に魅了され、このお店で働いている。お二人曰く、この辺りで働いてる子は内地の子ばかりらしい。

すると甚平姿の若い女性も私は神奈川ですと声を掛けてきた。

休みの日に各島へ気軽に行ける石垣島。北部には山もある。

自然の中でゆっくり過ごしたいと思う方には、ピッタリな島なのかもしれない。

気が付けば24時を回っていた。明日はとうとう波照間島だ。

波照間島にはどんな出逢いが待っているのか。

魚仁を出ると先ほどの賑やかな店内とは180度違い、シーンとした道をホテルへ向け歩く。夜の空には点々と星達が光り輝いている。

波照間島

2013年

「TOKYO」「ワー!」

繰り返し流される、2020年東京オリンピック開催決定の瞬間の映像。

テレビ台の脇の机の上にはぬるくなった缶ビールに、完全に溶け切っているチョコレートのアイスクリーム。そして魚仁の名刺が置かれている。

魚仁で飲んだ後、私はホテル近くのコンビニに寄って買い物を済ませ、できる限り生で招致決定の瞬間を見届けるために、深夜まで起きていたが、睡魔には勝てなかったようだ。

気が付けば朝7時を回っていて、テレビはどこの番組も東京オリンピック開催決定のニュース。関係者が喜びを爆発させ「お・も・て・な・し」の5文字が画面を駆け巡っている。

と同時に私は約7年後、オリンピックが開催される頃、生きていることが出来るのかとも考えていた。

このまま進行がゆっくりと進むことを願いながら生きていくのかとも考えていた。

この日も石垣島は晴天である。

ホテルのフロントでケイコと待ち合わせをし、離島ターミナルへと向かった。

離島ターミナルは石垣島から八重山諸島を結ぶ船の玄関口。一番近い竹富島までは10分弱で到着出来る。

私達が目指す波照間島までは高速船で約60分。途中から外洋に出るため、上下に揺れが激しく、通称「ゲロ船」と言われることもしばしば。

出航時間が迫り、私達も乗り込む。

前方から席が埋まっていくものだと思い込んでいたが、後部座席から埋まり出す。

私達は席にゆとりがある前方に座ることにした。

席に着き前に目をやると目に入ってきた「常時シートベルトをしっかりとお締めください」

「シートベルトを適切に着用していなかったため、前方座席にて頸椎圧迫骨折の事故が起きています」という文言が。

しまった。

波に向かって突き進む船。前方は揺れが激しいのか、しかも骨折するくらいなのか。ヤバイと思い振り返ったが、時すでに遅し。波照間島行きの高速船の船内は賑わい、私達より後方の空席はほぼない状態であった。そしてゆっくりと船は動き出す。

最初の30分は八重山諸島の島々を脇目に穏やかに進んで行った。

今まで見たことのない海の色。海の色が空の色なのだ。海の上を走る船、それはまるで空を飛んでいるような錯覚だ。

肝心の揺れはこんなものかと、舐めていたのも束の間、途中からみるみるうちにスピードを上げ同時に波が高くなっていった。

ドーン、ドーン、ドーン

船の窓ガラスには外洋のしぶきが当たり、船の床下からは突き上げるような衝撃が絶え間なく続く。

隣のケイコは笑いながら、ある意味楽しんでいる。乗り物酔いには強い私でも堪えるほどであった。

波照間島行きの船は波が高いと欠航してしまうこともあるほど、波照間に行けるかは運も絡んでくるんだとか。

何十分揺れに耐えたのだろうか、船はゆっくりと減速していき、目の前に平べったい島が見えてきた。

海の色も深い青から水色に変わり、晴天の影響か水面が輝いている。

日本の最南端、波照間島に到着した。

船から降り島に足を踏み入れた瞬間、私の足は地に着いていないような感覚であった。

遊園地のアトラクションから降りた感覚に近いのか、脚がすくみ上がっていた。

脚にチカラが入らない影響もあるのか、右脚の一歩が出ない。

心配したケイコが私の腕をそっと握り、支えてくれる。

少しずつだが、ゆっくり歩くことにより、筋肉硬直も治り普段通り歩けるようになった。

ケイコがトイレに行くと言うので、私は早速ターミナル内の食堂でオ●オンビールを注文し、神秘的な海を眺めながら喉を潤す。

今までの人生で一番南の島で飲むビール。

キンキンに冷えたグラスも相まってか、一気に半分以上飲み干してしまった。

今でも思い出す、最高の一杯だったなと。

ケイコが売店にて、波照間島とプリントされている薄ピンクのTシャツを買っている。

どうやらヒデジにプレゼントするらしい。MかLサイズか悩んでるみたいなので私は、

「ヒデジにはピチピチしたTシャツが似合うよ。あの人万年乳首浮き出てるし、その方が面白い」

というくだらない理由で、Mサイズを勧めた。

軽く昼飯も食べ終えて、ターミナルを出る。ターミナル外には誰もいない。

そう言えば、宿までお迎えが来るという約束を思い出し、慌てて宿に電話をした。

どうやら船の到着時間に迎えに来てくれていたようだったが、私達が見当たらなかったため一度帰ってしまったとのことだ。

申し訳ない気持ちでいっぱいだったが、快く再度ターミナルまで来てもらえることになった。ほどなくして1台のバンが到着した。車に乗り込む、が、このバン、片方のスライドドアが開けっ放しだ。

宿の若い女性曰く「シュノーケルをする旅行客が多いため、荷下ろししやすいように」とのことだ。

都会では味わえない大胆な経験だ。

宿に向かうまでの道、開放されている扉からダイレクトに流れてくる空気と風。緑の匂いに包まれている。

周りには首輪を着けたヤギが点々と放し飼いにされている。

どうやら野生ではないようだ、食に困ったら食べられてしまうのだろうか。

途中外から大きな虫が入ってきて軽くパニックになった私達に、車を運転する女性は笑いながら平常心で宿へと向かう。

東京の田町から来た都会出身の二人。虫が大の苦手なのは言うまでもない。

宿に着き、受付を済ませていると、短髪のガタイの良いおじさんが話しかけてきた。

「お兄さん達、夜は星空観察ツアーを予約していきなよ。今日は天気が良いから凄いの見れそうだよ」

宿の従業員なのか、私達はその誘いに乗って食事後のツアーに参加することにした。

時刻は13時、波照間島はハテルマブルーと言われる、日本で一番の絶景ビーチがあると聞いていたので、私達は早速そこを目指す。

宿は波照間島のちょうど真ん中の集落にあり、島内は電動自転車かバイクで移動するのが一般的なようだ。

絶景ビーチのニシ浜まで自転車で15分とのことだ。私達は荷物を部屋に置き海へと向かった。

ニシ浜への道は緩い下り坂である。私の脚の筋力は電動自転車であれば問題なさそうだ。

途中、先ほど見たヤギの群れや牛が数頭現れた。のどかな田園風景が続いている。

島民や旅行客の姿は余り見かけなかった。宿から貰った地図を頼りに進むが、全く同じ風景が続くにつれ、迷っている感覚にもなる。

角を曲がると坂道の傾斜が変わったと同時に目の前が開け、目に飛び込んで来た景色に私達は大きな歓声を上げた。

白い砂浜に永遠と続くような地平線に、はるか遠くまで続く浅瀬の海。白と水色と青しかない絶景に、私は思わず、

「桃源郷に来ちまった」とボソッと呟いた。


目の前にはハテルマブルーが広がっている。

太陽の光と相まって水面が光り輝いている。

私達は自転車を置き、すぐさまビーチへ向かった。

波は穏やかで大人しく、風は無風、最南端の太陽の光によってジリジリと肌が焼かれていくのを感じている。

周りには観光客が数名しかいない。みんな思い思いに海に潜っていたり、浮き輪に浮かんでいたり、まどろんだり。

この島だけ、時間が止まったような感覚だ。

私達も水着に着替え海へと足を踏み入れた。

ケイコがゴーグルを着けて泳ぎ回っている間、私は潜ることはせず水面に腰を下ろし、遠くに見える西表島《いりおもてじま》を眺めながら、この夢物語のような風景を肉眼に刻み込んでいた。

遠くの方で私を呼ぶ声がする。

「ケンボー！　サンゴが目の前にある！」「中にニモが沢山いるよ！」

興奮したケイコが私にも見てくれと言わんばかりに、ゴーグルを手渡してきた。

私は泳ぐのが得意ではないので、ビーチでは湯船に浸かる感覚で良かったものの、いざ潜って見た海中は想像を遥かに超えていた。

全く濁っていない透明な海に、目の前のサンゴが、太陽の光の影響なのか青く光っている。

目の前にはカラフルな小魚が泳ぎ回り、延々と浅瀬が続いている。奥に目を向けると真っ青な海が広がり、大中小さまざまな魚達が泳ぎ回っている。

正しく竜宮城の世界が広がっていた。

海から上がり私は用意していたポータブルプレーヤーに小型スピーカーを付け、ＰＥＮＰＡＬＳのアルバム『PAST LAST SUMMER』を流した。

このアルバムを聴くと夏の炎天下の部活動を思い出す。

当時、私達の高校は練習試合や合宿所へは高校専用のマイクロバスで移動するのが基本だった。

私は当時から誰かに曲を紹介するのが好きだったようで、自分で選曲したカセットテープをマイクロバスでかけさせてもらって移動していたものだ。

その頃よく聴いて流していた曲達を、10数年後に炎天下の波照間島で聴く。

大人になってから聴き直すと、感慨深くなるなと思えた瞬間だった。


時刻は16時、海は先ほどよりも満ちてきているのか、遠くの岩場が海の中に隠れている。

強烈な日差しをモロに受けて、アルバムを聴き終えた40分間、私の肌は完全に赤くなっている。

そして痛い。これはヤケドしているのであろうか。

私は身体の限界を察知し、ケイコに宿に戻ろうと提案した。


来た道を戻るために電動自転車を漕いでいるが、帰りは倍近く遠く感じた。

中心地へ向かうため、緩やかな上り坂が続く。さすがに体力的に私の右脚は悲鳴を上げていたのか、宿に着いた頃には右脚の震えは止まらなかった。


宿の部屋はシングルベッドが2台横並びに置かれているツインルーム。

どちらが先にシャワーを浴びるかジャンケンで決めることにした。

「最初はグー」「ジャンケンポン」

私は右手でグーを出す。ケイコもグーだ。

「アイコでショイ」

私はまたグーを出す。ケイコもグーだ。

なかなか勝負が決まらない、というより、私は右手でグーしか作れないほど、右手の掌が硬化していた。

パーを作るのにも掌は震え、指が折れ曲ったカタチになってしまう。

チョキを作ることなんてもっての外で、私はいつの間にかグーしか出せない指になってしまった。

なんだかんだ言って3回目のジャンケンでケイコがチョキを出し勝敗が決まった。

私はさすがに部屋で素っ裸になる訳にはいかず、シャワールームで脱衣を済ませ、いざシャワーを浴びた。

勢いよく飛び出たお湯がうなじを直撃した瞬間、私は叫んだ。

「ギャフン！」

日焼けした肌にお湯が当たる痛さに、私は思わず声を張り上げてしまった。

その声に驚いたのかケイコがシャワー室の扉を開けた。

「ケンボー大丈夫!?」

全裸姿を見られることが恥ずかしかったのか、20代前半の頃は酔っ払うと全裸になって周りからは煙たがられたり、色もの扱いの目で見られていたが、アルコールが入っていないし、しかも同世代の女性の前だ。

30を超えてから急に理性が芽生えたのだろうか。私は海水浴後の縮み上がった股間を押さえた。

ケイコは私の裸姿を見るや否や「ケンボー！ 凄い赤いよ！ 水着の跡が凄い！」

ケイコの高笑いしているマイペースな姿に心が揺らいだのであった。


夕食の支度が出来たようで、宿の若い女性が各部屋に伝えに回っているようだ。

私達はその廊下側に聴こえる声に呼び出され、食堂へと向かった。

ここの宿、夕食はみんなで一斉に頂くというスタイルを取っているようだが、旅人が一つのテーブルを囲んで、旅話をする「ゆんたく」とは違い、部屋毎にテーブルが振り分けられ、あくまでも個々のパーソナルスペースは確保されていた。

斜め向かいに目を向けると、宿に到着した時に話しかけてきた男性が、一人夕食を取りながらビールを飲んでいた。宿の従業員だと思っていたが一人旅で来ていたようだ。

私に気付いた男性と目が合うと、私は軽く会釈をし、男性も返してくれた。


私は周りを見渡すと「アルコールを飲む方はカウンターへ」

そう壁に取り付けられた黒板に書かれている。そこには、オ●オンビールと泡波の文字が。

とうとう我慢して辿り着いた、幻の泡盛「泡波」。

私は躊躇なく泡波を注文し、提供された刺身と一緒に頂いた。


幻の泡盛。

沖縄に着いてから何種類かの泡盛を飲んではみたが、この泡波は他の泡盛と明らかに違っていた。

他の泡盛は銘柄によって独特な風味を帯びていて、クセがある味のモノが多かった印象だが、泡波に関しては非常にスッキリした味であった。苦味も臭みもなく、水割りはもちろんロックでもグイグイいけてしまう。

刺身と非常に合っていたのか、あっという間に水割りを飲み干し、追加で注文をしに再度カウンターへ向かうのであった。

沖縄本島や石垣島では一杯、２０００～３０００円する泡波が、波照間島では５００円で堪能できる。

波照間島で泡波と出会って以来、訪れた居酒屋に泡盛が置いてあると率先して注文するようになった。

今では私の好きなお酒の上位に泡盛がランクインされている。


夕食を食べ終わり星空観察ツアーが始まるまで時間があったので、宿の外のベンチに腰掛けてみた。19時を回ると、辺りは暗くなり昼間の賑やかな太陽の日差しが嘘のように静まり返っていた。

宿の目の前には芝生の広場があり、そこから夜空を見上げてみると、米粒ぐらいの無数の星が夜空に集まり、その中で我こそはと大きく自己主張をし、光り輝く星もあちらこちらに現れている。


ここまでの星空は今まで見たことがなかった。

昔小学生か中学生かの頃、学校のキャンプで八ヶ岳に向かった。夜、尿意で起きた私はテントからトイレに向かう際、引率の先生から「空を見て。星が凄いよ」と言われたことがあったが、たまたま眼鏡を掛けずにトイレに向かったため、空はぼやけ、星々はホワーンとしか目には映らず、無数の星を見逃したことがあった。

ほどなくして1台のマイクロバスが宿に到着し、私達を含めた宿の客らを乗せて波照間島の最南端にある、星空観測所へ向かった。街灯もほぼない道をひたすら南下すること10分。周りは真っ暗であるが、1箇所だけ灯りに照らされている建物が見えてきた。

観測所の奥は大海原の景色。時折断崖にぶつかる波の音と虫の音しか聞こえない地に、ポツンと鉄筋コンクリート構造の建物が。屋上はドーム状で開閉式になっている。

マイクロバスを降り、私達宿の客や他の宿の客達も一斉にコンクリート構造の建物に導かれて入って行く。周りには何もない。心なしか暗闇に不安を覚え、足早に灯りの下に向かう。

それほど真っ暗で波が断崖にぶつかる音に恐怖を覚えるほどだった。

建物に入り螺旋階段を上り屋上へ。先ほどの芝生広場で見ていた夜空とは違い、建物の上から見る星空。遮る物は何もない。観測所の説明員の言葉は全く入ってこない。

それほど夜空に見惚れてしまった。

後で聞いた話だが、新月に近づけば近づくほど、星空は綺麗に見えるとのこと。

波照間島で星空を堪能したい時は、月齢も頭に入れておきたい。

星空というものはロマンチックなもので、案の定周りのカップル達はお互い腕を組み、頬を寄せ合い、これでもかと周りに見せ付けている。

いや彼等には見せ付けているつもりなんてないのか。恋人や好きな人と同じ時間、空気、匂いを共にし、身体のどこかに触れて繋がっていたい、そう思うのも人間の性だ。

私は星空を観ながらアユのことを考えている。冷めきり始めたお互いの関係、この後どうなって行くのか。会社を辞め、少しでもアユの側に居られればなと思っていたが、上手くいかなくなり始めている。このまま病気と向き合いながらアユとの関係を続けることは可能なのか。

隣にはアユと同い年のケイコという天真爛漫な女性。アユの面影を脳内に感じながら、隣のケイコに目をやる。

ケイコは目を輝かせながら、凄い綺麗と呟き吐息を漏らす。気が付けば私とケイコも周りのカップル達のようにお互いの肌と肌が触れ合っている。

遠くの方で、織姫と彦星で有名な天の川はあちらです、と説明している声がハッキリと聞こえている。

首筋が湿っている。胸からは汗が滲み出ている。網戸の外からは小鳥のさえずりが聞こえ、たまに室内に入ってくる風も生温い。島の朝は不快指数が勝っていた。

部屋の冷房は100円を入れると2時間エアコンが作動するシステムだ。300円を投入し眠りについた私達だったが、起きた頃にはエアコンの役目は終えており、蒸し暑さで目が覚めた。

ケイコはすやすやと眠りについている。私はたまらずシャワーを浴び、朝焼けの島内を見回すために宿の外に出た。

時刻は7時。既に太陽は本格的に大地を照らし始め、都心ではお目にかかれない大型の蝶々が、芝生の上を飛び回っている。

車の走り合う音も電車の走る騒音も全くない島の朝。大自然に身も心も預けベンチで目を瞑る。芝生の匂いに学生時代の自分を重ねている。もう何年もサッカーボールを蹴っていないが未だに感覚は覚えている。今、目の前にボールがあったら、私は強烈なシュートが蹴れるのだろうか。右足首が固定出来ないほど、弱った足で浮き球を蹴れるのか、そんなことを考えながら芝生の匂いを嗅いでいた。

が、すこぶる蒸し暑い。

数分間でまたも汗が滲み出る。結局暑さに断念し宿に戻り再びシャワーを浴びる。
一度寝たら眠り続けると豪語していたケイコは案の定、まだ夢の中にいるようだ。

朝食を終え本日のプランをケイコと練る。昨晩の星空観測所の目の前には、日本最南端の碑がある。

先ずはそこを目指すことにした。電動自転車で約30分。私は脚がもってくれるか不安ではあったが、ダンスで鍛え上げたケイコは行く気満々である。女の子にカッコ悪いところは見せたくない私も、望むところだと。どっちが先に記念碑にタッチ出来るか競争だと、小学生のようにはしゃぐ私達であった。

サトウキビ畑をくぐり抜ける。途中、島の風に背を押され自転車を漕ぐスピードも上がる。
私達はどちらが歌い出したのでもなく、自然とザワワザワワと歌いながら碑を目指していた。雲一つない青空に一面は緑と舗装されたコンクリートのグレーというコントラストが私を高調させている。このまま永遠と漕いで行けるような無敵な気持ちにさせてくれていた。

島を時計回りに道なりに進むと、昨晩訪れた観測所が見えてきた。昨晩は暗くて寂しく見えた観測所を、日中に改めて見る。

広大な大自然にたった一つのコンクリートの建物。島内で一番高い建物。日本の有人最南端で一番南の建物。なにか凛々しく見えたのは私だけだろうか。

そして観測所を過ぎ、とうとう日本最南端の碑。

自転車を降りとぼとぼと歩き向かう私達。時折強く心地よい風が私達を後押しするかのように吹き付けた。

日本最南端の碑は大きな石のモニュメントであった。モニュメントの先は進むことが出来るが、足元が悪いゴツゴツとした岩場。私はこれより先に行きたい気持ちを抑え込み、この碑の目の前で諦めた。

「ケンボー、この先危ないから私が写真撮ってくるから大人しく待ってて」

ケイコはテンションを上げながらも、私に気を使い、岩場へ向かう。

好奇心旺盛だった若い頃なら岩場のギリギリまで行き「ここが本当の最南端だぁ」などと写真を撮り、騒いでいたのかもしれないが、すんなりと現状に向き合えている私がいた。しばらくし、ケイコが戻ってきて、スマホで撮影した写真を見せてもらった。

高さ20メートルはある断崖に打ち寄せる波、手前は海の底が見えるのではないかと身を乗り出して覗き込むほどの青い海。そして奥は太平洋の水平線しかない深い青い海が広がる。

写真からでも感じ取れるほどの凄まじい画力の強さだった。昨日訪れたニシ浜とは違う、荒々しくも繊細な一面を覗かせる海。

この極端な二面性もハテルマブルーなのか。私の小さな不安や物事は、この大自然を前にしたら「無」だ。

この島の景色によって徐々に薄れてきているのを感じ始めている。

最南端の碑を訪れた後、私達は島内を探索していた。ちょうど島の地図の一番下に位置する浜、ペイ浜が近いことを知り、向かった。

この浜もニシ浜に負けず劣らず、最高に綺麗であるが潮の流れが速いということで、遊泳禁止となっていた。私達はしばらくここで海を見ながら休憩することにした。

ニシ浜では目の前遠くに西表島を眺めることが出来たが、ペイ浜にはただただ深い青い太平洋の海しか見当たらない。左手には先ほどの最南端の断崖が見え、右手には延々と白い砂浜が続いている。

人間の目というのは面白いものだ。先ほどまでは潮の流れなど速いや遅いが分からないものだったが、目が慣れてきたのか、潮の流れが速い箇所が分かってきたような気がしてくる。ほぼほぼ波がない海も、水色の浅瀬と青色の海では海の様子が違って見える。青色の海の方が明らかに左へ右へと波が立っているように見えた。

短時間でこの感覚を養ってしまった。まさか私には釣りという才能が有るのではないかと思いもしたが、生きた魚を触ることすらできない。私にははなから向いてない。私はそっと才能に蓋をしたのであった。

島内を一周し集落へと戻り、島に何ヵ所かある販売所へ軽食を買いに向かったところ、昨日からよく出交す褐色の男性と遭遇した。私達はまた逢いましたねと挨拶をし、自己紹介をした。

シゲルさんという男性は、昨年のこの時期に初めて波照間島に旅行で訪れ、今年も同じ時期に波照間に来たとのことだ。今回は一人旅で来ているとのことだったので、私達は今夜夕食の後、島にある居酒屋で飲みませんかと誘ったところ、快く承諾してくれたので、夜は三人で飲むことになった。

その後ケイコともう一度ニシ浜へ向かい、お互い思い思いに過ごした。

時刻は18時。ニシ浜で最南端でのサンセットを見届ける。遮るものも何もない海しかない日没の景色、ほんの数分で明るさがガラッと変わる島。

太陽が沈んだと同時に周りは、先ほどまでの明るい賑やかな島から、静まりかえる島へと変わる。心なしか寂しさを覚え私達は宿へと向かう。


島内には数件の居酒屋があり、私達は宿から一番近い店へと向かった。思いのほか綺麗で居心地が良い、平家の店だ。

店のカウンターの黒板には、グルクンの唐揚げという聞き慣れない料理名がある。東京ではお目にかかれない魚らしい。沖縄やサンゴの海では珍しくなく、最もポピュラーな魚料理とのことだ。その地域ならではの料理を頂くのも、旅の醍醐味だと、余り料理に興味もない私でさえ、そう思わせる沖縄の島。


私達はオ●オンビールで乾杯をし、これまでの波照間島での旅話に花を咲かせた。

「シゲルさん、昨年はどの方と波照間に来たのですか?」私が2杯目のオ●オンビールを口に付け質問をした。

「前回は人妻と来た」とサクッと答えた。

余りにも斜め上をいった回答に、ケイコがビールを吹きこぼした。

「えーと、お忍び的な感じですか？」

私は普段まず生活していたら使わないであろうワイドショーでしか見聞きしない、お忍び、という単語を並べてみた。

「ま、悪いことなんだけどね。そんなところかな」「来年もまた行こうと計画していたんだけど、結局上手くいかなくてね」「未練垂らしだけど今年は一人で清めに来た」

シゲルさんは笑いながらも斜め下に目をやり、泡波を噛み締めるように喉に通している。

この一年で私の人生が動き出したように、シゲルさんにも変化があったんだなと。

お互い去年の今頃は、翌年こんな風になっているなんて思いもしなかったんだろうなと。

1分、1秒で世界はガラッと変わる。

「ケンイチ君達は結婚してるのかい？」「これからかな？　波照間まで二人で来てるからには、そろそろかな？」

シゲルさんから質問が投下された。いきなりストレートに聞いてきた。シゲルさん改めシゲちゃんのジャブに、私は苦笑いをしている。

「いえ、友達です！　ケンボー女の子沢山いるんです」ケイコが、どストレートに答えている。

「なんなら今、彼女みたいな人いるらしいので」「私もその中の一人にされないようにバリア張ってます！」

ケイコは開始早々、私にストレートを打ち込んできている。私はその二人にサンドバッグかの如く、言葉で殴られていた。

しかしだ、何故ケイコが、彼女らしい子がいるということを知っていたのか。彼女「らしい」ということは、ただ一人アユのことを指しているのかと思うが。

まあ、夜な夜な通っているヒデジの店で働いていたら、私の噂話の三つや四つ会話に出て来てもおかしくないだろう。

私はこのケイコの発言により「あわよくば旅先で」という、ハレンチな妄想を脳内から消去することにした。

店を出たのは23時前、辺りはシーンと静まりかえり、明かりがないと全く何も見えない。

私達はスマホのライトの明かりを頼りに宿へと向かう。シゲちゃんは気を使ってくれたのか、先に宿へ帰って行った。

私達は自動販売機で水を買い、周りが開けたコンクリートの道に座り込み夜空を見上げる。

昨晩の星空観測所で見た星空よりも、更に綺麗でハッキリと見えていた。私は天然プラネタリウムだといい、仰向けになって寝そべりだす。隣でケイコも私の真似をし、お互い道路に寝そべって星空を眺めていた。

長く眺めていると15秒に一つは流れ星が通るのが分かる。お互い右腕と左腕を夜空に伸ばし、星を掴む真似事をしてみるが、掴めそうで掴めない。酔っ払っている私達はどちらかが飽きるまで、その行動を笑いながら繰り返していた。

石垣島 ②

2013年

波照間島を後にする最終日。

昨晩は飲み過ぎたようで沖縄に来てから、もう何度目になるか定かではない二日酔いで目を覚ました。ベランダの方から私を呼ぶ声がする。

「ケンボーー！　起きてー！」「手洗いで乾かしていた黄色いTシャツに小さい虫が沢山ついてる」

わちゃわちゃしているケイコの声だ。私は重い鉛と化した身体を起き上げて、ベランダへと向かう。普段なら小さい虫でも沢山いると身震いする体質だが、まだ酒が残っているのか、思いのほか平気であった。
洗濯バサミからTシャツを引っ張り外し、頭の上で腕を回して虫達を取っ払っている。
脳内では矢沢永吉がリピートしていた。

シゲちゃんと共にチェックアウトし波照間島のターミナルへと向かう。シゲちゃんもこの日で波照間を後にし、石垣島で1泊し黒島へ行くという話を聞いた。私達も明日石垣島を離れる予定であったが、那覇のまいすく家のマエソコさんの出身地ということを思い出した。

ケイコは東京へ戻ってからダンスの仕事が入っているということだったので、私だけ石垣島に残り明日黒島へ向かうことにした。
「ケンボーがどんどん自由人になっていく」と呟いている。

帰りの高速船は行きに比べれば穏やかなものだった。お互い連日の自転車漕ぎと殺人的な日差しの影響か終始目を瞑り、あっという間に石垣島離島ターミナルへと到着していた。
ターミナルでシゲちゃんとは一度お別れをし、明日の再会を誓い私達は本日のホテルへと向かった。

石垣島のアーケード通りから目の前のホテルはキッチンも付いているし、風呂トイレが別の作りでツインベッドルームの大きな部屋であった。早々にチェックインが出来たので、私達は疲れていたのか部屋に入り、夕方までダラダラと過ごすことにした。

ケイコがシャワーを浴びている間、私はバルコニーから石垣港が見えることに気付き、買っておいたオ●オンビールを飲みながら離島ターミナルを出航する船を眺めていた、その時、久しく鳴っていなかったスマホが震えていることに気が付いた。

「いつ帰ってくるの？　モリヤが赤ちゃんに戻ったみたいに、ずーっと鳴いていて。私も実家に帰る用が出来たから、早く帰ってきてよ」

アユはいつも通りの声質であったが、どこか語尾が強めに感じた。

「明日日帰りで黒島に行って、もう1泊石垣島で泊まって、そこから那覇に忘れ物があるから再度寄ってくるから、早くて明明後日かな」

そう伝えると言葉少なめに電話を切られた。何か察するものはあったが深く考えずに、私は残りのビールを喉に流し込む。

時刻は14時過ぎ。石垣島の太陽はまだまだ強烈で冷えていたビール缶も気が付けば生ぬるい麦の炭酸水に変わっている。

夕飯はケイコを誘い1日目にお世話になった魚仁へ向かった。到着すると早速ジンさんが気付いてくれたので、私達はカウンター席に座ることにした。

「フクイくん、もの凄く赤黒いね。これヤケドだよ」「そのうち皮が剥けるから悲惨な目にあうよ」と半ば笑いながら脅されていた。

確かに先月撮った写真を見返してみると別人のように黒くなっていた。

明日は波照間島で仲良くなったオッサンと黒島に行くと伝えると、ここでも牛しかいないぞと念を押された。そんなに牛だらけの島が日本にあるのかと、ワクワクの方が勝っている自分がいる。

さすがに私もケイコも疲れていたようで、酒も入ると睡魔が襲ってきた。今日はこの辺りで止めにしてお互い明日に備えることにする。「また明日」とジンさんに挨拶をし店を出る。

帰り道、波照間島に比べれば石垣島の夜は明るいことに気が付いた。ものの3日間で感性が大幅に変わっていることに驚きながら、東京に戻るのが億劫になり始めている私がケイコと手を繋ぎながら、ホテルへと足を向かわせている。

翌朝ケイコは朝の便で東京に帰るということだったので石垣空港まで見送りに行った。

ケイコは数日経てばヒデジの店で逢えるからと、見送りを拒んでいたが、私は黒島に行くこと以外特にすることがなかったため、空港まで送って行った。

「黒島の話は戻ってからね！」

そう言い私は出発口に向かうケイコに腕を振り、ケイコも私の動作を真似し、この旅でのお別れとなった。

石垣島に着いてからは毎日ケイコと共にしていたためか、離島ターミナルへ向かうバスの中では、少し寂しさも覗かせて、私は終始窓の外を見つめながら孤独を感じていた。この旅始まって以来初の孤独感だ。

離島ターミナルのバス停を降りた時、目の前から見覚えのある女性が歩いてきた。魚仁の泉岳寺出身のアンドウさんだ。

アンドウさんは、私に気付き笑顔で話しかけてきた。

「今日黒島行くんだって、島にはゴミ箱がないから持ち帰る用にビニール袋持ち歩くといいよ」

奇跡的に遭遇した私にアドバイスをしてくれた。

これで少しは気持ちが楽になった私は、黒島行きの船に乗るか迷っていたが、1時間に一本のペースで出航している船にタイミングよく乗船した。

ハートアイランドという名が付けられている黒島。その名の通り島を上空から見るとハートのカタチをしているからである。

離島ターミナルから30分で到着するようだ。

波照間島とは違い。外洋に出ることはないようなので揺れも少ない。私は外の席に座りダイレクトに海風と波飛沫を堪能していた。

青い海。スピードを出して突き進む船。どこの遊園地にもない爽快感が堪らなかった。

ほぼほぼ、平坦な黒島に到着したのはお昼前。マエソコさんの叔父さんが営んでいるカフェに顔を出してみたが、店内の扉は開いていたものの肝心な店員の姿がない。

マエソコさんとの約束を果たせなかったことに少し後悔をし、シゲちゃんがシュノーケルをしているという仲本海岸へと向かった。

ここ黒島でも電動自転車に乗り海岸へと目指す。道中は波照間島と変わらない風景が続くが、道が平坦なためかなり爽快感が得られた。一本道が続きまさにサイクリングロードといった感じか、波照間島にはない心地良さがあった。

仲本海岸に到着するとシゲちゃんが出迎えてくれた。この海岸は潮の流れが速いらしく、海水浴には向いていない。シゲちゃんはシュノーケルをしに来ていたこともあり、ビーチシューズやゴーグルなど万全の準備で訪れていたが、私はあくまでも海を眺める程度の気持ちで来ていたため、シュノーケルの用意もしておらず、結局海に潜るオッサンを海岸で眺めながら思いにふけるのであった。

オッサンを眺めながら海を見つめるといった、面白みが全くないことに、早々に飽きた私は、シゲちゃんに別れの挨拶をし、黒島をサイクリングすることにした。

最後にシゲちゃんと記念撮影をし、社交辞令のように「来年のこの時期に波照間で会えたらいいね」と思い思いに伝え合い私は海岸を後にした。

自由人という訳ではないと思うが、年上の大人の遊び方、休息の仕方を目の当たりに出来た八重山諸島の旅であった。

私は黒島の灯台を目指して自転車を漕いでいるが噂どおり、牛しかいない。島民は200名ほどの島ということもあるのだが、はるかに牛が多い。建物も牛舎ばかり目に入る。

ほぼ放し飼いに近いのか、アスファルトには大きな牛糞が無造作に置かれていた。

黒島で産まれた牛達は、ある程度育ったら売却され石垣島で育てられたり、神戸や松阪といったブランド地で育てられ、〇〇牛として私達に食べられるということのようだ。

牛しかいない島を後にする時間が迫ってきたため、港へと向かう途中、茂みの中から一羽の鳥が出てきた。頭と首がやや青い、間違いなく孔雀である。

動物園でしかお目にかかれない孔雀が目の前にいる。孔雀が羽を広げている時は威嚇されている時だと、小学校の頃教わった記憶があるが、全く警戒せず歩き回る孔雀。人に慣れているのだろうか、天然の孔雀が黒島には生息していた。

後で聞いた話。

黒島観光目的で連れて来られた孔雀が脱走し、島で繁殖してしまい、それ以来、牛の餌を荒らすなどの被害が出ているとのことで、税金を使って駆除しているらしい。観光客には物珍しい光景も島内の人々には、たまったもんじゃないことが多々ある。

島に訪れていなければ知り得もしなかった。私はこの旅で少しは教養が身に付いている気がした。

夕焼けをバックに、オレンジジュース色の飛沫を浴びながら高速船は石垣港へと突き進む。

石垣島の最後の夜。

私は当たり前のように魚仁に行き、泡盛と青菜漬けと島らっきょうというヘルシーなメニューで石垣島の旅を振り返っている。

東京から2000キロメートル離れた地。羽田空港から直行便があるにせよ、そう簡単に行ける土地ではない。今は二足歩行で自分のチカラだけで行動することが出来るが、この先、私は確実に歩けなくなり、自分で箸を持つことも、コップやジョッキを持つことも出来なくなる。

次回、石垣島に来ることが出来るのだろうか。波照間島に再び訪れることが出来るのだろうか。これから行く行き先で同じことを考えながら酒を嗜むのか。

今、自分で出来ることを。

誰の手助けをも借りずに出来ることを。

出来るウチにやっておきたい。今しか出来ないことをやりたい。

頭の中で、そんなことを繰り返し念じていた私に、ジンさんが話しかけてきた。

「フクイ君、今日お店早く閉められそうだから、一緒に飲みに行こうか」

「この店に向かう途中に、木造で洒落た建物あったでしょ、そこ知り合いの店だから飲みに行こう」

ジンさんは石垣島最後の夜だということで私を誘ってくれた。

確かに店に向かう途中、木造で入り口がやけに低く、むしろ店なのか家なのか全く分からなかった建物があった。1日目に魚仁を見つける前に、その建物の中から明かりが漏れ、スカ調の音楽が流れ、陽気な雰囲気を醸し出していたため、私は足を止めたことを思い出した。

私はそのお誘いをありがたく頂き、閉店までというなかなかな時間、オ●オンビールから始まり泡盛やら日本酒やらと、酒を体内に注入するのであった。

深夜12時過ぎ、暗闇にひっそりと佇むレゲエバー。店の外まで小さな音量で音楽が漏れ聞こえている。

普段、レゲエミュージックは好みで聴くジャンルではないが、この南国の雰囲気と独特な静けさとマッチして非常に心地良かった。

店内に入ると、コの字型のカウンターのみの店であった。お店のオススメということで、私はコーヒー泡盛という酒を注文した。名の通り泡盛をコーヒーで割った酒だ。

19時前から飲み始めていた私は、追い討ちを掛けるかの如くアルコールを摂取。

このコーヒー泡盛が非常に飲みやすく、ついついおかわりしてしまったのが最後。私はここからの記憶が断片的にしか覚えておらず、ホテルまで送ると言ってくれたジンさんの優しさを断り、フラフラな状態で店を後にした。


翌朝猛烈な二日酔いと、後頭部の違和感で目が覚めた。起き上がり枕元に目を向けると少量の血痕。どうやら帰り道、足がもつれて転んで頭を打ったのであろう。奇跡的にもタンコブだけで済んだようだ。


なんとか起き上がれた私は、事前にジンさんから聞いていた、比嘉豆腐という豆腐定食で有名だという店に向かうことにした。

この日、夕方前の飛行機で那覇に戻ることにしていたため、私はこの旅最大の二日酔いではあるが、なんとかチェックアウトし、タクシーに乗り比嘉豆腐へと向かった。

ちょうどその時、ジンさんからの電話があり「今日見送りに空港まで連れて行くから、離島ターミナルで待ち合わせしよう」と。私は素直に甘えさせてもらった。

タクシーは繁華街とは逆方向に進む。しばらくするとサトウキビ畑のど真ん中に、比嘉豆腐は現れた。

芝生の中にウッドデッキのテラス。そこにカウンターやテーブル席があり、アメリカの住宅のような作りの佇まい。看板には「とうふの比嘉」と書かれていて、アメリカテイストながら漢字とひらがな表記が何故か安心する。

テーブル席に着く。時刻は10時過ぎ。

私は年配の女性にメニュー表から、ゆし豆腐セットを注文するが、既にセットは売り切れているとのことだった。

しかたなく豆腐丼なるものを頼み待つことにした。

メニュー表にはビールの文字が。いつもなら真っ先にビールを注文していたのだろうが、余りにもキツイ二日酔いだったため、そんな気分はサラサラなく、私は二日酔いのムカムカから耐えるために水をおかわりし続けていた。

名の通り、ご飯の上に豆腐がドカーンと乗ったどんぶりが運ばれてきた。温かく優しい味付けで、二日酔いの身体には非常に食べやすいものであったが、結局食べ切ることが出来ず店を後にした。

最終日にして、この旅最大の二日酔い。石垣島を発つまで、残り5時間。

もう1時間近く私はペットボトルの水を片手に、竹富島のフェリーターミナルのベンチで蹲っている。

比嘉豆腐を後にし、ジンさんとの待ち合わせ時間にまだまだ余裕があったので、離島ターミナルから一番近い島、竹富島に軽く行ってみようと思い立った。

石垣島港から10分弱で着くということなので、竹富島を2時間弱くらいなら観光出来るかもと船に飛び乗った。ターミナルから一番近い島ということだけあってか、船内は観光客でいっぱいである。

港を出たら直ぐに目の前に竹富島が見えてきた。私はもう海の色や島の緑豊かな景色に見慣れてしまったようで、これといって驚きも感動もせず、なんとなく乗っている感覚であった。

私が中学生まで過ごしていた東京の下町には、路面電車が走っている。時速30キロも出してないであろうチンチン電車だが、物珍しいのか観光客や鉄道愛好家の方々が乗車することもあるようである。

離島ターミナルから出航する船が、私の地元民の足として大活躍のチンチン電車に乗っている感覚に近づいてきている。

竹富島の港に到着したのだが、私の予想とだいぶ異なっていた。

観光に特化した島なのか、船を降りると目の前にレンタルサイクル屋の方々が出迎え、観光客をマイクロバスに乗せて島の中心地に送るようだ。


私の想像では港近くにレンタルサイクル屋があり、そこで自転車を借りられるであろうと思っていたが、意表を突かれた。

二日酔いの影響もあるのか、どうにもこうにも脚が動かしにくい。一人でマイクロバスに乗ることはリスクが大きかった。島の中心地までは徒歩20分ほどとのことだが、なんならそこまでしてまで行きたいと思わない方が、勝っていたのかもしれない。

私は竹富島観光を諦め、一人ペットボトルを片手にマイクロバスを眺めている。


ぎゅうぎゅうに詰め込まれた観光客。それを途切れることなくピストン運行し続けるさまは、どこかの夏フェスに来ているようだ。ターミナルの待合室ではＢＥＧＩＮが永遠と流れている。

ジンさんとの待ち合わせ時間に近づいてきたため、私は竹富島を後にすることにした。

島に到着して2時間。結局私はターミナルのベンチとトイレの往復しかしておらず、お陰様で二日酔いはだいぶ楽になっていた。

「さようなら竹富島」と、心で呟きながら、完全に目視出来る対岸の石垣島へと船は向かう。次回は果たして竹富島をちゃんと訪れることが出来るのか。次回は付き添いが必要だなと誓ったのであった。

石垣島離島ターミナルではジンさんが、レトロ感満載の軽自動車で迎えに来てくれた。

「フクイ君、昨晩大丈夫だった?」「店出て思いっきり転んで頭打ってたけど、とりあえず何もなくて良かった」「また、石垣島に来る時は顔だしてね」

最後まで優しく接してくれたジンさんに感謝しかなく、私はこの旅でまた一つ大きな出逢いがあったことに誇らしくもあり、嬉しくもあった。

空港に到着するとジンさんは、スターバックスに向かっていた。

「へへへ、石垣島唯一のスタバが空港にあるからな」「空港が出来る前はなかったからな、かといってスタバのためだけに空港に行くのもね」

なるほど、石垣島に到着した際に何気なく目に入っていたスタバも、島民からすれば画期的な望ましい店だったんだなと思い知らされた。

最後にジンさんと写真を撮り、私は石垣島を後にする。まだ自分の身体で歩けるうちに、もう一度訪れたい島々。できるだけ長くこの身体が動いて欲しいと、自問自答しながら飛行機は、オレンジ色になりかけている空を進む。

行きにワクワクしていた景色も、帰路にはシュンとした気持ちにさせてくれていたが、石垣島の思い出を振り返る余裕すらなく、飛行機はあっという間に那覇に到着してしまい、残念ながら余韻に浸る時間などない。

那覇空港では石垣島に比べれば人も多いし、動きがスピーディーに感じた。若干歩幅も狂うくらいの驚きである。

到着ロビーで私に向けて手を振る女性が目に入る。

「久しぶり！　ハ●ライト渡しに来たぞー！」

私は手を振り、関西弁でツッコミを入れるモモちゃんに、タバコを渡しに早歩きになっている。

那覇 ②

2013年

昨日の夜、私はモモちゃんに連絡を入れていた。

「明日の夕方前に那覇に戻るから、運良く空いてたら飲みに行こうよ」

即レスで帰ってきた返答は、
「残念ながら運悪く空いてたから、飲みに行こう」
という茶目っ気がある返信であった。

過去2回、松山のバーでしか顔を合わせてなかったモモちゃんだが、空港で顔を合わせてみると、夜の店とは違って見えた。

沖縄出身と言われれば、納得してしまうほど溶け込んでいるというのか、石垣島のジンさんやアンドウさんもそうであったように、みんな住む地域に寄った顔立ちになっていくものだなと思った。

「今日店お休みだから、ケンケン行きたい場所あるなら案内するよ」「車で来てるから乗っけるよ」
私は明日東京に戻るということで、今日は旅のシメに那覇に舞い戻ったので、これといって予定してなかった。

そういえば、「まいすく家」のマエソコさんが、那覇に波の上ビーチたる場所があると教えてくれてたので、私はそこを提案した。
「波の上ビーチか！　私の家の近くだよ！」「ホント何もなくて、ゲンナリするけど覚悟できる?」
何もない。と言われると行ってみたくなる性格の私は「是非」とモモちゃんの肩を叩く。

空港から15分も経たないうちに着いた、波の上ビーチだが、私の想像していた以上に何もなかった。簡単に表すのであれば、「お台場海浜公園の狭いバージョン」というところか。

ビーチの端から端までは100メートルほどしかなく、目の前には橋桁、ビーチを背にするとラブホテルが数軒と、お世辞にも景観が良いとは言えなかったが、外で缶ビールを飲むなら割と良さそうだなという感じではあった。

「ケンケン、意外と顔に出るタイプだね」と、ガッカリ感がバレたところで、すぐさま移動することになった。モモちゃんの自宅が近いということもあり、一度車を置き、私達はタクシーで「まいすく家」に向かうのだった。


時刻は18時を回っていた。事前にマエソコさんに来店することを伝えておいたため、マエソコさんは私を店の前まで出て迎えてくれた。

「ケンちゃん黒いね、それヤケドだね」「泡波たくさん飲んできた？ おっ、女の子連れて帰ってきたのか」と話しながら、私は毎回同じカウンター席に座り久しぶりに、オ●オンビール以外のビール、プ●ミアムモ●ツを味わうように飲む。


なるほど。何故「まいすく家」でオ●オンビールを置かないのかが分かった様な気がした。

タダでさえ僅か10日間の沖縄滞在で、店で飲むビールと言えば、軒並みオ●オンビールしかなかった。

それが毎日続けば他のビールを生で味わいたいものだ。久しぶりに飲んだプ●ミアムモ●ツは、オ●オンビールとは違い、コクと甘みがあり、違う喉越しが堪能出来た。

私はマエソコさんにモモちゃんを紹介しつつ、この旅でのできごとを話す。

石垣島で見つけた店のヤギ汁の話。魚仁という居酒屋さんの店主が東京出身だという話。波照間島の体験談。シゲちゃんという中年の話。黒島の話。竹富島の話。

そんな話を喋り続けた。

病気になって仕事も辞めて、何もない未来も定まらない私でも、まだまだ人と出会い、関係性を構築することが出来る。

10日前まではアカの他人だった二人に、心を開き自分の体験談を話せている。私はこの旅で改めて自分はまだイケると、自信が付いた旅だったような気がする。

今年の始め頃は毎日毎日、この先の灯りがともらない人生に怯えていた日々から、一歩。いや、二歩三歩進んでみた結果。今まで体験してこなかった人生が待ち構えていて、たった1ヶ月前の自分とは、全く違う自分が私の中から羅針盤を持って現れて、私はその羅針盤を頼りに道を進んでみた。

五感で感じられるものを頼りに、私はカッコ付ける訳でもなく、自分を表現し続けた結果、沢山の出逢いが待ち受けてくれた。私はこの経験からこの先も、この羅針盤を大切に使い続けるのであろう。

沖縄の最後の夜は、壊れたレコードのように同じ話をループして過ぎていく。

田町 ②

2013年

肌寒くビル風が強い日だ。田町駅のサラリーマンや大学生の歩くスピードに付いて行けず、私は心拍数が上がっていることに気が付いている。

こんなにも沖縄と東京で、歩く人の速さが違うものだったのか。私は10日ぶりの東京の街並みに唖然とし、三田通りで立ち止まり顔を上げてみた。

久しぶりに視野に飛び込んだ東京タワーは、真っ赤なライトではなくレインボーカラーで照らされていた。

今日ばかしは、ヒデジの店には寄らずに家路へと急いだ。足早に帰宅し自宅の玄関を開ける。室内は真っ暗で人の気配が微塵もない。

マンションの廊下の照明が玄関を照らし、奥からモリヤが喉を鳴らして近づいてくる。

ゴロゴロという音が聴こえるくらい、部屋は静まり返っている。

時刻は22時。いつもならアユはバイトを終えて私の家に帰宅している時間だ。今日は実家に帰るとは言ってなかった。アユには夜遅くに帰宅するとメッセージを送っていたが、返信はなかった。

私は何かを悟ったのか、クローゼットを開けた。


アユの洋服や本がきれいさっぱり消えている。私はアユに電話をするが案の定出ない。

その日は深追いすることなく、アユからの連絡をただ待つことにした。

その後何日経ったのだろうか、一本のメッセージが届いた。

「お見合いして結婚することになったので、もう逢えない。今までありがとう、元気でね」

何もかもが唐突過ぎて、奈落の底に落とされた気分だ。

私は手に持つ携帯電話を今出せるチカラで思いっきり、床に叩きつけることしか出来なかった。

4 現実

代々木公園

２０１４年

渋谷の道玄坂を上りきって左に曲がると、２４６通りにぶつかる、その手前のマークシティーの横道は、渋谷の駅前にもかかわらず、人通りが極端に少なく夜となれば暗い一本道が続く。近々、渋谷の駅周りは再開発が始まるらしい。西口にある東急プラザを閉店し、跡地に高層ビルの商業施設が出来るようだ。その真裏にある雑居ビルの2階、急な階段を上ると木目調のドアが現れてくる。私は久しぶりにこの木目調のドアを開けた。

中は薄暗く目の前のカウンターの明かりの下で、タブレットを操作している中年男性と目が合う。

「フクイ君、久しぶり」

彼は驚くことなく淡々と冷蔵庫に手を伸ばし、サッ●ロ黒ラ●ルの缶ビールの蓋を開け、私に差し出した。

２０１４年4月。中学校時代の友人が、私の荒れた話を人伝てに聞いたのか、代々木公園でのお花見に来ないかとお誘いの話が来た。

半年前、私は仕事を辞め沖縄の旅に出て、掛け替えのない経験と出逢いを持って東京に帰ってきた。しかし、東京で待ち受けていた現実は、旅で得た自信と希望を一瞬で打ちのめした。

アユが私の目の前から姿を消し、モリヤと私だけが取り残された部屋。気を紛らすにも、職もなく、ハローワークに行ったところで、そう簡単に障がい者を受け入れる企業はなかった。

ハローワークの職員には失業保険を満額頂いてから、病気が病気なだけに生活保護などの抜け道があるからと。素っ気ない対応で話を進められ、私にはまたも孤独と向き合う時間だけが付き纏う。

また旅に出れば何か変わるかもしれないと、今度は最北端の宗谷岬に向かった。

途中、美瑛《びえい》の丘や白金青《しろがねあお》い池に寄ったが、北海道の壮大な丘の上から見下ろす木々達は、私の心と同じく寂しく孤独に見え、本来なら青く神秘的に映る池は、前日の雨の影響からか、何処かのテーマパークの筏で渡る湖のように何も感動を覚えない、ただただ濁った池であった。

宗谷岬は、日本海の強風と対岸に見えるサハリン島を眺めるしかなく、寂しさだけしか覚えていない。

孤独さだけが残る旅となった。

何かに縋る思いで、携帯電話を持たずに小笠原諸島にも行ったが、結局は旅から帰れば孤独感しかなく、私は一人社会に取り残された感覚に陥り、髪を伸ばし髭も剃らず、夕方に目を覚まし、朝まで飲み歩き、昼夜逆転した生活を送ることにより、いっそう自ら社会と隔離することを望むような生活リズムになっていき、完全な負のスパイラルにハマっていった。

そんな生活を半年間続けていた私に中学校の友人達が花見に誘う。自分の中には何かこのままではいけないと思う気持ちがあったのだろう。私は気分転換に散歩がてら向かうことにした。

渋谷の再開発のニュースが飛び交う中、原宿の駅だけは、私が高校生の頃と何ら変わりなく、昔の面影通りに若者達が練り歩いている。

原宿駅と明治神宮の参道を繋ぐ橋の上には、ビジュアル系バンドを真似た男女が地べたに座り込み、ロリータ服を着た女性達が輪になり雑談している。昔と変わりない光景だ。

この一角だけが、あたかもタイムスリップしているかのように思えた。

時期が時期だけに代々木公園は花見客でごった返していた。この半年で私の右脚の動きは更に弱まり、脚を引きずりながら歩いている。と同時に、人混みへの恐怖心も出てきていた。

肩と肩が触れ合うことにより、私の右脚が踏ん張りきれず体勢を崩すことも多くなり、電車内でも席が空いているのにもかかわらず、ドア付近の手すりにつかまり、立ったまま電車に揺られることも増えていった。椅子に座ることも、立ち上がり動作が億劫になってきたのか、立っている方が何倍も楽だった。

代々木公園内の外れに友人達はいた。みんなピクニックシートに座り込み、各々が持ち寄った酒や料理を囲み、昔話に花を咲かせている。

私が、もう地べたに座り込むと立ち上がるのに大変だと伝えると、クーラーボックスに腰掛けて良いと促され、私はクーラーボックスに座ることにしたが、誰かが缶ビールを飲み空ける度にクーラーボックスから酒を取り出すことになるため、結局、立ち上がり座り込みの繰り返しだ。花見で酒を飲みに来たにもかかわらず、半ば公開リハビリと化していた。

そんな反復運動を繰り返している中、一人が仕事の話を持ち出している。

30を超えた同世代、仕事の愚痴や自慢の二つや三つ、持ち合わせているのも何ら不思議ではない。

しかし、無職で働き口が見出せない私は失業保険と退職金だけで生き延びている。なんて胸を張って言える訳はなく。話に参加することもせず、ただただ友人の話に耳を傾け、相槌を打ち、根拠もない「なるほど」というフレーズを、繰り返すことしか出来なかった。

仕事を辞め旅に出て、結局一人になり、毎晩朝方まで飲み歩き、自堕落といっていい生活を送っている間、みんなは社会に出てストレスを味わいながら、仕事終わりの優越感に浸り、週末に向けて楽しみを作り、それを活力源として日々向き合っている。

それに比べて私は、何の目標も作らず、衰えていく身体に背を向けながら、酒を飲み女の子のお尻ばかり眺めている日々だ。真剣に考えることと言えば、退職金の残り額と失業保険の残り給付期間だけだ。しかし、どうもできない自分がいた。

動きたくても動く自信も何もないほど、全てにおいて堕落していた。


結局、代々木公園での花見は楽しさ半分、あとは悔しさともどかしさだけが残った。もうお開きという時間、片付けも終えた時、一人遅れて女性がやってきた。

この日全く酔えなかった私は、女性を誘い二人で飲み直すために渋谷方面へと歩き出すことにした。


私の真横には初恋の相手、ルリがスプリングコートを腕に持ち、私と同じペースで歩いている。

この日は4月の割に暖かく日差しが強い夕暮れだった。

久しぶりに真っ昼間から外で行動することにしたため、私はルリに花見をしているから参加しないかと誘っていた。彼女からは「仕事が夕方前には終わるので、その後でも良ければ」と返信が来ていた。

タイミング的に花見は終わってしまったため、私とルリは二人だけで飲み直すことになった。

ルリとは数年前に同窓会で再会して以来、お互いが飲みたい気分の時に、どちらかが誘い、どちらかの最寄りの駅近くで落ち合い、終電前に帰路に向かうという、私にとっては健全な関係を構築している。

気が強い性格もあるのか、私のことを叱咤してくれる良き理解者として、今までも随分と助けられてきた。

私は渋谷へ向かう途中、久しぶりに行きたい店があるので、一緒に行かないかと誘ってみた。

「ケンイチと飲むと酒ばっかり飲むことになるから、何かご飯食べれる店がいい」

と、要望あったため、私は行こうと考えていたバーの向かいにある、創作料理屋に電話をすることにした。

電話に出た店員にその旨を伝えているはずなのに、何度も聞き返されている。

「今から2名で行きます。席の予約をお願いしたい。フクイで予約お願いします」

自分では一字一句、ちゃんと言えているはずなのだが、聞き取れないようだ。ルリは見かねたのか、電話替わろうかと助け舟を提案していたが、私はこんなはずではないと、なんとかゆっくりと言葉を丁寧に発し、ようやく伝えることが出来た。

店内に入り手前の個室に通され、私達は向かい合い、壁の短冊に本日のおススメと書かれている、鯛と生姜のカルパッチョ、なるものを頼んだ。それとトマトのグリル焼きだったか。

私はこの手の居酒屋があまり好みではない。創作料理の定義が分からず、品名にカタカナが使われていれば、なんでも創作料理と呼べてしまうのか。

それにしては、ちゃんと厚揚げ焼きや、焼き鳥5本盛り合わせなど、赤提灯的なメニューも用意してある。

いまだに謎が多い。

代々木公園から道玄坂まで、比較的長い距離を歩いたのと季節外れの暑さも相まってか、私達は乾杯したビールを一気に飲み干し、直ぐに2杯目を注文しようと、メニュー表に目を向けている。

「最近どうなの？　アレから」

ルリが唐突に、ボソッと私の近況を聞き出しにくるが、目線はメニュー表のワインページを見つめている。

前回ルリに会ったのは年末だった。彼女が住んでいる浦和で飲み歩き、私のサラリーマン時代の後輩が、浦和で親と居酒屋を営んでいると聞き、そこの店で飲みに飲み、結局終電をなくし、彼女が住んでいるマンションに泊まるという期待とは裏腹に見事にあっさりと突き返され、仕方なく後輩の店で私だけ始発まで飲み明かした日だ。

その時に今までのこと、これからの不安を曝け出した。

「アレってなんだ？」

私は何のことを問われているか、確定済みだったが聞き返している。

「お見合いされた女だったり、まだ何もしたくなくて、いじけて飲み歩いてるのかってことだよ！」

ルリは淡々と話していたが、最後の「だよ！」だけはやけに語尾が強く聞こえた。

「前会った時に言ってたじゃん、来年はアクション起こすって、もう4月だよ」

「もう4ヶ月経ってるよ、ホントこのままじゃ這い上がれないよ」

ルリの目はいつの間にか、メニュー表から私の顔へと移り変わり、完全に目と目が合い、ロックオンされている。

ガッと、睨まれたように感じた私は、目線は下に向け自分の足元を眺めている。沖縄旅行の前に購入したアジアンテイストのサンダルだ。購入した当初は濃い緑であったが、沖縄の旅が終わった頃には、深い緑は消えて黄緑色にまで薄まっていた。

頭上ではルリの説教タイムが始まっているが、私は沖縄の旅を思い出していた。

このサンダルで那覇や石垣島の街を練り歩き、離島で自転車を漕ぎながら、大自然の土や草を踏み歩いたサンダル。このサンダルには沖縄の海や砂、私の汗が染み込んでいる。

アレから半年以上が経ったのか。

羅針盤通りに、この先進んで行くと意気込んで東京に戻ってきたものの、結局以前の自分しか私の中には存在しなかった。

このサンダルを履いている人物は同一人物なのか。私は足元を眺めながら一人旅を思い出す。

「ケンイチは昔からそうだよ、夏休みの宿題だって終わらせたことなかったよね」

「私とかみんなは、ちゃんと始業式に宿題提出してるのにケンイチだけ、いつも9月過ぎてから提出してたよね、私知ってるんだから」

私はグウの音も出なかった。そう幼少期から私は現実から目を背け、嫌なことは後回しにしていた。

言ってることは分かるし、ごもっともだ。つい数時間前に痛いほど周りとの生活ギャップに、何も言えなかった。振り返るようにルリは私の心を殴り倒しにきていた。

「DJ辞めたの?」

ルリの説教の終盤、ルリにしては珍しくDJの2文字が出てきた。私はその2文字に顔を上げルリの口元を見つめた。

病気が判明して更に勢いを増していたＤＪ活動も、旅から帰ってきてからは、ストンと停止していた。オファーを頂いても、気が乗らず断り続けていたら、オファーすらなくなっていた。あれほど好きだった音楽自体を聴くことすら億劫になっていた。

一番好きだったＰＥＮＰＡＬＳさえもだ。

「私はケンイチのＤＪしてる姿は見たことないけど、時たまＳＮＳで告知しているＤＪイベントの宣伝を見る度に、大変な病気を患っているのに、好きなことを続けているっていうことに、勇気を貰ってたんだよね」

「同級生で小学生の時から知ってるケンイチを、何か誇らしげに感じていたんだ」

ルリがこの話を切り出した瞬間、店内の雑音はいっさい聞こえなくなった。賑やかな店内は一瞬にして、雪の日の部屋のようにシンとし、あたかもこの世界には二人以外存在しないかのように、ルリの言葉のみが私の耳に聞こえてくる。そんな感覚があった。

何か心を打たれた。大事なことを忘れていたのかもしれない。その瞬間、「挑戦」という2文字が脳内を駆け巡る。

「ワイン飲むならオレも飲む。赤だったら何でも良いよ、まだ18時だし。ボトル空けるか」

「ちょっと今ので吹っ切れた、やるか！」

私はルリにオーダーを任せトイレに向かう。体内に残る悪の負のクソの塊を放出するために、便座に腰を下ろす。店内からはピンポーンと店員を呼ぶチャイムが鳴っている。

扉のポスターには、〇〇〇万円世界一周の旅。というポスターがこの店にも貼られている。

道玄坂 ①　2014年

顔を真っ赤にし、涙目になりながら、ルリはシャックリが止まらないようで、店員に水を注文している。

私は水を得た魚のように動き出したい気分でいっぱいだ。

まだまだ飲める、時刻は21時。


もう3時間近く休憩もせず飲み続けていた。私が行こうとしていた向かいの店は、店主のSNSにて「本日はライブを観に行くので21時よりオープン」と知らせがあったので、私達はこの店でねばっていたが、そろそろルリは活動限界である。

仕方なく向かいの店には私一人で向かうことにし、この店を後にすることにした。

「渋谷の埼京線のホームまで遠いのでタクシーで自宅に帰りたい。ケンイチ、タクシー代ちょうだいよ」というルリの無謀な甘えを却下し、せめてものという気持ちで駅まで送ることにした。

改札口でルリを見届けて、私はマークシティーとフレッシュオーワダの脇道を突き進み、急な上り坂を脚を引きずりながら上る。この都内有数の上り坂と言っても良いであろう坂の上に、ＢＡＲ、エッジエンドは存在する。

エッジエンド店主、エンドウさんは冷蔵庫から取り出した缶ビールのプルタブを開けて、私に差し出した。

「久しぶりだね、アレからどう？」

エンドウさんの言っているアレとは、ルリが差していたアレとは違い、病気が判明してからの体調のアレだということは分かっていた。エッジエンドとエンドウさんとの出会いは私が高校生時代にまで遡る。

私の音楽履歴書の最重要バンドＰＥＮＰＡＬＳのラジオなどに、度々エッジエンドのエンドウさんというキーワードが出てくることがあり、高校生の私は渋谷にある音楽関係者が足繁く通う「ＢＡＲエッジエンド」という店に憧れを抱いていた。しかし高校生の私がいくら音楽が好きと言ってもＢＡＲに通うのにはハードルが高かった。

音楽関係者でもない私に、そのような格式が高いと思われるＢＡＲなど行って良いものなのか。

私は高校を卒業し20歳を越え堂々と酒を飲める歳になってもなお、躊躇っていた。

時は経ち2005年。PENPALSが解散し、私はDJを始めた。

DJを始めたキッカケは、大好きなPENPALSというバンドの曲達をもっと沢山の方に聴いて欲しい、こんなバンドがいたんだよってことを、音楽が好きな方々に知って欲しい。その気持ちだけで始めた。

ここでようやく私も曲がりなりにも、素人DJとして一応、土俵に立つことが出来たのかもしれない。そんな思いもあり、エッジエンドの扉を開けることが出来た。

初めてエッジエンドに行った日、私は当時付き合う前だったサエと一緒だった。サエとは2、3回目のデートかで訪れた記憶がある。私はエッジエンドのスケジュールを事前に把握し、DJイベントがない日を狙った。

扉を開けた私にエンドウさんは、何故ウチの店を知ってるのかと尋ねてきた。私は「PENPALSが好きで昔からエッジエンドが気になっていた」と伝えると、エンドウさんは喜んでPENPALSの話を私に聞かせてくれた。

ここの店は『I WANNA KNOW』のMVに使われただとか、PENPALSの人気は勢いがあって凄かった。毎回毎回ライブをすることで動員が増えていき、バンドとしての成長も感じられて面白かった、～など。

店の店主だからこそ、見ることが出来た裏話なども聞くことができ、私の前のめり感に、一緒に訪れたサエは若干引いていたような気がした。

それからというもの、渋谷に用事があった際はエッジエンドに顔を出し、酒を飲むことが増えていった。格式が高いと思われていた店は、そんなことは、これっぽっちもなく、酒好きや音楽好きが集まる雑居ビルの中にある、隠れ家的なＢＡＲであった。

他のＢＡＲと違うところといえば、洋楽邦楽アーティストの直筆サインが壁一面至る所に書かれているのと、缶ビールが１本６００円で売られていて、店主自らプルタブを開けてくれるというところくらいだ。

しかし私は、このエッジエンドではＤＪをしたことがなかった。

何故なら私なりの聖地だと思っていたからだ。


私がオーガナイザーを務めるＤＪイベント「タマチニスタ」を立ち上げるキッカケはいくつかあった。

ＰＥＮＰＡＬＳが好きで集まったオフ会のメンバーと飲み会の延長戦で始めたのもあるし、ＤＪイベントのフライヤーでよく目にするＤＪオオクボという方が、実は同じ会社の違う店舗の先輩で、一緒の店舗に配属され意気投合し、一緒にイベントやりたいと思ったのもある。ただ単に音楽を浴びながら、酒が飲めれば良いといった動機もあった。

「タマチニスタ」は田町のヒデジの店で何年も定期的に開催していたのだが、一人旅が始まる直前に開催して以来、しばらく何も動かずにいた。

完全に音楽に蓋をした状態だったが、ルリの一言で何かが変わった。私は新たにＤＪイベントを立ち上げる決心がついた。場所は渋谷エッジエンド。渋谷の老舗ＤＪ ＢＡＲ。

何か目標を見失い、他者と自分とのギャップからくる違いや、理想と現実の自分との劣等感に落ちに落ちたら後は、這い上がるだけだ。

私はサッ●ロ黒ラ●ルを一口口に付け、エンドウさんに伝えた。

「体調は、まあ見ての通り足引きずるくらいで問題はないけど。気持ちがね。メンタルが弱っちゃって、何か自分に課さないと。このままだとダメなんだと思って。もし平日の夜終電前までの時間、空いてる枠あったらＤＪイベントやらせてください」

私は思いのたけを伝えた。

「木曜日の夜は空いてること多いし、ウチの店はDJ BARだからね。イベントが毎日入ってないと格好つかないから。

フクイ君がDJイベント開きたいということなら、是非お願いしたい。

でも無理しないように。体調悪かったら事前に言ってもらえれば大丈夫だから、先ずはリハビリがてらやっていこう」

エンドウさんは私が思っていたよりも、オープンで私のイベント開催を受け入れてくれた。

DJのリハビリか。私の憂鬱な半年間はこの日を境に明朗へと転調していった。

それからというもの、私はDJイベントのコンセプトを考えることに没頭した。

場所は老舗DJ BARエッジエンド。雑居ビルの2階にある30人も人が来れば満員になるくらいの店だ。

ただただ、自分が昔から聴いていた曲を流し続けるよりも、最新のいうなれば、まだ人目にふれていない、インディーズバンドの曲を率先して流していくイベントにしたいという思惑があった。

インディーズバンド、アマチュアバンドの曲ばかり流しているイベントは、何処を探しても簡単に見つかるものではない。それを渋谷のど真ん中の隠れ家で毎月開催している。

カレンダー通りで働く人達にとっては、金曜日の週末に向けてもう一踏ん張りの木曜日だ。

仕事終わりにサクッと寄って欲しい。そして私も、音楽が好きになった理由をもう一度見つめ直すために「Return Journey」というイベント名をつけることにした。

このイベント名は「タマチニスタ」でも一緒にプレーしている、ケイゴがつけてくれたものである。

かくして私のＤＪとしての再始動は、エッジエンドからスタートしたのであった。


毎月給付される失業保険を楽しみにしていたのは夏前までで、秋が訪れる頃には銀行のＡＴＭで残高を下ろすのもしんどくなっていった。

私はこの一年で、数百万あった退職金と貯金を使い果たしていた。会社を辞めて舞い込んできた金を当てにして、沖縄や北海道、小笠原諸島など旅に出ては出費し、月に10数万の失業保険で家賃光熱費を払い、夜な夜な飲み歩いていたツケがとうとう回ってきた。

遅かれ早かれ、こうなるのは分かっていた。なんなら予定通りに２０１５年を迎える前に貯金が底をつく。計算通りだった。自業自得だ。

もちろんアクティブな面もある。渋谷エッジエンドで始まったＤＪイベント。

「Return Journey」は、初回と2回目の開催は、御祝儀的な人員で多数の客が入ってくれたし、失速するかと思われた3回目、4回目も来場してくれる方々の客足が衰えることもなく、出だしは好調である。

私はこの先の金銭的な不安を忘れるために、DJ活動にみたび精を出していった。

10月初めの銀行口座の残高は4000円ほどしかなく、失業保険が給付される前日の残高は1012円。時間帯にもよるが下ろしたくても手数料で1000円以下になってしまい、下ろせない。

私は給付金が支給される2日前から家に籠り、カップ麺とチョコレートお菓子とジュースで飢えをしのぐ。この給付される前の1週間が唯一、酒を抜く週間となっていた。

日に日に、タイムリミットが近づいてくるにつれ、私のスマートフォンのネット検索履歴の一番上は、いつも「生活保護」の4文字が表示されていた。

貯金はないし、借金もない。病気のため、働き口もままならない。

こういう時ばかりは、慎重に下調べを欠かさない私は、ハローワークで言われた通り、給付金をもらいきり、即座に区の障害福祉課を訪ねた。

区の生活福祉課には事前に話を通してあった。役所に訪れた私を担当者は個室に通した。

磨りガラスもないし、衝立で仕切られたわけでもない。まさに取り調べ室。正真正銘の個室だった。

そして、私一人対職員二人。

刑事ドラマと違うところは、やけに照明が明るいし「コイツ知ってるか？」と、被害者の写真を見せられるわけでもないし、胸ぐら掴まれるわけでもないし、カツ丼が出てくるわけでもない。思いのほか優しい口調で淡々と進んでいく。「借金はあるか。貯金はあるか。障がいを証明するものはあるか」

下調べしてた文言が、私に伝えられた。

貯金通帳の最新の記帳を持ってきているし、難病指定の証明書もある。私はそれらを職員に見せた。


生活保護を受けるにあたり、後ろめたさはあったか？

答えはイエスだ。ただ生活保護受給の条件、

「健康で文化的な最低限の生活をおくれない」

病気や怪我で仕事がなく、貯金も底をついた、私は貰える資格があるのだから、頼らざるをえない。

真っ当に生きていくには、最後のセーフティネットだった。

数日後、役所の担当者から連絡があり私は国に助けてもらえることが決まった。

泉岳寺 ①

2014年

「だめよー、だめだめ」「だめよー、だめだめ」

クリスマスの夜にテレビでは、白塗りの未亡人朱美という女と、小平市の細貝という老人が壇上に立ち、即興コントを行っている。

どうやら今年の流行語大賞のようだ。確かにテレビで見ない日はなかったような気もするし、酒場ではこのフレーズが乱発して飛び交う席も多く聞こえ、私は酔ったサラリーマン達を煙たがっていたような気がする。面白い面白くないではなく、ただ陽気に酔っているやつが羨ましかっただけだ。


12月に入り私の銀行口座には「セイホ」の記載でお金が支給されていた。これは私の住むアパートの家賃分に相当する金額である。

私は今年の夏前に田町のマンションから、隣の泉岳寺周辺のワンルームのマンションに引っ越していた。これも生活保護を受ける前準備として、これまで住んでいたマンションの家賃だと、生活保護の家賃補助の上限をオーバーする可能性があったため、事前に引っ越していた。

極小ワンルームに引っ越した私は、モリヤと一緒に住むことが不可能になったため、モリヤを実家にあずけた。猫が大嫌いだった母親はいつの間にか、モリヤを溺愛し母親のSNSで母親とモリヤの生存確認をすることになっていく。便利な時代になったものだ。

失業保険の給付が切れる前に、障害年金という、病気や怪我で生活に支障が出た方に支給される年金を貰う手続きをしていた。タイミングよくこの年金も12月から支払われることになり、私は家賃補助は生活保護から、その他は障害年金でやりくりしていく生活になった。

家賃補助は上限があるものの支給されるのは大きかった。月計算すると会社員の頃よりも自由に使えるお金は減ったものの、なんとか今年中に、この先の不安を一つ解決出来たのは大きかった。

私はテレビを観ながらふと、2008年の年末を思い出していた。あの年に病気を発症し身体の一部が動かしにくくなり、それが全身に現れ、気が付いた時には、数ヶ月前に出来ていたことが、出来なくなっていた。

31歳を迎えた今の私を、当時24歳の私は想像していなかっただろう、仕事を辞め生活保護に頼らざるをえなくなったこの私をだ。

この5年間、長いようで短いものだった。それは出逢いと別れの繰り返しだったからなのかもしれない。

せめてもの救いは、ALSでも奇跡的に進行が遅いということか。

しかしそれは長い長い時間、この病気と向き合っていかなければいけないということでもある。

このまま適当に向き合っていくべきか、真正面から向き合っていくべきか。

「ピンポーン」

突然アパートの呼出音が鳴った。玄関には大きな荷物を抱えた配達員が立っていた。

私は新しくベッドを購入していたことを思い出した。クリスマスの日に、私は一人、不器用に段ボールを開け、ビニールを歯でちぎり、両手両足でマットを押さえながら、動かなくなっている腕をなんとか使い、シングルベッドを組み立てている。

テレビではまたも「だめよー、だめだめ」と未亡人朱美が連呼している。

5 保護

淡島通り

2015年

淡島通りの先、若林陸橋の手前。もっと言うと大手コンビニエンスストアの近くに「まぁるきち」という小さな居酒屋がある。

平屋の建物で、窓にバンドポスターやらフライヤーが貼られ、肝心な店内の雰囲気が分からない。が、赤提灯が飾ってあるし換気扇からは煙も覗かせている。居酒屋なのは間違いないが、一見さんが入店するのは躊躇するだろうし、いかんせんこの辺りは、三軒茶屋の駅から離れている。

その点、渋谷駅を往復するバスは途切れることなく運行されている。淡島通り沿いがそもそも住宅街なのだが、その中にポツンとお世辞にも綺麗な外観とはいえない店が「まぁるきち」である。

私が初めてこの店に連れて来られたのは、2015年の初め辺りだったか。渋谷エッジエンドにてReturn Journeyが終わった後、終電まで店で飲んでいた。

店には、店主のエンドウさんとバイトのオノちゃんがいた。

オノちゃんは、エッジエンドでたまにバイトをしている。

私の10コ上の男性だが、私は彼を昔から知っている。

現代のようにインターネットが家庭に普及し始める直前の90年代後半。私の音楽発掘場所は、好きなアーティストのアルバムジャケットの裏に記載してある「スペシャルサンクス」という文字列にあった。

このスペシャルサンクス。アルバムを購入したバンドと関わりがあるバンドを記載していることが多く、私はこのスペシャルサンクスに記載してあるバンドをチェックすることで、新たなアーティストと出会っていた。

無論PENPALSのジャケットの裏にもスペシャルサンクスは記載してあり、私はその中からショートカット・ミッフィーという、字面だけ見れば、お花畑が似合うバンドと出会った。

私はこのいかにも女性ウケしそうなバンドが気になり、ショートカット・ミッフィーのアルバムを購入した。

デビューアルバム『Shortcut Miffy!』の1曲目『aerobee』。

2分近くかき鳴らしながらのギターソロが続き、終わったかと思えばノイズ音と共に、腰が砕けるようなローファイ音で始まった本曲。

聴いた瞬間に一瞬で虜になってしまった。バンド名通り、ポップだがパワーをヒシヒシと感じていた。

当時ＰＥＮＰＡＬＳと共に聴いていた、ショートカット・ミッフィーのギター担当が、エッジエンドの常連客であり、時たまお手伝いでカウンターに立つことがある、オノちゃんである。

その後、私がエッジエンドに出入りするようになり、常連客であるオノちゃんと出会うことになる。私が学生時代に好きで聴いていたことや、学校の机にコンパスで「Shortcut Miffy!」と彫ったことがあるなど、いかにも中二病的な、私なりのエピソードを本人に伝え、オノちゃんはその日以来、私のことを覚えてくれるようになり、お互いの連絡先を交換し酒を飲む仲になっていった。

本日は店終いという時に、

「フクイ君、この後オノちゃんと飲みに行くけど予定なかったら来る?」

エンドウさんから珍しく誘いがあった。

「オノちゃんとオレの帰り道、途中に行きつけの居酒屋があるんだけど行こう」

「オノちゃん先に店に行って一人連れてくるってオカちゃんに言っといて」

すかさずオノちゃんも、

「おー、いいねいいね。じゃ先に終バスで、まぁるきち行ってます」と言い、オノちゃんは店を後にした。渋谷からバスで15分ほどのところにあるという、「まぁるきち」。

エンドウさんと私は店終いした後に、タクシーでオノちゃんを追いかけるのであった。

渋谷の明かりが届かない渋谷区と目黒区の狭間、世田谷は若林。真っ暗で真っ直ぐな二車線の淡島通りに、突如浮かび上がってきた、居酒屋まぁるきち。

時刻は深夜1時前。真冬の人も歩いていない静かな通りに、その店はあった。店の入り口の窓には、バンド「凛として時雨」のポスターが貼られてあり、オノちゃんがメインボーカルとして活動しているバンド「フィッシュバスケット」のライブフライヤーも貼られていた。

この通りの途中に、お洒落な居酒屋やBARやデザイナーズマンションが並んでいたが、ここだけは違った。私が店の目の前で不思議そうにしているとエンドウさんが、

「ここだよ、変わった店でしょ。一人だと入りにくいよね」と言い、店の扉を開け私もそれに続いた。

「お、フクイ君だ。オカちゃんさっき話してたフクイ君です」

店の扉を開けたすぐ脇のカウンター席で、ホッピーを飲んでいたオノちゃんが店主に、私を紹介している。

店に入った瞬間、どこか懐かしい石油ストーブの匂いで家感がある店だ。そして、とてつもなく狭い。10畳ほどの店内のど真ん中に、木製の巨大円卓がドカンと置いてあり、そこの周りをみんな

で囲みながら飲むスタイルだ。入り口から向かいの壁まで10メートルもない。
宅飲み空間が、若林に存在していた。

店内には私達しかいなかった。
「はじめましてフクイです」私は店主であるオカちゃんという男性に挨拶をした。
「ん、な、なんて？」どうやら伝わらなかったようだ。
私はもう一度、ゆっくり丁寧に名前を伝えた。

いつかの花見の帰り道、私は居酒屋に席の予約の電話をしたが、なかなか伝わらなかったことがある。何度も聞き返され苛立っていた。その時は相手の耳が遠かったのだろうと思っていたのだが、それからしばらくして、ヒデジの店で飲んでいた際、そこまで酔っ払ってないのに、サカモト社長から「ケンボー酔っ払って何言ってるか分かんないぞ」と揶揄されたことがあり、私はそんな酔ってないと楯突くが「そんな酔ってない！」がうまく言えなかった。

それ以来、今まで意識していなかった、声や呼吸を意識するようになっていった。うまく話すことが出来なくなり始めている。
そう、ALSは運動神経の伝達がうまくいかなくなり、全身の筋力が衰えていく病気だ。すなわち、手足や体幹だけではない。喉や呼吸の筋力も衰え、やがて声も出せなくなる。

私は店主のオカちゃんに挨拶をし、エンドウさんとオノちゃんと、店主オカちゃんとで乾杯をした。

オカちゃんは青森県出身で私より年上である。東京に上京してから一度も故郷に帰っていないらしい。元々は車関連の会社に就職して上京したが長くは続かず、下北沢の居酒屋で仕事を始め、今はこの「まぁるきち」で店主として店に立っているとのことだ。

「フクイ君もPENPALS好きだったみたいだね、オレも好きで聴いていたよ」とオカちゃんもPENPALSを聴いていたらしく、私はオノちゃんのショートカット・ミッフィーもそうだけど、babamaniaもよく聴いていたと伝えると、オカちゃんも聴いていたと。ここでもまた音楽仲間ができあがるのであった。

隣ではエンドウさんがタブレットで、海外アーティストのチケットの購入手続きをしている。カウンターではオノちゃんが、ホッピーを片手にSNSで呟きを打ち込んでいる。私とオカちゃんはPENPALSを聴きながら、これまでのことを語りあっている。

この空間、まさにリビングだ。

三軒茶屋

2015年

玉子焼きが絶品で、今まで食べたことのない類の食感で、来店する度に注文をする。まぁるきちの営業時間は特殊である。夜21時頃に店を開き、お客が居なくなったら閉めるという魔のスタイルであった。

常連客も個性的な方が多く、エッジエンドでも仲良くなった、オノちゃんのご近所友達の何処でも寝れる、保育園を経営しているヨコタ社長や、後ろ姿がおばちゃんにしか見えない「ラウドネスおじさん」こと、イシイさん。若い子が好きだと冗談で言っていると思いきや、ガチだったオオツカさん。巨漢で心優しいバオ君。最年少のテマホちゃんなど、オノちゃんをはじめ錚錚たるメンツが揃っている居酒屋であった。

みんな、目的は一緒。仕事終わりに軽く飲みに帰ってくる。まぁるきちが、家だ。

私の病気も理解してくれている方々ばかりで、私は新たな仲間が増えたことに心底安堵し、エッジエンドに用がある度に、まぁるきちに顔を出しては、朝方まで飲み明かす日々が増えていった。

そんなサイクルが続き、気が付けば梅雨らしい梅雨がなかった6月も過ぎ、連日の猛暑でエアコンを24時間フル稼働させた私への電気代の代償か、ネットで格安10キロ3000円の白米しか食べることが出来ず、便が白くなり始めた7月の半ば。エッジエンドで開催していた「Return Journey」に一人の女性が遊びにきていた。

カウンターでオノちゃんと談笑していた私と、同世代と思われる女性は、私がビールのおかわりを注文する際に話しかけてきた。

「フクイ君ですか？　はじめまして、アイダといいます」

「オノさんから、ちょいちょいお話を伺っております。私コミニティーFMで仕事をしているのですが、8月末の私が担当している番組にゲスト出演して頂けませんか？」

アイダさんという女性は、初対面の私にこのようなことを聞いてきた。

「ラジオ？　いやいやDJっていっても、ラジオに出るほどガチガチに生活基盤としてDJでメシ食ってるわけでもないし、世間から見たら完全素人だよ。しかも病気を患ってるし、現にラジオといったら声がメインでしょうに。ただでさえ声が出し難く、喋りにくくなってるのに、電波に乗せて喋るなんて私には到底無理だ」

私は即答出来なかったため、一度話を持ち帰らせてもらった。

「ラジオかぁ」

私は高校生時代に、みずぶくれ、というお笑いコンビを組んでいた。その際に地方局のバラエティ番組に出演オファーを頂いた。その番組は、素人芸人達がタレント達に今の悩みを相談するという企画があり、私もその企画に参加することになった。

朝8時から渋谷に集合させられ、都内をグルグルと移動させられ、私の悩み相談の出番は日も落ちた19時。待ちに待たされた私のやる気と集中力は消え去り、台本には書いてない高校生らしいシモの相談を披露し、放送を迎えたのだが、安定の全カットという結果に終わった。

私はそんな思い出もあってか、それ以来、電波に乗せる類の企画や話には見向きもしなくなった。私はラジオ出演オファーを頂いたその日、まぁるきちには寄らずに、ヒデジの店に寄ることにした。

ＴＨＣではヒデジが一人でプロ野球ニュースを見ている。店の扉を開けた音に「ビクン！」とし、振り返り私を見た。

「おう、今日ジャーニーだったから、こないかと思って店終いだ。飲むならメシ食いに行こうか」

久しぶりにヒデジとサシ飲みをするために、ＴＨＣの入るビルの地下の店へと向かう。

田町の三田口にある、大手ファストフード店がある通りの奥にヒデジの店はある。周りの店は数年前に比べたら、深夜までやっている個人店が増えたような気がする。刑事ドラマの二人組がよく訪れる、若女将が一人で切り盛りしている小料理屋のような「毬や」や、田町の街に突如現れた、キャリーという人種がママをしている「BARキャリー」そしてヒデジの店が入る雑居ビルにひっそりとオープンした、地酒と肴を贅沢に堪能できる懐石料理屋「与一」と。ヒデジの店の周りは、ある意味深夜のフードコートとなっていた。

ヒデジは珍しく私を誘い地下の店へと向かう。ヒデジの店からエレベーターで10秒以内で着く「与一」。

店舗玄関からも分かるほど、店内はゆっくりと落ち着いた店だ。

ほんの2フロア上には、THCというヒデジが24時を回ると、上半身裸で小指を立てながら徳永英明を熱唱している店がある。同じ雑居ビルにもかかわらず、極端に違う店のカラーだ。

「与一」には客が数組いる。店主ウエダさんは私とヒデジをカウンター席に案内した。ヒデジは珍しく岩手の地酒を注文し、私も頂くため、お猪口を用意してもらう。私は「与一」に訪れると決まって、なめろうを頼む。新鮮な鯵の食感と味噌と生姜の香りを口で味わいキリッとした地酒で喉に垂らす。

鼻から抜ける酒の風味と、なめろうの香りに、目尻が垂れていくのを感じながら瞳を閉じる。

過去に大衆居酒屋で頼んだ、なめろうは何だったんだ。私は「与一」のなめろうを初めて食べた時から、金輪際なめろうを食べるのは「与一」だけだと、大袈裟だと思われるが心に決めた。

「ジャーニーどうだ？　人、入ってるのか？」ヒデジは地酒を口にしながら真正面を見つめて問いかけてきた。

「ジャーニーは人来てくれてるよ。それにさ、今日ラジオ局の人を紹介されてさ、来月末ラジオ出演して欲しいって言われてさ、悩んでるんだよね」

「オレ病気でゆっくりでしか話せないし、こんな声で電波に乗せて良いのかね」

私の弱腰の思考に、ヒデジは地酒が回っているのか、眠そうな目で答えた。

「良いね。ラジオ出演してみればいい。ラジオ局の人がケンボーと話してみてオファーくれたんだろ？」

「ということは、だ。ラジオ現場の人がケンボーの声を聞いて、大丈夫だと思って、オファーしたとも言えるわけだ」

「いいね。出ちゃいなよ」ヒデジは淡々と言うと、トイレに向かっていく。目の前の与一店主ウエダさんも「ケンボーさん凄いっすね。出ちゃいましょう」と言い、カウンターの私の前にチェイサーの水を差し出す。

私は、水を二口飲み、マッチを使いタバコに火を付ける。濃いラ●キースト●イクの味が体内に流れてゆく。アルコールの酔いなのかニコチンの重みなのか、大きなあくびが出ている。

ヒデジがトイレから戻り、私の背後を通る際に「ケンボー、自分が思っているほど、話し声聞き取れないとかないよ。ちゃんと何言ってるか分かるから安心しなさい」私の肩を叩きながらそう言うと、携帯を持ち店から出て行った。

私はヒデジの言葉を噛み締めながら、水色のジャージを着たオッサンの背中をぼんやりと目で追っている。そして「あのオッサン金払わずに帰ったな」とも思っていた。

この日、ヒデジのアドバイス料、４５００円が財布から出ていった。


平日の夕方の三軒茶屋、キャロットタワーの向かい、三角地帯の居酒屋は仕事終わりのサラリーマンや学生で賑わっていた。

私はオノちゃんと、ラジオ局のアイダさんと打ち合わせをするために適当に店を見つけ、先に入っていた。店の看板には「やかんビールあります」と書かれていたため、興味本位で入店し、そのやかんビールなるものを注文してみた。その名の通りキンキンに冷えたやかんに、キンキンに冷えたビールが入っている。それをガラスコップに注ぎ飲む。想像通りだった。

しかし、なみなみビールが入っているやかんは、私が想像していたよりも重く、私の腕の力ではグラスに注ぐことができなかった。

渋々若い女性店員に注いでくれと頼む。店員は不思議そうな顔をしながら、ビールをグラスに注いでくれたものの、厨房に戻ると店員同士で、ヒソヒソと私を見ながら会話をしているように感じた。

いや、そんなことはないはずなのだが、最近人の目を気にすることが増えている。ちゃんと腕の筋力がないので注いで欲しい。と言えばいいものの、恥ずかしいというか身体的に愚かな弱者になり始めた自分を受け入れられず、言葉にするのを躊躇っていた。

待ち合わせの時間になりほどなくして、オノちゃんとアイダさんと合流し、ラジオゲスト回の打ち合わせと題した飲み会がスタートした。

以前からそのラジオ番組に、オノちゃんは何回か出演したことがあり、大まかな流れは把握済みのようだ。

場所は江東区木場にあるコミュニティーFMで、土曜日のお昼11時からの生放送。今回はオノちゃんの友達のＤＪフクイということで、二人で出演する。

パーソナリティーのアイダさんと、掛け合いながらの放送ということだが、私はゲストと言われていたので、正味10分程度だと思っていたが、１時間番組の１時間まるまる出演するらしく、ハードルが高く不安しかなかった。

編集もできない生放送で、もし本番、蓋を開けてみたら、全く私の声が聴き取れないとかだったらどうしよう。

ヒデジに、ケンボーは大丈夫だ、と４５００円払って助言してもらって、いざ今日打ち合わせに集まったのに、話を聞くにつれ楽しみよりも遥かに、逃げ出したい気持ちが勝っていた。

しかしそこはメジャーデビューし、ショートカット・ミッフィーの後も10年近く別のバンドでギターを鳴らし、武道館に数回立っているオノちゃんだけある。

「フクイ君、なんとかなるから大丈夫だよ」

なんとかなるから、という誰でも簡単に出てくる言葉なのだが、経験豊富のオノちゃんに言われると、なんとかなりそうな気がした。いつも酔っ払って震えているオノちゃんだが、この時初めて頼もしく思えた。

ラジオの内容を説明されて、どうやらアイダさんはただ単にＤＪとしての紹介ではなく、難病ＡＬＳを患いながらＤＪ活動を続けている人物、フクイケンイチ、として紹介したいようだ。

「フクイ君の、アイスバケツチャレンジの動画観ましたよ」

「……、あー、アレねー」私は不意に出たアイスバケツチャレンジという言葉を、遠い記憶のごとく右脳の奥から引っ張り出す。


2014年夏「アイスバケツチャレンジ」という、氷水を頭からかぶり、動画を拡散させるというムーブメントが起こっていた。

このチャレンジ、私の病気ALSの認知向上と寄付金を募るために、全世界で拡散された動画であった。

氷水をかぶることで、身体が一瞬硬直し冷たさで動かなくなる。その身体が動かない疑似体験をして欲しい。それは身体が動かなくなる難病ALSを疑似体験し、少しでも理解して欲しいという試みであったようだ。

協会に寄付するか、友人を指名し動画を拡散してもらうか。ひと昔前のチェーンメールのようだが、世界中の著名人が寄付や動画を撮影しムーブメントになっていた。

もちろん日本でも連日そのニュースは紹介され、ALSという病気が、国内でも広く知られる要因になったはずだ。

そしてその動画は私の元にもチャレンジしてくれと回ってきたが、当事者自らチャレンジするのもおかしいと思い、一度はスルーしていた。しかし余りにも熱い、周りの熱に観念し、私も氷水をかぶる動画を撮影することになる。その動画を見たアイダさんは、前々から私のことを気にしていたようで、今回のゲストオファーという運びになったようだった。

私はアイダさんの「フクイ君の動画を観た」という言葉である人物を思い出していた。

私が氷水をかぶった、アイスバケツチャレンジの再生回数自体は、大したことがなかったのだが、人伝《ひとづ》てに聞いて観たのか、アップロード後に一通のメッセージが来ていた。

「氷水の活動が盛んになってケンイチはどう思っているのか、ずっと気になっていました」

「書き逃げのようで、ずるくてごめんね、でも感謝と応援しています」

私の動画やALSのニュースが飛び交う中、こんなカタチで連絡が取れたのは、沖縄の旅から戻ってきた後に姿を消したアユからだった。

本来なら何も言わずに音信不通になった彼女に対し、責めるような対応をすることも出来たのかもしれないが、彼女なりの考えもあったのだろうし、当時、決してお互いに付き合っているという形式を取らなかった。

今一緒に時間を共有したい人、お互いそれで充分だったはずだ。そう思えるようになっていたのか、私は彼女からの連絡を受け入れることが出来た。

アイダさんは、私の病気ＡＬＳを沢山の方に知って欲しい、その病気を患ってもなおＤＪ活動を続けている、フクイケンイチにスポットを当てたい。みんなが背中を押してくれている。

私も踏ん切りがついた。8月末のラジオ出演に向けて、新たに心を入れ替えることに着手する。

結局この日も三軒茶屋から徒歩15分弱の、まぁるきちでオノちゃんと飲み直すことになり、オノちゃんは早々に帰宅していったものの、私は朝方までオカチャンと店で飲んだくれていた。

淡島通りの朝7時。私はようやく帰路に着くため、店の向かいでタクシーを待っている。

バス停の目先の「まぁるきち」の前を、バスは5分もかからない間隔で運行し、排ガスの匂いと運転手のアナウンスがループしている。

バスは来るがタクシーは来ない。この待っている間は、真冬も厳しいが真夏も辛い。今でもバスから出る排ガスの匂いを嗅ぐと、当時の記憶が鮮明に思い出される。

ようやく一台空車のタクシーが向かってきた。オカチャンは腕を大きく広げ、私の代わりにタクシーを止めてくれた。オカチャンに御礼を伝え、私は運転手に自宅を教えて眠りにつく。が、ちょうど代官山の槍ヶ先交差点付近で、運転手に起こされた。

どうやら事故のため、渋滞が起きているようだ。タクシーに乗車し、八方ふさがりな私は、降りて電車で帰るなんて微塵も思わずに、仕方なく車内に留《とど》まることにした。

ふと昨晩のアイダさんとのやり取りを思い出し、私は過去のアユとのメッセージを見返し、すぐに文書を打ち込み、迷いなく送信ボタンに触れた。

池袋

2015年

池袋の百貨店の屋上に、空中庭園?野外庭園?なるものが出来たらしく、アユは待ち合わせ場所にそこを指定した。

もっぱら渋谷駅周辺をほっつき歩いていた私にとって、原宿を越えたら、そこはもう異次元の世界だ。なんなら山手線沿い出身の私でも、新大久保や高田馬場、目白や駒込には降りたことがない。

チキンな私は、テレビの密着24時系の番組を見ては、深夜の荒れ狂う新宿の街を見ては近づいたらおしまいだと思い込み、極力降り立とうとはせず、中学生の時にカツアゲにあった池袋のサンシャイン通りにもトラウマのため、近づこうとはしなかった。

数年ぶりに降り立った池袋駅構内は、更に複雑なダンジョンと化していて、ロールプレイングゲームの攻略本を読むかのように、構内マップを真剣に見つめている私がいた。

連日の猛暑日に比べればかなり涼しく、風も強かった平日の14時。百貨店の屋上にベビーカーを押して、私を探しているアユを見かけた。

2年ぶりに見るアユはお母さんになっていた。ちょうど1歳になる娘と一緒だった。

娘がまだ小さく、実家の両親も働いてるため、娘と一緒に出歩ける場所で、急に娘が泣き出しても周りの迷惑にならないように、という理由で百貨店の屋上を指定してきたようだ。

幾分か昔に比べたらトゲっぽさを削ぎ落としたような、優しい顔つきに変わっていたアユは、この2年間のこと、今の置かれてる状況を私に話し始めた。

どうやらお見合いした相手との間に、子供が直ぐに出来、相手の実家に嫁いだようだが、田舎暮らしに慣れず、今はアユの実家で暮らしているようだ。今後離婚に向けて進むらしい。

私はその話を聞きながら、あの時あのまま二人が仲良く前を見つめて、歩んでいけたかどうかの世界線を思い描いてみていた。が、上手く描けなかった。どうしても苦しむアユと私しか想像出来なかった。

即ち、もう彼女に対して恋愛感情はゼロなんだと悟った。ハッピーエンドを想像することが出来なかった。

アユの話を聞く前までは心のどこかに、まだ、ポッカリと穴が閉じずにあいていたのかもしれないが、その穴が徐々に塞がっていくのを胸の中に感じていた。

私はこの日を境に、アユのことを心の底から大事な友人として付き合っていける決心がついた。

アユとの時間を増やすために仕事を辞め、私が旅行から帰宅したら姿を消し、私を思い出し連絡をしてきて、私の知らない誰かとの子の母親になっていたアユ。

それでも私は、彼女のことを突き放すことは今後もないであろう。私の羅針盤はアユそのものだったのかもしれない。週末のラジオ出演を前に、この2年間のモヤモヤが解消されたような気分だ。

二人でコ●ナビールで乾杯し、昼から飲むビールなんて久しぶりだ！と、はしゃぐアユを見ながら「朝まで飲むビールも最高だぜ」と言ってみる私がいる。

木場 ①

2015年

遠足の前日やデートの前日、イベントと題される日の前日の夜は、興奮して寝つけない。

あんなことして、こんなことして、妄想にふけって気が付けば睡眠時間が削られ、遠足の写真では毎回、目が虚ろだし、デートの日に関しては目が血走り、相手を引かせることもチラホラだ。

そして、遅刻してはいけないという釘打ちもあるのだろう、寝具に入っても眠ることが出来ず、目を瞑るだけでも脳と身体は休まるから眠れるまで目を瞑れ。と言われて遂行した結果、見事に少年野球チームの夏合宿の待ち合わせ時間に遅刻し、バスに乗り遅れ、重たい野球道具を抱えながら、母親と茨城の奥地に向かったこともあった。

仕事をしていない、人様の税金で生活をし、何の緊張感もない日々を送る私にとって、ラジオ出演の前日の夜は、久しぶりにプレッシャーをも感じられる夜であった。

金曜日の夜10時過ぎ、私はＤＪ活動もせず酒も飲まず、一人大人しくロードショーを観ていた。タヌキが主役のアニメだ。街開発で住みかを追われたタヌキ達が、金玉袋を広げてパラグライダーのように地面に降り立つシーンを観ていたら、明日の不安などバカバカしく思えてきた。テレビのゴールデンタイムで金玉袋広げて宙を舞っているタヌキ。これが放送ＯＫなら私のスローテンポの会話もありだろう。下ネタさえ言わなければ何とかなるか。

朝から傘を差さなくても大丈夫なくらいの雨が、降ったり止んだりを繰り返している。

地下鉄を1回乗り換えただけで着いた。東西線木場駅から徒歩2分のところにある複合型施設にコミュニティーラジオ局は存在する。

平屋の建物だが、ラジオブースはガラス張りで中のＤＪパーソナリティーを外から眺めることが出来る仕組みだ。ラジオブース前にはテーブル椅子も配置され、子連れや推し活動に精を出す人達が集まるのだろう。

10時20分入りと言われていたが、私は10時前には木場駅に着いており、私が1時間後には出演する予定のラジオブースを外から見つめ思いにふけっていた。

会社員を辞めてから早2年。思うままに行動し、時に友人達に支えられ、背伸びすることなく、今できることを挑戦し続けて、向かった先にはラジオブースがあった。

ALSに侵されずに生きていたら間違いなく、この前に立つことはなかっただろう。そしてALSという病気さえも身近ではない、遠い環境の病気だったはずだ。

その好きでなった訳ではない病気の患者代表として、ラジオブースに向かう。毎日の積み重ねで富を得る人もいれば、ある日突然、富を得る人もいる。果たして私はどちらの人間なのだろうか、私にとって富とは何なのか。

答えは12時過ぎには出ているような気がする。

ラジオ局の裏手に回り出演者入り口の目の前の喫煙スペースでタバコをふかす。夏場にもかかわらず指先が冷たかった。自分ではグッスリ眠れたはずだったが、身体はまだ緊張しているようだった。

この扉を開けると新しい世界が待っているのかもしれない。そう思いながら私はそのドアノブを引いた。

新しい世界の扉だと思いきり、引いたドアは、非常に軽く勢いよく「バン！」と音を立てて開いた。思っていた扉の重さとは違い軽い。ベニヤ板とはいわないが、何しろ軽かった。

扉の向こう側は楽屋であった。目の前には6畳ほどの個室に、6人ほど座れるテーブルが1台のみ。想像していたよりもプレハブ小屋に近い印象で、拍子抜けした感は拭えなかった。

衝立で仕切られた奥から、アイダさんが顔を覗かせた。

「フクイ君！　そっちから入ってきたの？」

「そこ裏口でした。連絡くれたら迎えに行ったのに」

どうやら入り口は他にもあったようだ。

そんなやり取りをしているところで、私が入ってきた扉とは違う、もう一つの扉が開き、そこからオノちゃんが現れた。

そういえば、真っ昼間にオノちゃんと逢うのは初めてかもしれない。しかもお互いシラフの状態だ。

いつもエッジエンドやまぁるきちで、お互い酔っ払っていることもあり、なんか変な緊張感だ。いつもと違い、よそよそしいカタチで打ち合わせはスタートした。

先ずは局長に挨拶をし、次にディレクターSE担当のサトウさんを紹介された。司会進行はアイダさん。オープニングナンバーが流れてから、オノちゃんと私がブースに入ってくるという段取りである。

私は一つ一つに台本が用意され、それを読み合わせて番組が進行するものだと思っていたが、タイムテーブルが割りふれられているペラ1のA4用紙のみだった。

全面フリートークで1時間のようだ。ますます緊張感が漲ってきた。

「フクイ君、流したい曲持ってきましたか？」アイダさんから、事前に今回のラジオで流したい曲のCDを持ってきて欲しいと言われていたので、私はPENPALSのアルバムを数枚持参してきていた。

その中から『I WANNA KNOW』、『Indian summer』を流してもらうことにした。

私のロックへの音楽への扉を開けてくれた曲と、夏の終わりに聴きたくなる名曲。この2曲を選んでみた。


ラジオ生放送まで残り数分、楽屋には既に私とスマホを弄りながら、リラックスしているオノちゃんの二人きり。

「オノちゃん、初めてラジオ出た時って緊張したの」

私の素朴な質問に、

「うーん、覚えてないけど、多分酒飲んで出た記憶があるかも」

「大事なライブ前とかも、リハ終わったら飲みに出ちゃうし」

ダメだ。この人は酒の人だった。

アイダさんからは、当日のラジオ前の飲酒は禁止されている。

オノちゃんは、ラジオやライブなど百戦錬磨の経験値がある。どんなもんかの勝手も分かっている。そりゃ緊張はもうしないだろう。

ラジオ局に入る前、冷たかった指先は今、ジメッとした手汗と共に生暖かくなっている。


そして時刻は11時、アイダさんのMCでラジオは始まり、オープニングナンバーが流れ始めたと同時に、ラジオブースの扉が開きブース内へと誘導される。

産まれて初めて右手と右足が一緒に前に出た。ガチガチに動揺しているみたいだ。


60分間のうち緊張していたのは最初の5分ほどだった。ゆっくりながら話し始めてしまえば、上手く波に乗れたのか、アイダさんの質問にも堂々と答え、オノちゃんとの掛け合いもスムーズにいけた気がした。

二人の出会いやDJを目指したきっかけ、好きなバンドの話、そしてALSという難病について。私なりに自分を表現出来たのではないかなと思っている。

SNSにて事前に告知もしていたため、私の予想を超える沢山の方々から、ラジオ局にメッセージも届いていた。全て読み切れないほどであった。

江東区木場のラジオ局なのに終始、渋谷の道玄坂近辺の話ばかりしていた60分は、あっという間に終わってしまった。

始まる前はあんなに緊張していたのに、最後はもっと話したい。その気持ちが強く残っていた。

そうだった、上手く話せない、思うように声が出せなくなり、すっかり忘れていたのだが、私は話すのが好きな人間だったことを思い出した。

大事なことを思い出させてくれた60分でもあった。


生放送も終わり局の方に挨拶も済ませ、私とオノちゃんはラジオ局を出た。ちょうどラジオ局の隣は、レストラン街が入っているショッピングモールがあるようで、私達は昼飯がてら打ち上げをすることにした。

緊張もしていたので早くアルコールを欲していた私は、ビールが無性に飲みたいようだ。ショッピングモールの入り口看板を見つめ、2階のドイツレストランを発見し、その店へと一目散に向かう。

店内は広く、お昼時ということもあり、若い家族から熟年夫婦と思われる幅広い方々が食事を取っている。

久しくギ●スビールを飲んでいなかったため、私はギ●スビールを注文した。

オノちゃんと乾杯をし、久しぶりのコクのあるクリーミーな味が喉を通った。

上唇の上に付いた泡を舌で舐めとり、フーッ、と深い息を吐き出した。

緊張がほぐれアルコールも加わり、ほどよい脱力感だ。

窓の外を見ると、どんよりした空が明るくなり始めている。数秒眺めていると店員がパンを持ってきた。この店、焼きたてのパンがお通しで出てくるようだ。

しかしオノちゃんはパンを貰おうとはしなかった。

「オノちゃんパン苦手なの？」私は焼きたてのパンを咬みちぎりながら聞いてみた。

「オレねグルテンアレルギーなんだよね。だからパン食べるとお腹痛くなるんだよね」

「グルテンを極力取らないようになったら、調子が良いんだよね」

私はこの時初めてグルテンという言葉を知った。どうやら小麦や大豆などに含まれる成分のようだ。そういえば朝にパンを食べると私は必ずと言っていいほど腹を壊す。私もグルテンアレルギーだった可能性がある。


それにしてもオノちゃんと飲むようになってから知ったのだが、オノちゃんの知識は凄い。

興味のある質問には何でも答えてくれる。知識の宝庫だ、オノ先生だ。


何杯目かのビールでアイダさんが店にやって来た。ラジオ放送後「終わり次第、打ち上げ場所に向かうので先に始めててください」と言われていた。

席に着くや否や、

「お二方ラジオ出演ありがとうございました。裏で聴いていた局長が二人の話すテンポが非常に心地よく大変気に入ってくれてました」

「実は10月より、同じ番組の第2週目の出演者が急遽終了してしまい、急ですがお二人に任せてみたいという話が上がってまして、打ち上げに遅れてしまってました」


まさに驚き、桃の木だ。


こんな展開あるのか、アルコールも入っていたため、オノちゃんと二人して興奮してしまった。

「もう1回、いや2、3回出演したいので、オノちゃんと是非やらせてください」

私は、ラジオ生放送前とは、手のひらをひっくり返したように違い、前のめりになっている。

「フクイ君と二人でレギュラーということなら、是非オレもやりましょう」

お互い即答で合意だった。


かくして、たった一度きりの出演だと思い込んでいたラジオゲストは、あれよあれよと、レギュラーが決まってしまった。

会社員を辞めグータラ過ごし、ＡＬＳは進行しながらもＤＪ活動を再開し、新たに出会った方々と交流を深めた2年間。私の富は友人達との信頼関係だったのかもしれない。

打ち上げも終わり、ショッピングモールを出て見上げた広がる空に、微かに虹が咲いている。

円山町

2015年

ラジオのレギュラー番組もスタートし、新しい試みが始まった2015年の秋、年末に向けて着々と音楽イベントが発表されていく中、私がレギュラーイベントを開催している、渋谷エッジエンドでも大きなイベントの告知を発表していた。

「エッジエンド20周年パーティー」と題して、渋谷エッジエンドに縁のあるバンドが多数出演するイベントだ。

私が高校時代に聴いていた、オノちゃんがギターを務めるショートカット・ミッフィーや、同じく同時期に聴いていたbabamania、他にも才能溢れるバンドが多数出演する中で、最後の最後に発表されたのが、

PENPALS、

そして、DJ福井研一。

12月末に私はＤＪとしてＰＥＮＰＡＬＳと共演することになった。

発表されたのは12月上旬であったが、実は春辺りにエンドウさんから、20周年パーティーを開催するという話を教えて貰っていた。

「もしかしたらＰＥＮＰＡＬＳ呼べたら呼ぶから、フクイ君ＤＪやる？」

エンドウさんから、そんな軽いノリでオファーを頂いたのだが、実際は相当考えていたはずだ。

二十年も渋谷の同じ場所で店を開け続け、何百人のＤＪが回している店の記念イベント、たかが一年弱レギュラーイベントを続けている新参者に任せるとなると、そう簡単にはいかないはずだ。

しかしエンドウさんは、そんな素振りを見せることなくオファーをくれた。


私がＰＥＮＰＡＬＳと出逢ったのは中学2年生の頃、不意に見ていた深夜番組のオープニングテーマがＰＥＮＰＡＬＳの『TELL ME WHY』だった。その頃はサビが印象的ではあったが、そこまでの衝撃を受けずにサラッと聴き流していたのだが。

本格的に衝撃を受けたのが忘れもしない『I WANNA KNOW』からだ。

私が小学生の頃から好きだった、架空のモータースポーツが舞台のレースアニメ、そのアニメのテレビゲームのオープニングテーマ曲だった。

流れ出した瞬間に目の前がズドンと、一度真っ暗になって、その数秒後には目の前が真っ白になり、脳がパニックになった。瞬時に胸が高鳴り心臓の鼓動が止まらないほどの衝撃を受けた。

いわゆる初期衝動だ。

簡単に言うと男性なら誰でもあるだろう、初めてビニ本を手に取りカウンターに持っていく時のドキドキだ。

当時音楽なんてJ-POPくらいしか分からず、どちらかというと運動も好きだが、アニメオタク気質でもあった私が、いてもたってもいられなくなり近所のCD屋には目もくれず、渋谷の大手CDショップまでCDを買いに、一人旅に出たのは懐かしい思い出だ。

英語詞ということで、完全に海外のアーティストだと思い込み、洋楽コーナーの「P」を1時間かけて睨めっこしていたが見つからなかった。あの時間は、今考えたら人生で一番集中して、アルファベットを頭の中で読み上げていた瞬間だったのかもしれない。

結局見つけることができず、途方に暮れて店を出ようとした時に、ふと店内BGMで流れてきた『I WANNA KNOW』。まさしく運命だった。

これだ！　この曲だ！

取り乱しながら店員に案内して貰い、手にしたCD。ペンパルズというスペルさえ読めない少年だった。

高校に入ってからは、ＰＥＮＰＡＬＳのアルバムのスペシャルサンクスに記載されているバンドを片っ端から聴きあさり、そこでまた沢山のバンドや音楽ジャンルと出逢うことが出来た。

私の高校時代はＰＥＮＰＡＬＳの曲と共に過ぎて行った。


登下校はアルバムが擦りきれるほど聴いた『RIGHT NOW』。

夏場のサッカー部の練習で、意識が朦朧としながらも脳内でエンドレスリピートしていた、『DAYS GONE BY』。

日本語なんてカッコ悪いと愚痴りながらも、カラオケで熱唱していた『ラヴソング』。

ホントに青春そのものだった。解散した時の寂しさも尋常ではなかったが、私がＰＥＮＰＡＬＳの曲を知らない人達に、広めて行こうと思いついて始めたのがＤＪだった。

ラジオＤＪとして歩み出したのも、ＰＥＮＰＡＬＳの影響でエッジエンドを知り、オノちゃんと出会えたからだ。なんならＰＥＮＰＡＬＳのお陰で「タマチニスタ」のメンバーとも出逢うことが出来た。ＰＥＮＰＡＬＳのお陰で沢山の友人と繋がることが出来た。


ホントに私にとって人生そのものだ。まさしく私の血肉。

その恩人といって良いであろうＰＥＮＰＡＬＳとの共演話にノーという答えなどなかった。

ラジオも始まり、ＰＥＮＰＡＬＳとの共演も実現することになった２０１５年の秋。

私の人生の中でも最重要な秋だ。

6
旧知

渋谷

2016年

「フクイケンイチ　ALS」

インターネットの検索エンジンで、「フクイケンイチ」と打つと、検索上位にALSの3文字が付いてくる。興味本意でエゴサーチをしてみると、インターネットのまとめサイトに私のラジオの記事がまとめられていた。

誰かが私のSNSを隅から調べあげたのだろう。生年月日や出身地、経歴までもつまびらかに一致している。

私はいつの間にか、全国のフクイケンイチさんを代表しているようだ。

この一年で随分とALSのことで活発的に動くようになった。ラジオではALSコーナーを設け、毎月ALSのニュースを紹介し、報じることになり、ALS協会を訪れ、ALS患者やご家族の方々と情報交換をし、親交を深めていった。

この頃ヒデジの店の1つ上の階にある「カドー」というBARでDJブースを作るという話を聞

き、私もお手伝いさせてもらったのを切っ掛けに「カドー」でも毎週DJをすることになった。週の半分は田町の一階が牛丼店の雑居ビルにいる。そんな日常は慌ただしく過ぎていく。

ラジオが始まり最初は1クールのみの契約であったが、好評だったため、継続が決定し、気がつけば一年が経っていた。

最初の一年間は持参金がない私の代わりに、ヒデジの店や「カドー」「まぁるきち」にラジオ継続のための募金箱や、知り合いの経営する会社にお願いして、番組提供の協力をしてもらい、皆さんに応援してもらって続けることが可能であったが、2年目を迎えるにあたり、新たなスポンサー探しという大きな問題に直面することとなった。

生活保護の受給を得ながら、収入がある場合は申告しなければならないのだが、そもそもこのラジオ、私達にギャランティーが発生していた訳ではなかったため、完全に私達のプライベートマネーに頼らざるをえないギリギリの状況で進んでいっていた。

私はせっかく貰ったラジオ枠であり、ALSの認知向上の場として是が非でも継続したい。自分の生きてきた証として残していきたい。その気持ちだけで何とか動いていた。しかし金銭が絡むことから、今まで大事に付き合って助けてくれた友人達を巻き込むことに、踏ん切りがつかず相談もできぬまま、完全に煮詰まった状況におかれていた。

ラジオを続けたい。ＤＪももっと精力的に活動したい。しかし贅沢できる金などない。

いわゆるその日暮らしの毎日で、少しでも社会との接点が欲しかった私のもとに、久しぶりにメッセージが届いていた。

「フクちゃん、日本に戻ってきたぞ。東京に行こうと思ってるよ。そっち行くよ」

ハナノだ。

文章でも分かるほどの陽気な男。暗い気持ちで悩んでいた数日だったが、私はメッセージを受け取って久しぶりに、笑みが溢れた。

２００６年春。

新橋の片隅にある研修会場に私はいた。勤めていた会社の接客マナー講習に参加するためだ。

私が勤めていた会社は都内に数店舗、インポートブランド中心に取り扱うディスカウントショップだった。私はその店のゴルフ売場で接客の仕事をしていたが、あくまでも会社の核となるのはブランド品。８階建ての同じ店舗で働いていても、ブランド売場の販売員とは、必然とヒエラルキーを感じてしまっていた。

そのなかで、休憩室で見慣れない同世代の男とよく鉢合わせすることがあり、彼は毎度私を見るや否や挨拶をしてくる。私もつられて軽く挨拶をするが、カフスボタンをアクセサリーに変え、タイピンを着けている、彼の俗に言うチャラい雰囲気が好きではなく、私は端から見れば無愛想に接していた。

「ブランドコーナーの派遣社員だろうな」

派遣社員の入れ替わりが激しいこともあり、そんな程度の感情であった。

私自身も身なりには気を遣っていたため、当時流行っていたシングルのストライプスーツを着て出社をし、制服に着替えるという一段手間のかかったことをしていた。こちらも端から見ればチャラい男だと思われていたのだろう。

研修会場に到着すると、近隣の店舗からの販売員や同じ店舗の販売員の中に交じり、あのチャラい男が目についた。数十人いる中でも目立つ、なんならスタイルも良いし、爽やかだし、モテ要素しかない男に軽く嫉妬している私だった。

研修も終盤に差し掛かり、実戦を想定した接客を行うためにペアを組む形になり、ホントにたまたま、彼が私と向かい合っていたためにペアを組むことに。

彼は私と同じくストライプスーツを着ている。ゴルフ売場の私とブランド売場の彼との実戦方式の接客バトルが始まるのである。

先ずは彼が販売員として、私が客だ。

「いらっしゃいませ！　お客様！　何かお探しですか？」めちゃくちゃ笑顔で目がキラキラしている。つけ込む隙がないし、爽やか過ぎて私は笑ってしまった。

「彼女の誕生日プレゼントを買いに来て、何にしたらいいのやら」私はとっさに適当に受け答えした。

「さようでございますか。彼女様お誕生日おめでとうございます。差し支えなければお相手様のご年齢や普段身に着けているアイテムなど有りましたら、お教え願えませんか？」

なんだコイツ、めっちゃガチでやってるし、なんだか凄い。完璧にテキパキやっちゃってるよ。完全に支配されてしまった私がいた。

最後に「お客様、本日はありがとうございました。私、ハナノと申します」と彼は普段使っている名刺を私に差し出してきた。

この時初めて、彼の名前がハナノということを知った。

「私はフクイです」とっさに私は自分の名前を告げてしまった。

次は私の接客パターンだが、完全敗北したのは言うまでもないであろう。

それからというもの、私の中で彼に対するわだかまりが消えた。ハナノは私と同い年。蓋を開けてみたら、話は合うしノリも合う。ちょうど彼と同じ売場に、仲の良い同期の友人がいたこともあり、その日を境に週2日のペースで飲みに行く仲に変わっていた。

なかでも、新橋駅の烏森口汐留方面の、ゆりかもめ線の向かいにある、新橋の地下街と地上を結ぶ階段の前に、ほどよい高さの囲いがあり、会社を出るのが23時前と居酒屋のラストオーダーに間に合わない私達は、コンビニで安い発泡酒とつまみを買って飲むのが日常であった。

いつからか私達はそこを「BAR 階段」と名付け、新橋の地下街へと降りて行く人々を眺めながら、自分達の理想の将来を語り合う日々であった。

冬場には一緒にスノボー旅行にも行き、全く滑らない同期達を置いて、日没まで二人で山を滑り降りたこともある。朝までヒデジの店でお互い泣きながら、飲み明かしたこともある。

学生時代に出会った友人は一生ものというが、社会人になってから出会った彼と、もし学生時代に出会っていたとしても、私は心の底から親友と呼べるだろう。

そんなハナノが、突然アメリカに行くと言い出した。英語も何一つ話せないのに、突如何かに取りつかれたように。

送別会の夜、大人数でカラオケに行き、朝方まで飲み歌いし続け、彼が熱唱していたバブルガム・ブラザーズ『WON'T BE LONG』は、今聴いてもなお当時をフラッシュバックさせてくれる。

送別会の最後、私は今までの人生で一番、男のためだけに大泣きした。彼はそんな私を見てハンカチを手渡した。

「始発の山手線で泣いてる男ダサいから、これで拭って」と、彼は最後の最後まで爽やかだった。

「一度決めたことに後悔はしない」と言い、彼は仕事を辞め、単身アメリカに渡った。そして帰国後、猛勉強をし、再び渡米しアメリカの大学を卒業した。その後向こうでビジネスマンとなり成功している。

行動力と勢いがモットーの男だ。私には真似できない。

私がALSになってしまったと打ち明けた際に、実は彼のパートナーの友人の息子さんもALSだということを、私は教えてもらった。

私は驚きを隠せなかった。彼の周りで複数人もALS患者がいるなんて。

その後、数年に一度のペースで日本に帰国した際に、必ず逢うようになっていた。そして私のアイスバケツチャレンジの後、彼にバトンを渡した。

彼はアメリカの地で猛暑の中、親友にALS患者がいるのでメッセージを送りたいと声を掛け、見も知らぬ日本人に向けて、街行く人々が「I love you Kenichi」「Live happy Kenichi」と私を励ましてくれるメッセージを動画で送ってくれた。

私は彼に何も出来ないのに、彼は私に勇気を与えてくれた。心から強い思いを感じ、前を見つめる原動力になった。

そんなハナノが、約2年ぶりに帰国するというので久しぶりに飲むことになった。

渋谷の坂の上。エッジエンドの裏にハイボールを50円で提供している、激安居酒屋が出来て以来、エッジエンドでイベントがある度に、私はその居酒屋で前飲みをし、ほどよい程度にアルコールを注入して向かう。

無論私だけではなく、エッジエンドの顔馴染みメンバーも必然とイベント前にその店に誰が呼んだ訳でもないのに集まり、楽屋がないエッジエンドの楽屋的な位置付けになっていたような気もする。

そのハイボール50円の店をハナノに話したところ「アメリカでは考えられない。是非連れてってくれ」となり、渋谷で待ち合わせることにした。

私は既に帰宅ラッシュの満員電車には耐えられない身体になっていたため、もっぱらラッシュ時はタクシー移動が欠かせなくなっていた。国の制度で障がい者の福祉サポートとして、タクシー券が一年に一度、数万円ほど支給されるため、私は有り難く惜しみなく、使いまくっていた。

ハチ公前だと人込みが多過ぎるとのことで、モヤイ像前で待ち合わせをすることに。時刻は18時を回り、モヤイ像前のバス停は三軒茶屋方面に向かうバスや中野方面に向かうバスに乗る社会人や学生が列を作っている。

私はその光景を見ながら、みんな、普通に公共交通機関を不自由なく使えて羨ましいと思いつつも、ただただボーッと眺めていた。

「フクちゃーん！」

慣れ親しんだ声で私を呼ぶハナノは、相変わらずの爽やかな笑顔で現れたが、2年ぶりに会った彼は、一回りも身体が大きく筋肉質になり、サーフィンのし過ぎなのだろうか、褐色になっていた。アメリカの西海岸に渡った日本人、黒くなりがちである。

お目当てのハイボール50円の店に着き、食事をお一人様一品頼まなければいけないシステムのため、私はトロタク巻き、ハナノはホルモン焼きを頼む。この日は生ビールが一杯50円となっていた。バグった値段設定に私とハナノは狂喜乱舞し、ハイボールには目もくれず、お互いの近況と生ビールの追加オーダーを交互に繰り返していた。

「フクちゃん、ラジオ始めてもう一年くらい？　アメリカでも聴くことが出来たよ」

「時間帯がちょうど向こうの、週末金曜日の18時とかだから、家にいる時は聴けるんだよね」

なるほど、時間的にゴールデンタイムなのか。

「ALSのニュースを紹介するコーナーあるでしょ？　オレはラジオとかテレビのことは、よく分からないけど、みんなが知らない、当事者にならないと調べることがまずないニュースを発信するの、素晴らしいと思うよ」

ハナノの率直な感想に嬉しかったが、今後のスポンサー探しのことを考えると、なんとも言えなかったが、酔いも回ってきた勢いで、私はハナノに相談してみた。

「実はさ、あのラジオ自分達でお金出し合ったり、ヒデジの店に貯金箱置いたり、知り合いに助けて貰いながら継続してたんだよね」

「そうして続けてこれたんだけど、もう難しいかなって思っててスポンサー探さないと2年目は継続出来ないかも」

私はあんなに友人達には言えなかった、ラジオのお金に関する悩みを、親友のハナノに相談してしまっていた。


縋る思いというよりも、とりあえず口からこの悩みを吐き出したかったのだろうか、ようやく一つではあるが吐き出すことが出来た。

「え？　自分達でお金出し合ってたの？　ＡＬＳのコーナーとかも？　難病で当の本人自ら認知向上のために動いてるのに」

「ずっとチャリティーとか、ボランティアとかラジオ局の特別枠として、放送してると思ってた。世界的にもあり得ない」

「アメリカでもチャリティー番組は沢山あるけど、ＣＭも流れないから完全に無償だと思うな」

その言葉を聞いて私は我に返ったが、ラジオを継続するためには、お金が掛かることに変わりなく選択肢としては、探して払うか、降りて辞めるかの二択しかなかった。

「フクちゃんはどうしたいの？」ハナノが４杯目のビールを口に付け、口に付いた泡をおしぼりで拭きながら問いただす。

「正直ラジオを続けるのにはお金が掛かる、こればかしは局の方針なので何も言えない、でももっとＡＬＳをみんなに知って欲しいし、それを継続していかないといけないし」

「オレの身体が自分の意思で動くうちに、自分で発信していきたい。なんだろう、変な使命感に駆られてるのかもな」

「でも今の話を聞いて、少しオレが思っていた認知を上げる活動とは違っていたのかもしれない」

私はラ●キースト●イクに火を付け、悩みを吐き出した身体に再び重い空気を吸い込んだ。

「器用にマッチ使って、火を付けること出来るな！　タバコまだやめないのか」と、重たい雰囲気になったのを察知したのか、笑いながらコチラを見つめるハナノ。

「アメリカもタバコ高いだろ、この前ＤＪしてる時に知り合ったオーストラリア人からタバコ集《たか》られてさ」

「聞いたら1箱3000円とか言ってたよ。さすがにそこまで上がったら、根元に爪楊枝刺して末端まで大事に吸うわ！」

「ちょっとトイレ行ってくるから、吸いたかったらお構いなく吸ってて良いぞ」

私はハナノにそう伝え、トイレに向かった。ちょっと雰囲気を変えたかったのもある。

男子トイレの小便器の目の前には、見慣れた、〇〇〇万円世界一周の旅と書かれたポスターが貼られていた。


ハナノと久しぶりに会った週の土曜日、タイミングよく私のラジオの生放送日であった。

私は50円ハイボールの店で彼に、もし少しでも興味があるのなら、ラジオ局の担当者に会ってくれないかと思いきって伝えたところ「午後から予定があるものの、生放送を聴きに木場まで行く」と言ってくれた。

私は親友に、とてつもないお願いをしてしまったが、もうこれで駄目なら綺麗サッパリ、ラジオを辞める決心が付いていた。

事前にアイダさんにはスポンサー候補に「ハナノという親友が来るので」と話をしておいた。

その日、私は親友がブースの外から見守るという変な感覚のまま本番を終えた。その後彼は私に「フクちゃんは席を外してて欲しい。話してみて、何か進展があったら連絡するね」

と言い、この日は別れた。

翌日ハナノからメッセージが届いていた。

「協力できる全額をラジオの協賛金に充てることにしました。自分的に協力出来る気がして、シックリきたんだよね。あと、フクちゃんとラジオに出たいって話もしたからさ、そのフォローもアイダさんに宜しくね！」

彼はＡＬＳという病が、沢山の人達に伝わればという思いで一年間スポンサーになってくれた。そしてラジオに出たい？　そう、二年目からはハナノも含めた、三人でラジオがスタートするのであった。

木場　②

２０１６年

「カリフォルニアのハナノさーん！　そちらの気候はどうですか？　東京は10月とは思えないピーカンです！」

「こちらは夕方の18時を回っております。天気も心もリブハッピーですよー！」

ハナノもラジオのレギュラーとして新たにスタートした2年目。

日本に滞在している時はスタジオで、アメリカに滞在している時はカリフォルニアの自宅からと、2次元生放送と、なかなかなラジオ番組へと様変わりしていた。

ハナノのコーナーとして、メンタル向上委員会、という胡散臭いスピリチュアル要素満載のコーナーがスタートしたが、なかなかな味があり、他にも、私とオノちゃんが気になる居酒屋に潜入し、その居酒屋話をキリが良いところまで話し続ける「朝から居酒屋話でごめんねー」や、ALSコーナーや、教えてオノ先生など。自分で言うのも何だが、コミュニティーFMとしては非常に面白いラジオだった気がする。

オノちゃんを始め、エッジエンド界隈のバンドをゲストに呼ぶ時もあった。

仲良くして貰っているエッジエンドレーベルからLinustateや、高校時代に聴いていたオノちゃんがギターを務める、ショートカット・ミッフィー。和製レッドホットチリペッパーズの異名で活躍した、babamaniaそしてPENPALSの上条兄弟のバンド、アスタラビスタベイビーと、学生時代の私に会えたなら「とりあえず生きろ！」と言える経験をすることが出来た。

それと私がオーガナイザーを務める「タマチニスタ」も周年パーティーを開催するにあたり、メンバー全員で生放送に出演し、番組をジャックしたこともあった。

江東区色というよりかは、渋谷色が強かったが、ハナノのお陰で、私は思う存分、自分をALSという病を発信出来た。

ひょんなことからの出会いで、同世代のALS患者の方とも出会うことができ、この頃から患者同士のプライベートで交流する機会も増えていった。

そんな一年もあっという間に終わり、
三年目も、スポンサーを探してみる試みをしたが、周りの意見の「お金を出して貰ってやるべきコンテンツではない。他にも表現方法は沢山ある」という声もあり、私のチカラ不足も相まって、約二年間続けたラジオはストンと終わりを迎えた。

この二年間、沢山の出会いや、経験をさせてくれた、ラジオ局の方々、オノちゃん、ハナノ、に対し、今もなお、最大限のリスペクトを込めて、「ありがとう」と伝えたい。

最後の放送後、毎度打ち上げをしていたドイツビール屋で、昼から暗くなるまで飲みに飲み、二年間の思い出話に花を咲かせ、最終回の放送を木場まで見にきてくれた、ヒデジとヒデジの店で飲み直し、日付が変わる頃に、一人自分のマンションに帰り着いた。

いつもと同じワンルームの狭い部屋だが、いつもの数倍狭く見えた。

よくこんな狭い部屋に住んでる、生活保護で生きているヤツが、ラジオ番組なんて二年間も続けてたよな。

酔っ払っていたのだろう。声に出して呟き、冷蔵庫の中からレー●ンブ●イの缶ビールを出し、プルタブを前歯を使い開けた。

シーン、とした部屋で缶ビールを開ける音と、隣の部屋から聞こえる喘ぎ声が重なり、長かった週末が終わりを告げる。

7 付着

泉岳寺 ②

２０１７年

土曜日の昼過ぎに目を覚まし、スマートフォンのカレンダーを何度も見返している。
次の月曜日に、
ケースワーカー　11時
木曜日に、
エッジエンド　20時
と記載されているが、他の曜日は全て空白のまま。何の予定も入っていない土曜日がもう6回連続だ。
いつの間にかＤＪ活動も、エッジエンド関連のイベント以外ではやらなくなっていた。
一度違う場所で呼ばれてＤＪをした際に、そんな身体でＤＪ出来るのかと、酔っ払いに笑われたことがあった。それ以来信用できるオーガナイザーや店以外では回さないと決めた。酔っ払いの客のレベルによって店の印象が変わるものだ。残念だがその店にはもう一度たりとも足を踏み入れていない。

最後に予定を前もって計画していた土曜日は、確か10月の上旬だった。ラジオも終わり、夏の花火のように散って消えた、私のアクティブな欠片を回収できぬまま、港で流行っているマッチングアプリで知り合った女性と、渋谷の居酒屋で飲んだ日が最後だった。

30半ばに差し掛かると、めっきり色恋沙汰がなくなり、暇を持て余す毎日。少しでも刺激が欲しかったのだろうか、私はマッチングアプリを使い女性と会ってはみたが、あまり有意義な時間とは言えなかった。むしろ逆で無意義で現実的な時間だった。


待ち合わせ場所は、いつも通りモヤイ像前。同年代という女性を待っていた。事前に顔写真も交換していたので、おおよそどんな女性が来るのかは把握出来ていたが、待ち合わせで声を掛けられたのは、私のイメージとは違い物静かそうな方であった。

今までの恋愛や友人達を統計的に見てみると、私の周りにはよく喋る女性が多かったため、物静かな女性に対しての免疫や対策がなく、待ち合わせ場所から居酒屋に向かう途中、私が足を引きずりながら歩いていても、女性から声を掛けられることもなく、居酒屋で両手でビールジョッキを抱えて飲んでいても、それに対してのアプローチもなかった。終始話が弾むことはなかった。

合流からサヨウナラまで正味2時間と少し。私にボキャブラリーがあれば話が弾んでいたのか。健常者だったらまた違っていたのか。

モヤモヤだけが残る土曜日であった。

その日以降アプリを立ち上げることはなく、土曜日に予定を入れることもなく、一瞬にして暇な日が過ぎていくのである。

「受給日まであと少しか」私は再度スマートフォンのカレンダーを眺め、目線は15日を見つめていた。

極力お金を使いたくない私は、カップ麺で腹を満たすのだが、ここ2ヶ月ほどラーメンではなく、焼きそばのカップ麺を食べることが多くなっていた。湯切りすることによって、両腕のチカラがなくなりだした私にも、持つことができるからだ。気が付けば500ミリリットルのお湯が入った容器すら持つのが難しくなっていた。

お湯が沸く間に何気なく点けたテレビでは、Jリーグの中継をしていた。元日本代表の同年代の選手はベテランとしてチームを牽引している。プロサッカー選手になりたいと意気込んでいた私は、受給日を気にしながら、一人、土曜日の昼間に動かなくなりつつある腕を使い、カップ麺を食べている。

人生のどこのタイミングで、どこのラインが違っていたのか。

テレビでは実況者が、ゴールと叫んでいるが、隣の解説者は、オフサイドですねと冷静に状況を把握している。

「今困っていることはありますか？　区の方で使える制度をいま一度調べてみます」

「また来月、計画書を作りますので宜しくお願いいたします」

月曜日の11時、障害福祉センターからケースワーカーの方が訪問しにきていた。月に一度生活の相談や悩みを聞きに、私の独り暮らしのサポートをしてくれている。

ラジオも終わり、自宅にいることも増え、日に日に身体がいうことを聞かなくなり始めていた私は、ケースワーカーの勧めで、訪問介護を使ってみないかと言われたのだが、見も知らぬ方に自宅に上がられ「アレしてください、コレしてください」と言うのは気が引ける。

私は当初まだ必要ないと断ってはいたものの、私の住んでいたマンションは、部屋に洗濯機が置けないため、マンションの裏の住民専用のコインランドリーを使用する仕組みになっていたのだが、重い洗濯物を裏まで出しに行くことが難しくなっていたという理由が勝って、半ば折れるカタチで訪問介護を使うことにした。

ケースワーカーによると、訪問介護にも種類があるようで、食事や入浴の介護等の、身体介護、掃除や洗濯、買い物のお手伝い等の、生活援助があるそうだ。

私はゆっくりながら自分で食事入浴は出来ているので、後者の生活援助を受けることにした。

数日後、ケースワーカーの方から、訪問介護事業所が見つかったという連絡を頂いた。直ぐにでも始められるとのことで、連絡があった次の日には、事業所の方が契約をしに自宅まで訪れた。

週2回。1回につき2時間。

部屋の掃除と洗濯とスーパーで買い物をして貰う。この内容で私の訪問介護デビューが始まった。


訪問介護初日。

どんな方が来るのだろうか。女性という話は聞いていたのだが、重たい洗濯物を持って行き来させてしまうので、若干申し訳ないような気もしている。

訪問時間ちょうどに「ピンポーン」と玄関のチャイムが鳴り私は、のぞき穴を見ずに扉を開けた。

そこには、私の母親と同世代くらいの高齢女性が立っていた。

「フクイさんですか？　訪問介護事業所の者です」

どうやら、この女性が私の援助をしてくれるようだが、私の不安は的中していた気がする。

極力コミュニケーションを取りながら、自己紹介を混ぜつつと思っていたのだが、余りにも歳が離れ過ぎていたため、何を話せば良いのやら。

とりあえず部屋の掃除をお願いし、私はスマートフォンを眺めるしかやることがなかった。

自宅にいるのに、この沈黙の時間、なんだかな、である。

そして問題のランドリーボックスにパンパンに詰まった洗濯物だ。女性は「重たいですねー」と笑いながら、コインランドリーに向かって行ったのだが、一人部屋に残された私は、とても居た堪れない気持ちであった。

初めて会った、母親と同世代と思われる女性に、アレしてコレしてとお願いをし、重たい荷物まで持たせてしまった。たとえ仕事だからといっても、利用する私自身が納得できなかった。

こうして私の訪問介護デビューは、複雑な気持ちのままスタートしたのであった。

ものごころついた頃から、既に父親はいなく、女手一つで育てられた私。姉と母と私の3人家族であり、女性しかいない環境で育てられた。

月に一度、母親と姉が別人かと思えるほど、人格が変わり、母や姉の顔をした別の人間が化けていると、本気で思うこともあったのだが、小学校高学年になると、その理由もなるほどなと。ある意味のみこみが早い少年だった気もする。

母親は、私が園児の頃から朝早く仕事に出掛け、夜遅くに帰ってくるため、園のお迎えは近所に住んでいた、母方の祖母がしてくれていた。

金曜日の夜は、母親が真夜中に帰ってくることも多く、私と姉は揃って祖母の家に泊まりに行く週末であった。翌朝土曜日、目を覚ますと決まって、酒臭い母親が乱れ髪のまま隣で寝ている。祖母は「どこで遊んできたのかね！　まったく！」と毎週口癖のように話していた。

低学年の私はその「遊ぶ」という言葉を聞いて、母親も公園でジャングルジムに登ったりして遊んできたのかなと本気で連想していた。

そんな母親や祖母の後ろ姿を見て育ってきたため、60代半ばの女性が30代半ばの私を介護するという図が、どうしても受け入れることができなかった。

次の週も、その次の週も、決まった時間に訪問介護のヘルパーはやってくる。そのルーティーンが日常に染み込んできてもなお、私の申し訳ないという心は、晴れることはなかった。

時には「今日は掃除と洗濯物はやらなくて良いので2時間訪問したことにしていい」と私から提案し、早上がりして貰ったこともある。

なんなら二日酔いで寝込んでいたこともあった。それほど助かるはずの生活援助が億劫になっていた。

ケースワーカーに、母親と同世代のヘルパーは気が引けると相談すれば良いものの、わがままな利用者だなと思われたくない一心で、相談出来ずにいた。

訪問介護が始まって1ヶ月が経った頃、私は再びマッチングアプリを開き、気晴らしにある募集をかけてみた。

「身体が思うように動かしにくいので、お手伝いしてくれる方を募集」

マッチングアプリを、そんなことに使うヤツはいるのだろうか。私の悩み相談相手になってくれるだけでも良かった。周りのリアルな知り合いには、心配されたくないという理由もあり、私はそんな募集を投稿してみた。

投稿した日の夜、アプリを開くと何件かメッセージが届いていた。その中にはあからさまに私のプロフィールを読んでないだろうなというメッセージや、私の主旨に合わないメッセージが段になって重ねられていたが、その中に一人、感じの良さそうな方からアプローチがあった。

都内に住んでいるミアという名前の女性は、大学生で地元も私の地元とほど近く、メッセージのやりとりから好印象だった。

私の募集内容も理解してくれていたため、先ずは一度会って話してみましょうとなり、「近々で空いてる日はあるか」の質問に対し、彼女が指定してきた日は渋谷エッジエンドで「Return Journey」を開催している日だった。

「その日は渋谷でイベントがあり、夜からなら可能ですがお逢い出来ますか？」私は丁重にお誘いした。

彼女から「渋谷で21時まで仕事があるので、タイミングがいいので伺います」と連絡があり、DJにも興味があるというので、イベントに遊びに来てもらうことにした。

道玄坂 ②

2017年

12月上旬、この日は日中から12月らしいカラッとした雲一つない空。そのまま夕刻を迎え暗くなる頃には、気温もいっきに一桁前半台まで下がり、私が自宅を出る頃には北風の影響か、より寒さが増していた。

私は家の前の大通りでタクシーを拾い、行き先を告げる。

「明治通りを渋谷方面に、246通りからセルリアンタワーを越えた辺りで一度、左に入って貰って、南平台の交差点を突っきってもらってもいいですか」

高齢のタクシーの運転手は、何度も繰り返し聞いてきている。

私は一語一句、集中して言葉を発する。

ラジオが終わってから、言語のリハビリも終了していたため、言葉を発する行為を怠けていた影響からか、声量も衰えてきているような気がしていた。

エッジエンドの前でタクシーを止め、店へと上がる急な階段を上る。左側の手すりに触れるとキーンとした刺激が伝わるが、それも一瞬で、瞬時にチカラを左腕に入れれば、徐々に体温が勝り冷たさも和らぎ、階段を上りきる頃には息も上がり、身体が温まっていた。


この日は店主エンドウさんが、お目当てのアーティストを見に海外まで旅行に行っているため、久しぶりにオノちゃんが店番として、カウンターに立っていた。

「今日めちゃくちゃ寒いね、12月でバタバタしてるし、人集まるか心配だな」

私は一人初めて逢う子が来店するとは、あえて言わなかった。

「人少なかったら、少し早いけど忘年会しようか。食べるもの何一つないけどね」

ほぼほぼ毎週顔を合わせている、オノちゃんと忘年会をしたとて、それはいつもの飲みと変わらないような気もする。


「Return Journey」がスタートする。20時を回ったが、私の予想通りお客さんは誰一人と、入ってこない。昨年の12月の「Return Journey」も、お客さんは21時を過ぎるまでゼロ人だったことを思い出した。

「気長に待つか」、「うん」

私達はティーンエイジ・ファンクラブのアルバム、『GRAND PRIX』を流したままカウンターで酒を飲みながら、お客さんが来るのを待っていた。

6曲目の『Neil Jung』が流れ始めた頃、真後ろのエッジエンドの扉が開き、外気の冷たい風と共に嗅ぎ慣れない化粧品の匂いがした。

「あ、フクイくん。お客さんだよー」

オノちゃんがそう言葉を掛ける前に、私は既に後ろを振り返り、その香水とは違うふんわりとした、匂いの人物に目を向けていた。

目の前には、黒髪ショートカットの女性が立っている。厚手のブラックのコートを着込んでいるが、突風が吹いたら飛ばされるんではなかろうかと思わせるほど、色白で細い女性だ。

女性は一度ビクンっとしたものの、店内に一歩足を踏み入れて来た。

私は咄嗟に「ミアちゃん？」と尋ねると、彼女は小さくうなずいていた。


「どうぞどうぞ、ケンイチです」私はミアという女性を招き入れた。

「ごめんね。仕事終わりに来てもらって。外寒かったでしょ。オレが奢るから飲みたい物頼んで良いからね」

私はそう伝えDJブースに向かい、ティーンエイジ・ファンクラブから、椎名林檎の『丸ノ内サディスティック』へと曲を繋げた。

店内には私とオノちゃんとミアという女性の三人しかいない。カウンターでお酒を貰ったミアちゃんがDJブースに近づいてきたため、私達はブース越しに乾杯をした。

「はじめまして、本当にＤＪされてるんですね。しかも椎名林檎好きなのも覚えててくれて嬉しいです」

彼女とメッセージでのやり取りで椎名林檎が好きであると言っていたこともあり、この日は用意してあった。掴みは成功である。

「本当に来てくれてありがとう。今日は年末の平日だから、閑散としてて助かったよ」

私は曲を繋げながら、合間にお互いのことを話し合っていた。

ミアちゃんは大学４年生で、来年の春に福祉関係に就職することが内定しているとのことで、就職の前に、一度障がいがある方と接してみたいという気持ちが強かったようで、マッチングアプリとは場違いの、私の投稿が気になり、メッセージを送ってくれたとのことだった。

私は今、自宅に来ている訪問介護ヘルパーの話をし「もし可能なら、同じようなお手伝いをしてくれないか」と頼んだところ「卒論も目処が立っているし、年末バイトもないので是非」となり、早速年末に来てもらうことになった。

そんなお互いの話をしているうちに、カウンターでは常連客が何人か集まっていた。

私がビールのおかわりを貰いにカウンターへ向かうとＬｉｎｕｓｔａｔｅの、ノブーさんが「フクイくんあの細い子、新しい彼女？」と聞いてきたので、

「今日初めて逢った。アプリで知り合ってさ」と伝え、トイレに向かうのだが、一瞬にしてカウン

ター周りに、その話は伝染していたのか、私がトイレから戻ってくる頃には、カウンター前でミアちゃんがヨコタ社長に捕まり、

「フクイくんのことどうよー？　私が言うのもなんだけど、女たらしだけど優しいよ」などと余計なことを話し掛けていた。

「はいはい、みんな40越えて少しでも過去に戻りたい一心で、若い子のエキスを採集しようと群がらないの」

そう伝えミアちゃんの腕を取りブース前に誘導した。

「ケンイチさんのお友達面白い人多いみたいですね。皆さんウェルカムで迎え入れてくれてましたよ」

「私、人との接し方が苦手で悩んでた時期があったから、ケンイチさんの交流力、凄いなと思いました」

そんなことを満面の笑みで言われたら、約10歳近く年が離れていてもイチコロで落ちる自信があった。

「あらかわ遊園が来年から工事して数年後にリニューアルするってケンケン知ってる？」

「私、子供の頃、ふれあい広場でモルモットやウサギを触るのが好きだったんだ。あと日本一遅い

ジェットコースター！」

「芋虫の！　あれ2周してくれるから、今まで乗ったジェットコースターで一番好き！」

洗濯物を乾燥機にかけ、乾くのを待っている間、コインランドリー内でニコニコしながらミアは私に話し掛けていた。そしていつもウサギだかクマだか性別さえもハッキリしないぬいぐるみを持ち歩いている。

初対面の時は緊張していたのだろうか、ミアは好奇心旺盛な活発的な女性であった。

私が思いつくあらかわ遊園と言えば、石垣島でも瞬時に思い出したのだが、ふれあい広場の獣臭がする羊やヤギであり、魚を触れないくせに幼なじみのタケと訪れていた釣り堀であり、バードウォッチングと名前がついていた大きな鳥籠の中で頭上から鳥のフンをもろに喰らったことをあげる。

ジェットコースターに至っては、私が子供の頃は芋虫姿ではなかったし、小さな二人乗りだったような気もする。

10歳近く年が離れると同じ地元とはいえ、見てきた景色もガラッと変わるのか。

プライベートで年下とつるむことが、ほぼなかった私は、異性に対しても同じで、いつの間にかミアを妹のように可愛がっていた。ミアと顔合わせした次の週末から、彼女のお手伝いは始まった。

月に2回ほど土曜日のお昼から、最初は2時間ほどの滞在予定であったが、彼女は動画サイトでお勧めの動画を教えてくれたり、彼女自身の生い立ちの話などで、会話が途切れることがなく、回を増すごとに滞在時間が大幅に変わり、いつの間にか毎週に変わり、いつからか週に数回、昼から夜まで一緒にいる日が増えていた。

年が明けてもなお訪問介護の年配のヘルパーさんは来てくれていたが、私はそのヘルパーさんよりも大学生のミアと一緒にいる時間の方が何十倍も有意義であったため、逢える日を待ちわびていた。

美術館が好きだということで一緒に外に出掛けることも、江の島まで行き海鮮丼を食べて帰ったこともあった。

外で逢う時も彼女は、私のペースで歩いてくれ、時には細い手で私を倒れないように支えてくれることもあった。いつの間にかお手伝いさんを通り越し恋愛感情に近いモノが湧いてきていたが、アユの時と同じく、付き合うというカタチをとることがなかった。

彼女にはこの先の未来があるし、私は応援とアドバイスが出来るだけで幸せだった。

そんな久しぶりに充実した日々が訪れていたある日、いつものように洗濯物を乾かし部屋でハンガーに掛けている時に、彼女は私にあることを打ち明けた。

「実はセミナーを受けるために消費者金融からお金を借りちゃって、毎月ちゃんと払ってるんだけど、バイトも実は今はしてなくて」

「実は風俗の仕事してたんだけど、もうすぐ就職するし、ケンケンと出逢ってから風俗の仕事も辛くなっちゃって」

「私、馬鹿だから貯めたお金も私利私欲に使っちゃって、後先考えるの得意じゃなくて」

彼女は顔を真っ赤にして震えながら伝えてきた。

「そんなことをここ毎日考えてて、夜も眠れなくて辛くて、でもケンケンに打ち明けて少しは楽になった」

「4月には就職だし、初任給で返すんだ」

彼女はそう言うとトイレに向かっていた。


私はベランダに出てタバコに火を付けた。そして冬のキンとした空気と共に細長く吸い込んで染みるように吐き出した。

意外にも冷静に物事を把握している自分がいる。私はALSを患って早いもので10年近くが経っていた。あの頃、彼女は小学生か中学生だろうか。

学校にも馴染めずに、辛い毎日をおくっていたと話してくれたことを思い出していた。


この手の話に気分が萎えるわけはなく、むしろ応援とアドバイスができるだけで幸せだったよなと、再度自答自問している私がいた。

トイレからは、ミアのすすり泣く声と鼻をかむ音がワンルームにこだましている。

ふとカレンダーが目に入った。来週はバレンタインデーのようだ。

キーンと冷えた早朝に、私は近所の銀行のATMに立っている。障害年金は2ヶ月に一度振り込まれる。今月と来月の障害年金は振り込まれたばかりである。

これから毎日カップ麺生活を50日くらい続ければ余裕だろう。こんな生活には慣れているのだから。

私が20歳前後の頃、消費者金融バブルだった。

テレビではレオタードを身にまとい大人数でダンスしている女性達や、涙目の子犬を抱きかかえ、どうする?と問いかけるナレーション。

宇宙人になりすましたタレントがATMに向かうコマーシャルなど、一日中、テレビの前に陣取れば何十回と流れていた時代だった。

私が当時勤めていた新橋は、その消費者金融の巣窟といってもよいだろう。街には消費者金融の看板が溢れ、通称「サラ金ビル」という1階から最上階まで消費者金融のATMだけで構成されたビルが何軒も建ち並んでいた。

そんな街に18歳から身を放り込んだ計画性の欠片もない少年は、成人を迎えるとすぐさまサラ金のドアをくぐり、手を染めていった。

就職している20歳にとって、サラ金から金を借りるのは簡単であった。毎月返済していれば融資額も自ずと増えていき、更に借金額が上がり、必然的に手が回らなくなる。

給料だけでは生活費も儘ならなくなり、副業として知り合いの居酒屋でアルバイトをしながら自転車操業のように、膨れ上がった借金を返していく、負のスパイラルに陥っていったのであった。昼はカップ麺と１００円バーガーでしのぎ、タバコは一本50円で買い取ってくれと友人にせがみ、タダで貰う日々。

お陰で私の20歳からの数年間は、借金に追われていることしか記憶に殆どない。


借金の恐怖を身に染みて体験したことから、若いミアには金のことを気にせずに、若者らしい経験をして欲しかったため、銀行の封筒に万札の束を入れた。

バレンタインデーの翌日、ミアはいつも通り私の自宅を訪ねてきていた。玄関を開けるや否や、お洒落な包装紙からチョコレートを取りだし、それを私に手渡してくれた。

「今年は百貨店で2万円分も使っちゃって。妹達とお父さんお母さん、おじいちゃん、おばあちゃんの分も買ったんだ！」

「ケンケンお酒好きだから、特別にアルコール入りのやつだよ！」

そう言い手洗い所に向かっていった。私は引き出しの中から銀行の封筒を取りだし、戻って来たミアに差し出した。

「初任給で返せる額なら今のうちに返しな。オレが立て替えるし、払える時に払って気持ちリフレッシュしないと」

「オレもミアと同じ頃に借金してて、金返すのに飲まず食わず経験したから気持ち痛いほど分かるのよ。同じ思いをして欲しくないから」

「返せるチャンスだと思って使ってくれ。この前言っていた金額入っているからさ、返済は月々返せる額でいいから」

私はそう言いミアの手を取り封筒を渡した。ミアは数秒間沈黙したあとに涙をこぼし、着ている洋服のフレアスカートをチカラ一杯握り締めている。

「この前打ち明けられて、それだけでも良かったのに、お金のことまで」

「私が呑気にチョコレートに高い金額使ってる間に、お金の工面まで考えてくれてたなんて」

「私はケンケンに何もしてあげれてないかなって思ってて、いつも私の話を楽しく聞いてくれて、それだけでも嬉しかった」

「過去に辛い思いしたケンケンだからこそ、使って欲しいという言葉も嬉しい、恐れ多いけど、先ずはケンケンのお金で返していいかな？」

ミアは一言一言、涙と鼻水でクチャクチャになった顔で伝えてきた。

「もちろん、使って欲しいから、その代わり必ず借金返済に使ってね。約束だよ」

私はそう言うと、お互いの小指を絡めて、指切りのジェスチャーをし、震えた腕でミアの眼と鼻をティッシュで拭った。ミアは震えながら「ありがとうケンケンは恩人だよ」と伝えるのが精一杯なようだった。

泉岳寺③

2017年

「それでは来週の火曜日、12時に伺います」

電話越しの相手は高齢の女性のようであったが、担当ヘルパーは男性とのことだった。どうやらヘルパー事業所が変わるらしい。

話の経緯はこうだ。元々、私の自宅に来てくれていた事業所は高齢女性のヘルパーしかいないようで、慢性的な人員不足だったようだ。

本来は、家事援助にチカラを入れている事業所のようで体力を使う生活援助には弱い部分があるらしく、ここ最近は日替わりで、その都度違うヘルパーさんが交代交代で私の援助をしてくれていた。

その矢先に、福祉センターのケースワーカーから連絡があり事業所の方から変更を願いたいと打診があったようだ。

私はこの時初めてケースワーカーに「年配のヘルパーは遠慮したい」と伝えることができた。担当のケースワーカーは直ぐ新しい事業所を探してくれたようで、数日後には新しい事業所の方から連絡を頂けた。

当日。

来宅の約束の時刻に現れた男性は180センチはあるだろうか、お腹周りが少し丸みをおびた、海外のアニメーション会社のキャラクターに出てきそうな男性であった。

「はじめまして。本日から担当しますマスダです。宜しくお願いいたします」

まだ冬だというのに短パン姿の40代だと思われるマスダという男性は、体格とは裏腹にちょいちょい敬語を使いながら優しく接してくれた。

「引き継ぎでおおよそのことは聞いてます。早速洗濯物から始めますね」

マスダさんは機敏な動きでランドリーボックスを持ち上げ、スタスタとコインランドリーに向かって行く。私はそんな彼を追いかけるように歩いていた。

洗濯中は部屋の床掃除なのだが、モップでちょちょいと拭いて終わらせた。適当なのだが、それで良かった。そう、それで良いのだ。

みんなきっちり行おうとするから畏まるし、固くなる。床掃除なんて週2回も行っているし、そもそも私はそこまで潔癖症ではないし、生活感がある方がシックリくる。

マスダさんのヘルパー勤務には絶妙な抜け感があった。まだ初回にもかかわらず、数ヶ月担当してくれていた事業所のヘルパーさん達を、音速で抜いていった。

私のその何かシックリくるというフィーリングは確信に変わった。

「フクイさん音楽好きなんですね。僕も好きで、特に大学が渋谷だったので当時どストライク世代だった渋谷系を聴き漁っていましたよ」

確かにマスダさんからは体格に似合わずフェミニンな薫りがしている。

「サニーデイ・サービスも小沢健二もカジヒデキも聴き漁ってたな、懐かしい」

どうやらマスダさんは音楽オタクの部類に入る強者のようだ。

DJをしてるものの、オタク達には頭が上がらない私は、この日からマスダさんがお勧めするアーティストを片っ端から聴くようになった。

そう、私が求めていたヘルパーとの関係性は、ちょうど良い抜け感と、ちょうどいい情報提供だったのかもしれない。


平日はマスダさん、週末はミア。私のヘルパーさんが揃った気でいた。

金曜日の12時ともなれば、自宅マンションの前の大通りは、キッチンカーで溢れかえっている。第一京浜通りから一本入って100メートルもしない場所に私の住むマンションは建っている。

箱根駅伝のテレビ中継で、往路がスタートした8時18分前後にコマーシャルが入るところだと、知り合いにはちょいちょい説明していた。

オフィス街のため、昼時は大変混雑することから、私は極力自宅に籠もり昼時が過ぎるのを待っていた。

外に出ればワンコインのお弁当が売っているのだが、会社員に交じってフラフラと、足を引きずりながらお弁当を購入している姿を、客観的にも想像したくなかった。それほど病の進行は足と体幹を蝕み始めていた。

春にしてはちょっと暑く、でも夏にしては過ごしやすい、そんな4月の昼時に部屋の窓を全開にし、マスダさんからお勧めされたバンド、初恋の嵐、を聴いていた。

マンション1階のうどん屋のモツカレーの匂いで部屋は瞬く間にカレーに支配されてしまっている。

『真夏の夜の事』が流れ、今日は季節違いの暑さだなと思っていた時に部屋の呼び出し音が鳴り、マスダさんが訪問に来た。

「やあやあやあ！　君としては珍しく起きてるじゃないか。二日酔いになるほどの金がないとみたぞ」

マスダさんはいつの間にか私のことを、フクイさんから、フクイ君へ、そして短時間で、君へと呼び名を変えていっていた。

私はその変化に気付かず、いつ、お前と言われるのか半ば心待ちにしていた。それほど仲良くなるペースが早かった。

「初恋の嵐、気に入ってくれたみたいだね。アイツも喜んでくれるかな」

「西山、生きてたら評価されてたのだろうか。順調に売れてたのだろうか」

90年代後半から2000年代の前半にかけて、下北沢界隈ではネクスト・サニーデイサービスと言われていたバンドがいたそうだ。そのバンドこそマスダさんの友人でもある西山さんがボーカルを務める初恋の嵐である。

メジャーデビュー目前でデビューアルバムを制作途中に、ボーカルの西山さんは25歳という若さで急逝。残ったメンバーでデビューアルバム『初恋に捧ぐ』をリリースし、唯一のオリジナルアルバムとなった。

私はマスダさんに初恋の嵐を教えて貰うまで、聴いたことがなかったのだが、ボーカルの優しい歌声とシンプルなメロディーに心奪われていた。

特に『真夏の夜の事』は、今まで聴いてきた日本語詞の曲の中でも最上位にランクされる名曲である。

「冷蔵庫に何も入ってないじゃないか！　今日は何食べたい？　買ってくるよー」

マスダさんは、何も入っていない冷蔵庫の中を開け笑いながらコチラを見ている。

「1階のうどん屋のカレー食べたことないから食べてみたいな」

いつの間にか脳内はカレーに支配されていた。カレーの匂いは邪悪である。マスダさんは洗濯物を出して、そのついでにカレーを購入してきてくれた。私はいつも通り音楽を聴きながら、昼飯を食べ、マスダさんはサッと床掃除をしている。

「そう言えば最近、子猫ちゃん来てるの?」マスダさんは私に質問してきた。

今はその名前を聞きたくはなかった。


一昔前のケータイ電話のお決まりの行動パターンといえば、私はメッセージのセンター問い合わせ機能を取り上げる。

待ちわびてる子からメールが届いていないかと、1分おきにセンター問い合わせをし、周りの同級生からは「センター馬鹿」と揶揄されていた。

今の時代、多種のメッセージアプリでは、即既読が当たり前であるが、90年代後半から2000年代は電波の状況などから、メールセンターにメッセージが貯まっているなんて、ごく一般的なできごとであった。

自分ではそんな心配性な性格は大人になるにつれ、若気の至りだなと懐かしむことが増えていたのだが、連絡が途絶えると途端に心配になる性格は今も昔もさほど変わることはないようだ。

そんな「センター馬鹿」は現在、「メッセージアプリ読み返し馬鹿」へと変貌し、ひたすら過去のメッセージのやり取りを読み返し、少しでも気持ちを紛らすことで平常心を保っていた。

「子猫ちゃん、最近来てるの？」マスダさんが聞いてきた子猫ちゃんとはミアのことだ。

平日や土曜日に大学生がお手伝いにきてくれていると話をし、何度かマスダさんも逢ったことがあるのだが、マスダさん曰く、小沢健二が自身の女性ファンに対して子猫ちゃんと発言していたのをヒントに、何故かフクイ君のファンという回路になってしまい「ミア＝子猫ちゃん」となったようだ。

「就職して今研修で忙しいみたいで連絡全く来てないんだけど、約束では明日の昼過ぎにくる予定になってるよ」

私は歯切れが悪いものの一応予定では、と、「予定」を強調した。

「ふーん、またドタキャンされたりしてね」

私はマスダさんの言葉にギクッとしたのだが、それもそのはずで、ミアの借金を肩代わりしてから、連絡のメッセージがやけに遅くなり始めていて、既に数回ドタキャンもされていた。

私はミアが環境の変化で疲弊しているのであろうから、そっとしてあげようと思い、極力、急用以外は連絡を私からは取らないと決め込んでいた。

明日もドタキャンされたら困るなと考え始めたら、カレーも不味く感じ一切喉を通らなくなってきた。

ドタキャンの不安なのか、返済されるかの不安なのか、逢えない不安なのか、私は何に対する不安なのか分からぬまま、カレーの容器の蓋を閉め、マスダさんに冷蔵庫に入れてもらう。

「明日何かあったら連絡してね。夜もこの辺にいるから」

マスダさんは何かを察したのか、そう言って定時で部屋を出ていった。


翌日の土曜日、ミアがお手伝いにくる時間の1時間前、やはりといってしまうのだが、案の定ドタキャンのメッセージが届いた。

薄々感じ始めてはいた。彼女の性格上キャパオーバーなのかもしれないと。彼女は、最初は私に興味を示し良き理解者が出来たと喜んでいたのだろうが、その熱も冷め、違うことに関心を向け始めたのだろう。私にとっては掛け替えのない存在であったが、彼女にとっては興味がある人の一人だったのかもしれない。私はドタキャンメッセージを見届けたあと、いつも通り、「了解！　ゆっくり休んでね」とお決まりのメッセージを、感情も込めずに打ち込むのであった。

マスダさんの「何かあったら連絡してね」という言葉が脳裏に過《よぎ》るが、またドタキャンされた恥ずかしさから、連絡をすることはなかった。

その日の夜は久しぶりにヒデジの店で飲むのだが、いつの間にか、スポーツバーからカラオケバーへと形態が変わっていた。

今の私の感情に似合わない歌を素人が酒任せに熱唱し、適当に手拍子を打ってる客同士の姿が、バカバカしく映り、ここは私の居場所ではないと店を後にし、エッジエンドの今日のイベントを調べたのだが、おどろおどろしいイベント内容のため、諦めた。

最後の手段として若林の「まぁるきち」にいこうと、オカちゃんに連絡するも、極度の二日酔いだから店開けるけど早めに閉めたいと、やんわりと断られた。


土曜日の夜、何処にも居場所がなかった。無性に久々の孤独感が押し寄せてきた。


結局家路の途中で泡盛を買い、その日は朝方まで沖縄の離島の島々の動画を見ながら独り泡盛を飲み続けていた。

もう5年も経つのか。久しぶりに沖縄の知り合いに逢いたいなと思いつつも、もう一人旅には限界な身体の状態だというのは、自分が一番知っていた。

そんなことを思いながら、自然と眠たくなるのを待っている。

翌日昼過ぎにメッセージの着信音で目を覚まし、薄目を開きメッセージを確認する。「昨日はごめんなさい。今日体調大丈夫だよ。ケンケンはお家かな？　今日行っても平気？」

ミアからだった。

私はいつも通り「了解！　ゆっくりおいで」と感情も込めずに打ち返す。


前日にドタキャンを申し出たミアが、今私の目の前にいる。だが、約1ヶ月ぶりに逢ったミアから放たれている空気感は、出逢った頃の清々しい空気感とは似ても似つかなかった。外は春だというのに、私の部屋は暗い冬の森林のように重たい空気感に覆われているかのようだ。

「昨日もだし、ここ最近ドタキャンばかりでゴメンなさい。今日は何からお手伝いしようか」

「あと今日この後予定があって、2時間くらいしかいれないんだ。ゴメンね」

何からお手伝いしようか、なんてミアからは聞いたことがなかった。毎回自宅に来るなり荷物を置き上着を脱ぎ、オススメの動画をテレビに映し、最近食べたスイーツの話や身の周りで起こった体験談などを話し始めるのが、ミアの行動パターンだったし今まで逢う前後に予定を入れることもなかった。


久しぶりに逢ったミアは私の知っているミアではなくなっていた。やはり私の思っていた通り、もうミアの中には今までの私はいないのだろう。お手伝いを必要としてる人として映っているのかもしれない。

この関係性も、これで最後になるかもしれないと考えると「何かよそよそしいね」なんていえるはずもなく、ただただ重たい鉛のような空気が漂う中、私の身の周りのお手伝いをこなしていた。

この日ミアは、小鳥のさえずりが聴こえてくる陽気な春の風ではなく、強く乾燥した風を残して私の家を出て、次の予定場所へと向かっていった。

ミアが家を出たあと、私はタメ息をついた。尖らせた上唇はひび割れているような気がする。

それからしばらくし、ミアとは全く連絡が取り合えなくなっていた。私が体調の心配メッセージを送っても既読すらならずだ。

返せるタイミングで返してくれて構わないと、肩代わりして貸したお金も初任給が出ているにもかかわらず、結局一銭たりとも返ってきてはいなかった。

催促したら駄目だ、貸した金はあげた金だと、自分にいい聞かせ考えないように過ごしていた。

ゴールデンウィークも過ぎ、初夏が訪れいつの間にか梅雨に入っていた6月。その日は朝から雨が降り、厚い雲により、外は薄暗くジメっとした気候であった。

午前中1件メッセージが届いていた。

「連絡返せなくてゴメンね。適応障害と診断されて、ドクターストップで、休職してるの」

ミアから久しぶりにメッセージが届いた。私はこのメッセージを読み、これはミアからのSOSのメッセージだと思い、直ぐさま電話をした。

何度目かのコールでミアが出た。私はどうしたのか教えてくれと催促をし、ミアはだんまりを続けたがようやく口を開き始めた。

「福祉施設で働き始めたのだけど、利用者のお爺ちゃんに怒鳴られて怖くなって、お仕事行く前になると、体調悪くなることが増えて」

「それでも仕事行かなきゃいけないから、頑張ってたんだけど体調良くなくて悩みだしちゃって、病院行ったら適応障害って診断されて」

「ゴメンね、ケンケンのメッセージ気付いてたんだけど、ケンケンのこと思い出すと仕事のことも思い出してしまって、連絡返すのも怖くなってしまった」

「それと彼氏が出来たから、もう逢えない」

電話越しのミアは、その表情が想像できるほど生気のない声だった。

私はケンケンを思い出すということが、腑に落ちず我慢していたことを捲し立てるように伝えてしまった。

「その利用者に怒られたのとオレは全く関係ないよね？　オレには1ミリも非はないよね？　そんな嫌なことが起きたのに、何故相談もしてくれなかったんだ」

「そもそもオレと利用者を同じ目線で見てたことにガッカリだよ。要はオレのことを介護が必要な男って目で接してた訳だね」

私達の出逢いも元を辿れば「お手伝いさんを募集」ということだったのを、私はスッカリと忘れてしまっていた。それほどミアにのめり込んでいたのは確かだった。

「ただでさえ、オレのメッセージにレスポンスが遅いのに、そんな中、彼氏を作って現実逃避してたんだね。どう思ってた？　彼氏とメッセージのやり取りしてる時にもオレのメッセージが貯まってて良い気分しなかっただろ」

「オレに返さないといけない金があるのに、彼氏とのデート代や交通費、おめかしに消えていく金をどう思ってたんだ」

「なにが恩人だ。恩人の気持ちを仇で返すのもいい加減にしろ。もう逢えないなんていうのは貸した金返し終わってから言えよ」

「あの時オレは直ぐに工面したよな？　彼氏出来たなら、相手に工面してもらえよ」

私は今まで溜まっていた口からは出せない思いやモノを吐き出してしまった。もう私自身もしんどかった。連絡を待ちわびるのも、これで最後でいいと踏ん切りがついたのであろう。

電話越しのミアは泣いていた。それもそうだろう。毎回優しくしてくれた男が、今まで思っていたことをぶちまけたのだから。

電話の後、ミアは「銀行口座を教えてくれ」とメッセージが来ていたので、私は口座を教えた。早いもので翌日には「振り込んだ」とメッセージが送られてきていた。それがミアとの最後のやり取りであった。

こちらからの「確認した」というメッセージには、未だに既読はついていない。

同じ東京の空の下、どこかで、同じ雲を見つめている時があるのなら、私はそれはそれで安心するのであろう。

真冬に出逢った風は、春が過ぎ夏を迎える直前に過ぎ去って行った。

8　補助

道玄坂 ③

2018年

「ゴルフー、あれ、センセイじゃね？」

ウーロンハイを片手に、今にもハチ切れそうなボタンシャツを身に纏った、ファイティーが話し掛けてきた。

フロアではケイゴがプリスクールの『SAD SONG』を流している。

雰囲気に身を任せ、私はぎこちないステップを踏んでいた。

ファイティーに呼び止められた私は、足を止めカウンターに目を向けるとエンドウさんから缶ビールを受け取る黒髪を後ろに一つ結びしている女性を見つめていた。


2008年に始まったDJイベント「タマチニスタ」

開催当初は田町のヒデジの店で行われていたが、ヒデジの店がカラオケバーやガールズバーのような店に形態を変えていったこともあり、渋谷エッジエンドでイベントを開催するようになっていた。

タマチニスタの「タマチ」は文字通り田町駅から付けているため、渋谷に開催場所を変えるにあたり「シブヤニスタ」にしようという案も出たのだが、「タマチニスタ」という語呂もいいし、何よりも「タマチニスタ」という名前に愛着があり、イベント名を変えることなく開催していく。

　7月半ば、この日は「タマチニスタ10周年イベント」をエッジエンドで開催するにあたり普段はDJのみで行うのだが、周年祭としてバンドを呼んでいる。

オノちゃんがギターを務める「ショートカット・ミッフィー」

PENPALSの上条兄弟のバンド「アスタラビスタベイビー」の2組だ。

エッジエンドに通うようになり、学生時代に聴いていたショートカット・ミッフィーのボーカル、ヌマクラさんにも可愛がってもらえるようになり、PENPALSの上条兄弟にも可愛がってもらえるようになっていた。

　10周年パーティーで賑わっている店内、ファイティーはカウンターで缶ビール片手に立つ女性に話し掛けに向かっていた。

　センセイとは、以前私がラジオ番組を受け持っていた頃、私の声のリハビリとして担当してくれていた訪問リハビリの言語聴覚士であるササキさんである。

ラジオにも言語聴覚士としてゲストに数回出演してくれ「タマチニスタ」にも遊びにきてくれたこともあり、DJメンバーとも顔見知りになり、打ち上げに顔を出してもらうこともあったのだが、ラジオが終わりリハビリを私の方から終了させてもらうことになり、しばらく疎遠になっていた。

　ファイティーはしばらく談笑したのちに、ササキさんと共に私の方へ近づいてきた。

「センセイ、ご無沙汰です！　来てくれたんですね！　ありがとうございます」

私はお誘いのメッセージを送っていなかったため、若干驚きつつ挨拶を交わした。

「ラジオも突然終わってしまってて、フクイさんがどうしてるのか気になってSNSを覗いたら、今日タマチニスタだと知ったので遊びに来ました」

「お身体お変わりないですか？　ちゃんと声も出ているようなので安心です」

さすがは言語聴覚士、体調の心配の次に声量の心配をしてきた。

「まだまだ夜は始まったばかりだから、全然酔っ払ってないけど、しばらくしたら酒も入って何言ってるか分からなくなるから、楽しみにしててよ」と私はセンセイにおどけてみせた。

お互いの近況報告をしていると、DJを終えたケイゴとヤマちゃんもセンセイに挨拶に来ていた。

そうだった、私の2コ上のケイゴとヤマちゃんはセンセイと同じ年であり前回の打ち上げで
「僕とケイゴ君とセンセイ、この3人がクラスメイトだったら不登校にならずに楽しかっただろうなぁ」

と酔っ払ったヤマちゃんが、連呼していたことを思い出していた。

DJをしているタローの目の前で、ユウタは満員のお客さんと踊っている。ファイティーはカウンターでウーロンハイをおかわりしている。ケイゴとヤマちゃんはセンセイと打ち解けている。私はエッジエンドの壁に寄りかかり、壁に書かれているアーティストのサインを身体全体に馴染ませている。

そこには先月のことが遠い昔に思えるよう、いつの間にかシフトチェンジしている私がいる。

10周年パーティーも終盤、サプライズとして上条兄弟がPENPALSの『TELL ME WHY』を演奏してくれた。

満員のお客さんとPENPALSオフ会で出逢った私達「タマチニスタ」のメンバーは、渋谷の30人入ればパーソナルスペースが満足にとれないほどの小さな店で、名曲を浴び、特に私はこの上ないほどの満足感と優越感に浸っている。

好きで好きで、大好き過ぎたバンドのメンバーが自分のイベントに出演してくれたことへの高揚感にも包まれていた。

この日は、何十缶のビールがさばけたのだろうか、店のカウンターと名のつく至る所に、十数個に積み上げられたビールの空き缶がそこらじゅうに重ねられていた。

パーティーが終わり打ち上げ場所に向かうために、エッジエンドの階段を下りる。いつからだろうか、気が付いた時には、背中を後ろ向きにし手摺りをしっかり掴み、一歩一歩慎重に下りるようになっていた。

これは学生時代、脚の靭帯を伸ばし学校の階段を下りる際に自らあみだしたものだ。前向きに下りると膝にチカラが入らず前方につんのめってしまうため、試しに後ろ向きで階段を下りたらスムーズに下りれた。

身体というのは正直なのか、いつからか無意識にその下り方を発動させていた。

階段を後ろ向きで下りている際、ふとお尻と腰辺りに手が触れている感覚がある。誰かが支えてくれているようだ、後ろを向きたい気持ちもあるが集中して下りているため、今は一段一段神経を尖らせて下りることにした。


打ち上げ場所は、例のごとくエッジエンドの裏の50円ハイボール居酒屋だ。「タマチニスタメンバー」六人とセンセイ、数名の常連客で向かった。

週末の土曜日の店内は若者を中心に賑わっている。各自飲み物を注文し乾杯の音頭をヤマちゃんが務めた。

「タマチニスタ10周年お疲れ様でした。ここまで続いたのはゴルフ君のお陰だと思ってるのです。ゴルフ君ありがとう」

ヤマちゃんは既に酔っ払っているようで、私をヨイショしても何も出ないのにもかかわらず持ち上げている。

「ゴルフ君、代表として一言お願いします」

そうバトンを渡してきたのだが、みんなジョッキやグラスを持ち上げたまま痺れをきらしていたので、先ずは乾杯をすることにした。

「乾杯！」

私は両手でジョッキを掴み、みんなが私の元に腕を伸ばしグラスやジョッキを重ねてくれる。

既にジョッキを持つチカラも、震えながらになっていた。

「改めて今日もみんなありがとう。あっという間の10年だったけど、みんな出逢いがあったり、別れがあったりの中で、オレのわがままに付いてきてくれてありがとう。

10年は通過点だと思ってるし、15年20年それ以上続けて、カッコいいオジサンを目指しましょう！」私はそう言った。

「改めては分かったけど、周りがうるさくて何言ってるか聞き取れなかったぞ」

とファイティーが揶揄するが、すかさずタローが、

「ゴルフさん、この先も続けてカッコいいオジサン目指しましょうって言ってました」とみんなに伝言してくれた。

酒が入ると呂律が回らなくなるわ、大きな声は出なくなるわで支障が出てきているのは確かだが、毎回このようにして周りが助けてくれている。

「ゴルフさー、階段上り下り辛くない？　さっきセンセイが後ろ支えててくれたよ」

ユウタが何気なく私に伝えてきた。先ほどの手の感触はどうやらセンセイだったようだ。

「一応、万が一のために支えてました。セクハラじゃないですよ」と笑いながら理由を話していると、男性陣は先生にケツ触られて羨ましいなと、これまた私を揶揄するのであった。

私はそんなメンバー達に囲まれている。私がALSを発病し診断された時も私以外のメンバーが集まり話し合ったという。そこでゴルフ、即ち私が動かなくなるまで「タマチニスタ」を続けようと団結してくれたらしい。

私は「タマチニスタ」を続けることでしか彼等への恩返しができないかもしれない。それでも私のわがままに付いてきてくれるメンバーを、心の底から大切にしていきたい。

浅草橋

2018年

新宿線篠崎駅の改札口には待ち合わせ時間の10分前には着いていた。新宿線を普段から利用しないし、なんなら初めて西大島より先に踏み入れたのかもしれない。

私は、本八幡まで地下鉄が続いてるものだと思っていたが、大島を出た辺りから一瞬にして車内に強烈な真夏の日差しが突き刺してきた。

真っ暗な地下空間から解き放たれた鉄道は、荒川を渡り都営団地を抜け、いつの間にかヒンヤリとした地下空間に再び車内は包まれていた。

篠崎の駅は、私が思っていたように古めかしい駅であった。都営地下鉄特有の何か黄色っぽいイメージだ。日曜日の日中にもかかわらず乗降客が少ない改札口で時たま鳴る「ピンポーン」という音と共に、私は駅に溶け込みかけていた。

するとと目の前から小走りで、改札口へと向かってくるセンセイの姿が見えた。この日はALS患者の交流会が江戸川で開催されるということだったので、私は参加を決め前回タマチニスタの打ち上げの際に「興味あるなら来ないか」と誘っていた。

「ごめんね、せっかくの休みの日に誘っちゃって、今日全部オレが奢ります」と私は酒を飲む前提で話している。

「たまたま予定がなかったし、勉強のためにも参加するいい機会だと思ったので大丈夫ですよ」そうセンセイは言い、私達は駅直結の会議場施設へと向かった。


交流会は情報共有の場という位置付けがしっくりくる。この日は食品メーカーが高カロリードリンクの説明をしに交流会に参加をしていた。ALS患者に限らず口から栄養を取ることが出来にくくなっている患者に向けた栄養ドリンクのようだ。

センセイは言語聴覚士の職業柄、嚥下が低下してる患者に対しても嚥下食指導や訓練も行っているため、興味深く説明に耳を向けていた。

交流会終盤、質疑応答の場面でもセンセイは率先して質問をしていたのを見て、休日にたまたまではあるが、仕事に関わる分野に触れて前のめりになるなんて真面目な人だなと思いながらセンセイの横顔を見ていた。

交流会は2時間弱ほどで終了し、まだ夕方16時。私は一度行ってみたい呑み屋があったのでセンセイを誘い浅草橋まで移動したのだが、その店は日曜日の夕方にもかかわらず満員であったので仕方なく、別の呑み屋に入ることにした。

「モツ焼き」と書かれた看板の店は、私達以外お客はいないようだ。思いのほか明るい店内の一番奥に私達は通された。そう言えばセンセイと二人だけで飲むのは初めてだ。ラジオに出演してくれた時も打ち合わせではオノちゃんもいたし、「タマチニスタ」の時も誰かしらいた。お互いのプライベートの話はしたことがなかった。出逢った頃はリハビリ担当としてだったが、現在は元利用者である。私は思いきって聞いてみた。

「センセイ、何でオレの誘いに毎回付き合ってくれるの」

私の疑問に対して先生は躊躇なく答えた。

「フクイさんは、こう言うのも可笑しいかもしれないけど、病気にもかかわらず行動的というか何事にも積極的ですよね。

正直、一緒にお話ししててもワクワクするし、今日だってフクイさんが誘ってくれたからこそ、新しい嚥下食の情報をいち早く得ることが出来たし。

同世代ですし、聴いていた音楽も同じですし、何よりフクイさん面白いですよね」

何かセンセイからの告白のようなニュアンスに聞こえたのは気のせいだろうか。酒も相まってか私の目尻は垂れ下がっていたであろう。

センセイの言葉に私は気分を良くしたのか、今までセンセイに話していなかった自分のことをつまびらかに話し始めた。

学生時代の話や就職した会社が買収された話、発病直後の状況から今に至るまでの経過など、センセイと出逢う前の私を全て包み隠さず話せた。

私は自分のことばかり話していたが、センセイは笑顔で相づちをうっている。

こんなにも一方的に自分の話を出来たのはいつぶりだろうか。気が付けば3時間以上話し続けていた。

酒も入って、呂律が思うように回っていないが先生は全て理解できているみたいだった。いつもみんなに聞き返される私の言葉の発声も、センセイには全てちゃんと伝わる。久しぶりにストレスのない会話が出来た。

もっと私の話を聞いて欲しいし、話を聞きたいと思えたのは自然のことで、この日を境にセンセイとの距離がグッと近づくのであった。

そしてもう後先を考えて地団駄を踏むのは止めた。私達は付き合うようになった。

那覇③

2018年

懐かしい匂いがする。風も東京に比べたら心地よく感じる。そしてこのジリジリと肌を焦がす強烈な太陽。私は記憶を点と点を結ぶように遡る。

二日酔いで歩き回った首里城。酔っ払いながら徘徊していた松山の繁華街。未体験からいつの間にか土地勘が植え付けられていた国際通り周辺。掛け替えのない出逢いや経験したことのない刺激を五感で味わったあの旅。

5年ぶりに訪れた沖縄の地。空から見下ろした街並みや空港の景色は当時のままだ。その中で私だけが歳を取り身体が衰えている。


今回の那覇旅は一人ではない。私の隣にはセンセイ、いや、アキコがいる。

私はもう一度沖縄へ行きたい。アキコは沖縄に行ってみたい。二人の気持ちが一致し沖縄旅行は決行された。


空港を出ると目の前に、さんぴん茶を片手に私達に向かって手を振るドレッドヘアーの男性が迎えてくれていた。アキラさんである。

田町のヒデジの店やプライベートでも、長年お世話になっているアキラさん。私達が沖縄に旅行に行くと伝えると、免許を持ってない私達に代わり運転手を買って出てくれた。

タイミングよく那覇で仕事があったため、私達よりも1日早く沖縄に前乗りしていたとのことだ。

「ケンボーはもう一人で那覇市内も本島も行きたい所は行ったでしょ？」

「アキちゃん行きたいところある？」

アキラさんはアキコに行ってみたい場所を聞いている。

「ブ●ーシールのアイスクリーム食べてみたいなと思ってて、先ずはそれを食べてから考えようかな」

ザ女子的な発想。先ずは糖分を採取したい。旅と糖分は女性にとって切っても切れない関係性なのだろう。アキラさんはレンタカーを走らせ国道58号線を北上した。

空港から20分弱だろうか、コーンアイスの巨大な看板に青とオレンジ、白のストライプ模様の傘が特徴的な横長の店舗、ブ●ーシール牧港本店が見えてきた。

国道沿いということなのか駐車場がやけに広く、店内は平日の午前中ともあって私達以外の客の姿は見当たらなかった。

私はどこのアイスクリーム屋に行っても、決まってチョコミントを頼む。

昔、某有名アイスクリーム屋のメニューを全品大人買いして3日かけて食べきったことがあり、チョコミント以外のお気に入りフレーバーを探してみたのだが、チョコミントを超える味とは出会えなかった。

それ以来、コンビニのアイスコーナーやアイス屋でチョコミントを見つけると無造作に手を伸ばすようになった。

ザ・アメリカンな店内。私達はボックス席に座りアキコは紅いも味を食べている。沖縄と言えば紅いも。

中国から伝わってきた芋らしいのだが、紅といっても赤色ではなく完全に紫色である。

では紫芋やサツマイモと変わりないのかと思われるが、紅いもはサツマイモより粘りけが強く、実はヤマイモの仲間であるらしい。そのためスイーツとの相性が良いようだ。

「そうだアキラさん、美ら海水族館にアキコを連れていってあげたいので向かって貰って良いですかね？」

「オレも二日酔いの思い出しかないからもう一度リベンジしたいなと」

私は前回バスツアーで訪れた美ら海水族館に、再度訪れたいと思っていたので提案してみる。

「釜石の海と三陸の魚しか知らないから行きたいです！」とアキコは地元の海との違いを知りたいようであった。

「じゃ、途中で許田の道の駅に行こうか。てんぷら沢山売ってるから買い食いに寄ろう」

沖縄の気軽に食べれるおやつと言えば、てんぷらのようだ。


行き先も決まったので私達は、再度沖縄本島を北上する。レンタカーのＢＧＭにはＢＥＧＩＮとジョニー宜野湾が流れている。

昼間に比べたら屁でもないほど涼しくなっている。半袖では肌寒く私は1枚のジージャンを羽織った。国際通りを歩いている沖縄県民と思われる方々は半袖でも平気なようだ。寒さには東京民の私の方が耐久性は強いと思われるのだが、謎だ。

時刻は18時、丸一日運転してくれたアキラさんは、さすがに疲れたようでホテルに戻り休むことになった。午前中から休みなく運転して貰ったため、申し訳なく思ったが、アキラさんのお陰で、アキコにも沖縄の風景を見せることが出来たので、感謝で頭が上がらない一日である。

国際通りに新しく出来た外資系の、なんでもない綺麗なホテル。ちょうど真裏が牧志公設市場周辺だ。私達はそこを拠点にする。

沖縄旅行に行くにあたって、私は国際通り周辺の呑み屋をリサーチしていたのだが、今、牧志公設市場周辺で大ブームとなっているのが、センベロである。

文字通り千円でベロベロに酔えるの略で、東京のセンベロ店とは比べ物にならないほどの破壊力らしい。そんな情報を仕入れてしまったら私は行かざるを得ない。

暫し休憩したのち、夕食時間帯に合わせて牧志公設市場周辺を探索することにした。

国際通りから市場本通りに入り直進する。昼間の賑やかなアーケード街から一転薄暗い雰囲気の通りを歩く。私は5年前の記憶がフラッシュバックし引きずりながら歩いている脚が自然と回転数を上げている。牧志公設市場を越えた辺りからオレンジ色の明るい照明がところどころに現れてきた。

なんと表現したら良いだろうか。雑踏から路地裏に入ると呑み屋以外の店はシャッターが閉まっている。昭和感漂うレトロ、ノスタルジックな雰囲気だ。これが那覇のセンベロ街。

立ち飲みスタイルの店や、店の前にテーブル椅子を設けて営業している店など、私が見た限り5店舗以上はセンベロスタイルで酒を提供している。立ち並んでいる数ある店の中から一件、外の立ち飲みカウンター席がタイミングよく二人分空いたので、試しにどんなものか体験することにした。

メニュー表によると、キャッシュオンスタイルのようで、その中に大きな文字でセンベロと書かれている、

その内容が衝撃的だった。

「酒が3杯飲めて更に、1品料理が付いてきて千円」

サクッと酔えるのにもってこいの値段設定だ。確かに渋谷にも激安ハイボールの店はあるが、沖縄の地でこの雰囲気でこの価格設定は魅力的過ぎる。他のメニューに目をやると「串焼き揚げ串が50円から」と激安だ。

トドメは「ハマグリが50円」と何から何までぶっ飛んでいた。

私達は驚きながらも、財布に優しい明朗会計を味わいながら小一時間過ごしていた。

さて次の目的地は一人旅でお世話になった「まいすく家」。

このセンベロ街の裏に新しくお引っ越しをしたとの情報を得たので向かうことにした。

ベロベロまではいかないが、ほどほど強のいい具合で地図アプリを見る。私達が小一時間ほど滞在していた立ち飲み屋の角を曲がると新しくなった「まいすく家」が現れた。

一人旅で迷い込んだ路地裏の建物と建物の間の小さな居酒屋さんから、30人は入れる広い店舗へと変わり、外からでも覗ける観光客の方にも入りやすいお店へと様変わりしていた。

私達が店の前に着くと、同時にタイミングよくマエソコさんが店から顔を覗かせた。

「あ！　あ！　あれ！　ケンちゃん！　久しぶり！　元気だった？　今日沖縄来たの？」

アポなしで訪れた私に、マエソコさんが驚きつつも自然な流れで接してくれた。


それもそのはず、SNSをフォローし合っているので、私の近況やマエソコさんの近況は、互いに自然と目にする機会が多い。東京と沖縄で離れてはいるものの、便利な世の中だ。もちろん、対面で逢う際の久しぶり感は薄れてしまう、という難点もあるが。

「お久しぶりです！　今日来ました！　いやー5年ぶり、マエソコさんも変わってなくてよかった」

私はアキコをマエソコさんに紹介し、「まいすく家」に入店した。


メニューから一人旅で食べた懐かしい沖縄おでんと黒豚餃子をマエソコさんに注文すると、

「おっかあ、東京のケンちゃん覚えてるでしょ？　今日来てくれたよ」

厨房の奥からマエソコさんのお母さんが出てきてくれた。あの旅から5年も経つがマエソコさんのお母さんは、まだまだ現役だ。おでんの味も餃子も当時と変わらぬ美味しさで、これを毎日作り続けている沖縄の女性のバイタリティーには脱帽する。

「凄いね、事前には聞いてたけど、一人旅で同じ店に入り浸ってたってことでしょ？　5年ぶりなのに、マエソコさんもお母さんもケンチのこと覚えてたよ」

アキコは目を丸くして話していた。

「ところでケンちゃん、今回沖縄に来た目的は旅行？」

オ●オンビールを飲み終わり、泡盛を注文する際にマエソコさんが私に聞いてきた。

そう今回はただの旅行だけではなく、一つ目的がある。

来年私のＤＪイベント「タマチニスタ」を沖縄で開催しようと試みていたのだ。10年間同じメンバーで開催していたが、一度もメンバーで旅行に行ったことがなかったので、10周年の慰安旅行も兼ねつつ、私は密かに沖縄でＤＪイベントを開催しようと考えていた。
「マエソコさん、那覇でＤＪイベント出来るような気軽なお店ないかな？」
私の相談にマエソコさんは少し考えて
「オレも行ったことはないけど、美栄橋の近くにＤＪバーが有るって聴いたことはあるけど、今もやってるかどうか」

私は早速スマートフォンで「美栄橋　DJ　BAR」と入力してみた。

検索結果、オシャレな店しかヒットせず、もっと雑居感が欲しくイメージしてる絵とはほど遠い。そして思っていた以上にDJバーが那覇市内には多いようだ。


私は気に入る外観や内観の店はヒットしないかと、泡盛を飲みながらスマートフォンの画面を左手の親指で上にスクロールし続けていた。何分スマートフォンとにらめっこを続けていただろうか、泡盛のグラスを口に付け唇に氷しか触れなくなったその時、一軒の店が目に飛び込んできた。

外観は雑居で渋谷のエッジエンド並みの急な階段。内観はロングカウンターでソリッド感がない温かみのある内装。壁にはアナログレコードが飾られている店だ。正しく私が思い描いていた店だ。

店名は「バーよなき」よなき？

「マエソコさんバーよなきって知ってます？」

私は泡盛のおかわりの際に聞いてみた。

「なんか聞いたことあるかも。カレーが有名なところかな？　泊港の近くじゃない？」

マエソコさんが言うように泊港に近い。そしてゆいレールの美栄橋からも近いようでアクセスには問題ないようだ。

私は時計を確認した。22時過ぎか。私は「今から行くぞ」とアキコに伝えた。

明日にしようという思いは微塵もなかった。この勢い、テンションそのままで直撃することにした。

「明日も来ます！」とお決まりになりつつある言葉をマエソコさんに残し、私と目をシバシバさせたアキコは、ノスタルジックなアーケード街の出口へと向かう。


泊港沿いの大通りのパチンコ屋の脇道、なんでもない道にその店は建てられていた。隣の店は沖縄の平均的外観の居酒屋であり、その隣はこの時間はシャッターが下ろされている。

店の前でタクシーを降りた私達は看板を見上げた。看板には「クラゲ」と書かれているが、住所と外観は調べた場所と一致している。

私はもう一度辺りを見渡すがバーと思われる店はここ以外なさそうだ。そして2階にあるであろうバーよなきの窓が開いているのか、薄暗い通りにはアップテンポの曲が響いていた。

心を決め私は2階へと続く階段を一段一段慎重に上り、アキコは私の腰に手を当てて支えている。なんとか上りきり店への扉を開いた。ネットにはバーと記載されていたが店内は比較的明るい。壁にはレコードの他スターウォーズの被り物も飾られている。私が思っていた通りアットホームな雰囲気を醸し出している。

カウンターに目を向けると常連なのかお客が数組、店長と思われる男性と談笑していた。

私は左右の人差し指で店員に2名と告げ、ロングカウンター前の脚長の椅子に腰を掛けた。

「ハ●ネケンを1つとハイボール」

目の前に瓶ビールが見えたので、私は店長と思われる男性に告げる。このお店もキャッシュオンのようだ。私は千円札と引き換えにアルコールを受け取った。

「沖縄に旅行ですか？」

店長と思われる男性が話し掛けてきた。

「今日、東京から沖縄に来まして飲み歩いてます。ミュージックバー探しててつい入ってみました」

私は自己紹介をしながら挨拶をした。

店長は私より少し歳上の地元那覇出身のヨナキさんという方で、自らもＤＪをされているようだ。今年前オーナーから引き継ぎ店名も変えリニューアルオープンしているとのことで、どうやら看板は発注中らしくとりあえず前の看板を使っているとのことだ。

私も自身が東京でＤＪをしていることを伝え、お互いの音楽談義に花を咲かせていると、隣の常連と思われる女性が話し掛けてきた。

「はじめましてー、東京から来たの？　私年に一度東京でライブ見に行くのー、音楽好き？　私何でも聴くよー」

かなり酔っ払っている女性だ。

「ヨウコちゃん、大人しく飲んでなさい、全くもー」

ヨナキさんにそう言われると、ヨウコちゃんという女性はフラフラと立ち上がり、また常連の輪に帰っていった。

しばらくしてから私はヨナキさんに相談することにした。

「実は来年沖縄でＤＪイベントを開きたくて、お店を探してたんです。でもアットホームなお店がなくて路頭に迷ってまして、ネットでコチラのお店が検索で出てきまして、思いきって来店してみたんです。

初めましてで、おこがましいと思いますが来年、私がオーガナイズしているＤＪイベントのメンバーで沖縄旅行も兼ねて是非、よなきさんでイベント開かせて頂けないでしょうか。このアットホーム感、私のイベントにピッタリなんです」

出逢って30分、図々しいにもほどがあるが私の熱意が伝わったのか、ヨナキさんは首を縦に振ってくれた。

「一つお願いがありまして、イベントを開いてくれるなら、その日はそちらのイベントに一日営業中のＢＧＭを任せたいので、19時から25時までと長い時間ですがお願いしてもいいですか？」

ヨナキさんからの提案を私は喜んで引き受けた。イベントの詳細は東京に戻ってからメンバーとミーティングすることにし、先ずはお店の確保が出来た。その時もう一度ヨウコちゃんという女性が近づいてきた。

「え！、ＤＪさんなのー、私もＤＪしてるんだー　来年よなきでイベント考えてるんでしょー？」

相変わらず酔っ払いながら話し掛けてきた。そうか、この女性もＤＪなのか。見た感じ近くに住んでる人っぽいな。よし彼女にも当日ＤＪして貰おうか。お店の常連さんや地元の友達も誘ってくれるだろう。

「ヨウコちゃんでしたっけ？　良ければウチのイベントの日、一緒にＤＪしましょうよ！　そして、たらふく飲みましょう！」

私の提案に、ヨウコちゃんはニコニコしながら乾杯しようとグラスを近づけてきた。私の代わりにアキコと乾杯をしカウンター越しのヨナキさんは苦笑いしながらグラスを洗っている。

直感を信じ突撃してみた店で、私の新しい目標が出来た。目標を立てないと迫りくる身体が動かなくなるというタイムリミットに押し潰されそうになる。

身体がモツ限り動き続けたい。アキコと出逢ってからだろうか、更に強くそう思えるようになっている私がいる。

もう数年前のように立ち止まるのは、ごめんだ。

平和島

２０１９年

私の通っていた高校の近くには、ボートレース場があった。部活の練習がない平日の放課後や、土日の午前練習の前の最寄り駅は、お世辞にも綺麗とはいえない男性達が姨捨山に連れて行かれるかのように、みんな同じ停車位置からバスで運ばれていく光景を度々目撃していた。

大通りをひっきりなしに通り掛かる産業トラックに、至るところにあるガッツリ系の男飯屋、治安が良いとはいえなかったが活きのいい街であった気がする。

沖縄旅行も終え、ごくごく自然な日々は過ぎ、気が付けば年が明けていた1月3日。何を思い立ったのか、箱根駅伝を見終わった私はアキコを誘い、母校があった駅へと向かうことにした。

と言っても、自宅から母校までは電車で15分で着く。卒業した当初は担任や部活の後輩に会いに行ったり、部活の新年初蹴り行事に顔を出すこともあったが、ALSを発症してからは初だ。赤い電車に揺られ最寄り駅の改札を出る。目の前にはスーパーマーケット。隣に目を向けると大手ファーストフードのハンバーガー屋とチキン屋。当時の記憶が瞬時に思い返された。

学生時代、練習後禁止されていたにもかかわらず日替わりで、ハンバーガー屋とチキン屋を使い分けていた。母親に夕飯代と偽り千円も毎日貰い、ファーストフード店で一番安いセットを買い、余ったお金をくすねてはデート代として溜め込んでいた。店ではもっぱらサッカーの話などせず、仲間のメンバーと女の子の話ばかりしていた記憶しかない。

野郎だけの高校なら必然とそうなるであろう。

高校への近道の商店街には中華屋が当時はあったのだが、いつの間にか居酒屋に変わっていた。250円で提供してくれる学生ラーメンというものがあり、いつかもし私が有名人になったら、その店を紹介しようと密かに思い描いていたが、その夢は幻と消えていった。

買い食いしていた、フランチャイズだったであろうコンビニを横切り、住宅地を抜け内川という潮の満ち引きにより水深が変化する川沿いを母校に向けて歩いている。この川を見るたびに地獄のシゴキを思い出す。高校の正門から川が線路下に隠れる行き止まりまで行き、再び高校までダッシュで、2分以内に戻るまで永遠と走らさせられる「クーパー」という名のトレーニング。厳密には戻れない毎に10秒加算されていくのだが、当時は何百メートルあったのか把握できなかった。川を見て思い出した私は、スマートフォンの地図アプリで興味本位で調べることにした。距離にして約800メートル近くあった。これが速いのか並みなのか把握はできないが、一発で上がれることなんてのは希に希で、一番辛いトレーニングとして二度と行いたくない。

そうこうしてるうちに母校に着いた。工業高校から学園と名を変え、共学へと生まれ変わっていた母校は、専門学校かと見間違えるほど様変わりしていた。もちろん昔の面影も残っているのだが、昔の刑務所のような外観は何処にもなかった。

そして気が付いた。今日は3日。高校には誰も人の気配が感じられず、ここまで来たのに中に入ることが出来ず、私達は途方に暮れた。

近場に何もない住宅街。遊べるところといえば大型ゲームセンターや、映画館が入る複合施設が少し遠いがあるといえばある。なんなら複合施設の目の前にはボートレース場もある。しかしボートレースなんて一度だけ高校の同級生と1レース遊んでみただけで、よくわからない。

私もアキコもギャンブルなんて詳しくはない。まぁタイミング的に何もすることがなくなったので、人生経験としてボートレース場に行ってみようとなり、私達はボートレース場に向かうことにした。

この決断が吉と出るか凶と出るか、私達は知るよしもなかった。


小学校低学年の頃、私はテレビで放送していた架空のモータースポーツのレースアニメが大好きであった。姉がアニメに精通していたため、姉が買うアニメの月刊誌を盗み見しては、私の好きなモータースポーツのアニメの記事を繰り返し読み続けていた。

テレビアニメが終了してもその作品はシリーズ化され、お小遣いを貯め一本五千円もするアニメビデオシリーズを買い続けていた。それほどどっぷりとハマっていた。

当時日本では空前のＦ１ブームであったため、私はアニメの影響を受け日曜日の深夜には眠い目を擦り、明かりを消した部屋でテレビをつけ、ヘッドフォンをかぶり至近距離でレース映像に釘付けになっていた。

お陰で私は眼が悪くなり、少年野球の練習や試合では憶測を誤りフライが取れずに、守備の際はボールが飛んでこないことを毎回祈っている、そんな少年だった。

「全く当たらないね、もう私はいいや。

懲りないね。まだやるの？　自分のお金で賭けるならいいよ」

アキコは2レースを遊んで当たる気がしないと思ったのか、早々に予想するのを止めたが、私は逆にスイッチが入ってしまい、なんとか当てたい一心で予想屋の番台の前でお爺ちゃん達と屯している。

六人が一斉にスタートして誰が一番早く3周するか、簡単そうに見えるし当たりそうなのだが、ボートレースに対する知識が全くない私は掠りもしない。

出走表には選手のクラスが表記されてるとはいえ、ちんぷんかんぷん。

結局運試しのような感じだろうか、白黒赤青黄緑、好きな色を基準に券を買い続けていた。

予想屋のオヤジが言うには、ボートレースは白の1号挺が絶対有利らしい。次のレースは全員トップレベルの選手達とのことだ。そうなると全員スタートが上手いので1号挺の勝率がかなり上がるということだ。

予想屋のオヤジの言葉を信じきった私は、話途中にアキコの元へ戻り「確実に1号挺が来るらしいから当てるぞ」と意気込んでいた。

結果、青の4号挺がスタートと同時に他の選手を置いていくほどスピードを上げて、先に全員を包み込むようにターンし最後までトップで走り続けた。水面にしぶきを上げてモーター音を響かせながら舟と舟がぶつかり合うことも。

決まり手は、まくり、とのことだ。

相撲みたいに決まり手も有るのか。確実に1号挺が勝つって思い込んでいたのに外した。

ボートレースは簡単そうに見えて実は奥が深いのか、何故か飽きるではなくもっとボートレースのことを知りたくなった私は、子供の頃からモータースポーツが好きだった影響もあったのだろう、この日を境にボートレースにどっぷりとハマっていった。

こんな面白いスポーツが母校のそばにあったとは、遅過ぎた発見である。


朝7時に起きパソコンの電源を入れる。ネットバンキングに入金をする。寝起きの身体にチョコレートを投入する。糖分を取ることで頭の働きがよくなると健康番組でいっていたため実践している。

今日は山口県の徳山でモーニングレースがある。私はボートレースの攻略サイトにアクセスし出走表を見ながら予想するのが毎日のルーティーンとなっていた。

ボートレースと出逢って生活のサイクルが正常化するようになった。そして酒に使うお金よりもボートレースに使うお金の方が健康的なのではないかと思うようになり、深酒することも二日酔いになることもなくなり、今までよりかは充実した毎日を送るようになっていた。

そんな私をアキコは陰では、危ねえなと思いつつも穏便に接してくれている。そう私の父はギャンブル狂だったらしいと、母に教えられたことがあるからだ。どうやらその血が湧き出てしまったのかもしれない。

母校近くのボートレース場が開催していれば、向かうのが休日の過ごし方に変わった。この日も午前中に家を出て、ボートレース場へと向かうのだが、ここ最近既にアキコに腕を支えられながらではないと歩くのも難しくなっていた。

もちろん、ゆっくりとなら一人でも歩けるのだが人混みは転倒防止、安全のために腕を支えて貰っている。

太股が急激に細くなり一歩が出しにくい、毎晩脚がツルなど、自覚症状も出てきたため、家の中に居ることが増えたのも、ボートレースにハマった要因なのかもしれない。

外は晴天。私達はタクシーに乗りボートレース場へと向かう。1週間ぶりの外出だ。自宅の生暖かい空気に比べると外気の冷たさに身体が目を覚まし始める。肺には新鮮な空気が満たされていく。一瞬にして若返った気分だ。

ボートレース場は、今節の初日ということもあり選手の好調不調が全く読めず、そこそこプラスになった時点で打ち止めとした。夕方暗くなるまではまだまだ時間があるので私達は落ち着いた雰囲気を求め浜離宮へと向かうことにした。

脚に不安があった私はボートレース場からタクシーで向かい、的中した額の半分は消えていったが、あぶく銭の使い方としては間違いじゃない気がするのは私だけであろうか。

タクシーは大手門橋の手前で止まる。外は午後になると急に肌寒くなり顔を出していた太陽もすみわたった青空も、いつの間にか薄い雲に覆われ始めていた。浜離宮はこの時間、庭園に向かう人は少なく橋の上には私達しかいなかった。ちょうど橋の中腹であろうか徐々に気温が下がり太股を気にした。

その時、石畳の橋の凹凸に右足を引っ掛けた。

アキコは懸命に右腕を握り支えていたが、それもむなしく私は倒れた。

スローモーションで天と地が入れ替わる景色、時間で言うとたった3秒弱だろうが、数十倍長く感じた。その間懐かしい感覚だった。あれは確かサラリーマン時代にゴルフ売場の人工芝に足を引っ掛けゴルフパターに突っ込んだ時か。

あの時と同じ感覚が全身に駆け巡った。

ふと我に返り起き上がろうとするが、もう一人では起き上がれないのを私は知っている。

アキコは私の脇を背後から両手で挟み、必死に起き上がらせようと試みるが冬場の厚手の衣類に邪魔されてびくともしない。

徐々に焦り出すアキコに、やっちまったと、うなだれる私。

すると道路を挟み向こう側の歩道から、二人の北欧系外国人が駆けつけてくれた。何かスポーツでもやっているのだろうか、二人はヒョイと私を軽々持ち上げ立たせてくれた。

異国の地で倒れている私に駆けつけてくれた外国人カップル。

私は「ソーリー、サンキュー」としか話せず、感謝の言葉を最大限に伝えられなかった。生まれて初めて自分の英語力のなさに幻滅したのであった。


外に出歩くと迷惑が掛かるかもしれないと、私は自分を呪いだす。


荒川は荒川でも私の地元の荒川土手をもっと上に上がる。その荒川沿いのボートコースの奥に大型で都内のボートレース場よりも遥かに綺麗な戸田ボートレース場がある。

中学生時代、深夜に警察官の補導の目をすり抜け岩淵水門へ心霊巡りに訪れたが、そこから更に上だ。

子供の頃は考えもしなかったが荒川は長い。長野と山梨の県境から埼玉を横断し北区から都内に顔を出し東京湾へ。総距離で日本で十数番目の長さのようだ。

「フクイ君、当たんないねー。とりあえず乾杯してユックリ楽しみますか」

舟券を握りしめたキンヤさんが1レースを終えた時に提案してきた。戸田ボートレース場のレストラン街で、私とキンヤさんとアキコとファイティーは大型モニターに目を配りながら、ビールともつ煮を片手に予想談義をしている。

よくよく考えてみたら不思議な光景だ。

中学生の頃に出逢い崇拝していたPENPALS。

毎週日曜日の深夜に雑音に遮られながら、時たまラジオの位置を微調整しながら聴いていたキンヤさんの声。

学生時代、ライブ映像を見ながらキンヤさんのドラムシングルに飛び跳ね、ベッドの上にダイブしていた少年が大人になり一緒に博打をしている。

プライベートを共にしている。なんとも不思議な光景だ。

ことの発端は、エッジエンドでのイベントの際に私が最近ボートレースに目覚めたという話をしキンヤさんに「今度ご一緒しませんか」と誘ったところ、二つ返事で誘いに乗ってくれた。ファイティーもボートレースに興味があるようなのでついてきた。

「いやー、難しいね。昔よく親父が電車に乗って桐生のボートレース場行っててさ。スポーツ新聞読みながら予想してたわ」

真冬でも基本短パン姿のキンヤさんは、群馬県桐生出身、ボードレース場へは幼少期に数回連れていかされた記憶があるようだ。

私達は適度にアルコールと空腹を満たし予想を立てる。どうやら次のレースはキンヤさんとファイティーの予想は全く同じ。私の予想は二人とは違っている。アキコは予想せずだ。

さて、ここ毎日、今日の日のために予想の下準備をしてきた私。ここらで一発良いところを見せようではないか。

私は普段の賭け額の2倍の額をセオリー通り1号挺が1着にベットした。

結果、私は撃沈し、隣で叫び喜び合うキンヤさんとファイティー。彼らは見事に的中させ、私は面目丸潰れ。ただただ静かになりゆく水面を眺めていた。

「キンヤさんとファイティーおめでとうー」私はチカラなき声で二人を祝福する。そしてキンヤさんとハイタッチを交わした。厚みのある手のひらだ。

赤城山の風「赤城おろし」の突風に耐えられるであろう脚と腕。この腕で桐生の突風の中、学生時代自転車を漕いでいたからこそ、力強いドラムが叩けるのかと私は何故かその瞬間思っていた。

結局この日惨敗に終わった私は、軍資金がプラスになった二人とアキコと共に駅前の居酒屋で飲むことに。


時刻は17時、店の前の「メガジョッキ350円」のポスターに導かれた私達。ボートレースのことは忘れ、キンヤさんご自身のこと、PENPALSのことを沢山話して頂いた。

今までの人生で、数本に入る贅沢の時間だった。

1リットルはあるメガジョッキに、完全に支配された私達男3人の脳はPENPALSのジングルで曲当てクイズを決行し、私に至ってはキンヤさんに「PENPALSは自分にとって血肉ですよ」と壊れたレコーダーのように連呼していた。

22時、さすがにもう飲めない、そして家に帰らないといけない、戸田から自宅まではなかなかの距離だ。私はお会計を済ませフラつきながら立ち上がりアキコに支えられながら店の入り口で待つ二人を追った。

外は店内の暖かさから凍りつく寒さに変わり、私は一瞬萎縮した。その瞬間脚のチカラが抜け真後ろに倒れた。後頭部にサッカーボールがぶつかったほどの衝撃だったため、そこまでは痛くなかった。

しかし後頭部から生温かい液体が流れ落ちている感覚があった。キンヤさんは持っていたタオルで私の頭を止血のため押さえてくれていた。すぐさまみんなは救急車を呼んだらしい。

私は酔っ払っていたことと後頭部を打ったことにより記憶が飛んでいたのかもしれない。自分では頭に衝撃を受けてから救急車に運ばれるまで3分弱のできごとだと思っていたが、実際は15分掛かっていたらしい。

キンヤさんとファイティーとは、ここで解散となり私はアキコの付き添いのもと救急車で近くの病院に運ばれた。

運ばれた病院で5針ほど縫ってスキャンの結果、脳からの出血はなさそうだということで帰宅を許された。

私にとってＰＥＮＰＡＬＳは血肉ですと宣言をし、本人の目の前で血を流した。そして短期間で2回も転倒した。

帰りのタクシー内でアキコから、

「そろそろ車椅子考えないとね」

と言われた瞬間に、初めて病気のことで声を出して泣いて、痛いとか、恥じたとか、悔しいとかではなかった。

「やだよ、まだまだ酒飲み歩き続けたいし、車椅子になったら外で酒飲めなくなる。まだまだ酒飲みたいよ」

私は酒が飲めなくなる恐怖の方が勝っていたようだ。

三田　④

２０１９年

40歳以上から介護保険を法律上強制的に納付することを義務付けられているのだが、40歳未満は納付していない。よって介護制度の対象ではない。

この制度を使えると国から病に侵されたと認定されている方は、さまざまなサービスが受けられるのだ。代表的なものでいえば福祉用具のレンタル。すなわち車椅子のレンタルもだ。

私はALSということもあり、手動の車椅子はとてもじゃないが使うことができない。自走で扱うのであれば電動車椅子一択になってしまう。

では電動車椅子の値段はどんなものか、調べてみると数十万する。障害年金と生活保護で生活している私には無理な価格だ。一か八かボートレースで夢を見ろといわれても躊躇してしまう。

続けざまに転倒し頭に傷を負って、完全に一人では外を歩くことにビビり出した私は詰んでいた。

生活保護の条件下では何かしらの方法はあったのだろうが、制度自体がややこしいので調べる気にもなれなかった。


「転倒し頭を縫った」と私は初めてSNSで弱音を吐いた。弱音を吐いて構って欲しかったという理由はなかったのだが、現状を知って欲しかった。昔の職場の人や同級生、最近めっきり顔を出せなくなった行きつけの店の常連さんなどにだ。

そしてせめてもの自分への記録という意味合いも強かったのかもしれない。


もうすぐ外は桜の季節だ。年に一日だけでも桜の下でお酒を飲みたい。場所は近所でも良い。

そういえば家の前の坂を上ったところに桜が咲く公園がある。なんなら5月になれば芝桜が咲く広場も近くにあった。どちらも徒歩圏内だ。歩けるなら。

今までの知っていた自分の中の世界地図が、私の太股のようにドンドンドンドン萎んでいく。最後は自宅だけしか知らない世界地図になってしまうのか。

そんなことを考え出したらキリがない、私は秋に予定している沖縄での「タマチニスタ」、毎月開催し続けている「Return Journey」のことのみ考えるように、毎日新しいアーティストや曲の発掘に没頭していた。

そんなある日一通のメッセージが届いた。

「自転車がわりに電動車椅子使ってみませんか？　1台空きが出たんで！　また落ち着いたらみんなで会いましょう！」

同じくALSと診断されたクリエイターの方からだった。彼もまたラジオDJとして活動していた時期があり、共にパーソナリティーを務めるラジオ番組にゲスト出演することもあった。

彼は一般社団法人を立ち上げ、40歳未満のALS患者向けに電動車椅子を貸し出す試みをしていた。

クラウドファンディングで電動車椅子購入資金を集め、数台を保有していた。この運動に私も賛同し資金を援助したこともあり、彼からメッセージが届いていた。

当初はまだまだ電動車椅子は当分先と思っていたので、他の方に譲っていたのだが、このタイミングで1台空いたという。

またとないタイミングである。

彼はたまたま私が転倒したという投稿を見てくれていたのかは、定かではないが、私は即アポを取り車椅子を貸し出して貰うために彼の元へと向かった。

無事に電動車椅子の受け取りが終わり、産まれて初めて操作をしてみたのだが子供の頃ラジコン操作が苦手だったし、運転免許すら私は持っていない。果たして上手く扱うことが出来るのだろうか。

いざ操作を開始すると思っていた以上にスピードが出る。スピードメーターの設定では中速なのだが体感では自転車並みだ。

そしてどこか懐かしく感じた。風が強い日の外とは違う、風を自ら切る感覚。久しぶりにアドレナリンが出始めていた。

「それもそうか」もう何年も早歩きすら私は出来ていなかった。

「ゆっくりゆっくり」亀が歩くようにしか歩けていなかった。

少年時代から走る止まるを繰り返し、染み込んでいたはずのスピード感すら身体には残っていなかったんだな。

何年ぶりかに感じ取れた風を切る爽快感を身体中に浴び、私はこの日、初めてサッカーボールを蹴った日のように、夕方5時を回っても家路に着くことはなかった。

「なるほど、車椅子は当事者の足として見なされるのか。法律上は歩行者として扱われる。そうなると飲酒運転として捕まることにはならなそうだな」

　私は電動車椅子への疑問を、くまなく調べていた。

「だからといって飲み過ぎるのは良くないからね。人にぶつかったり、モノを壊したりしたら、それはそれで話は別だよ」

　アキコは呆れたように私を見つめ言葉を投げ掛けていた。


　電動車椅子デビューを果たし、次はお待ちかねの花見だ。近所の公園でも良かったのだが車椅子に慣れることが大事だと考えた私達は、満開の桜を見るために上野公園へと向かった。

　そして、はじめてのおつかいのように、ワクワク、ドキドキしながら電車で向かう。

　車椅子に乗りながら改札にＩＣカードをタッチする。駅員に「上野まで」と告げスロープを出して貰う。車椅子でエレベーターに乗りホームに向かう、車内の車椅子スペースで待機する。

　全てが初体験であり、それと同時に初めて見る車椅子からの視界は私が長年利用していた駅とはまた違う世界だった。

　平然と使っていた改札も、車椅子で利用するとタッチ部分が高く腕を上げながらではないと難しく、次の電車に乗りたくても駅員の指示に従い何本も電車を待たされる。

　ホームに向かうエレベーターが1台しかない駅は、ベビーカーやご年配の方で混み合いなかなかホームに向かえない。

やっとこさ乗車した電車も、車椅子スペースに陣取る人も多かった。

車椅子に乗ってみて初めて知ることが出来た世界観。とても刺激的だ。


公園口改札から駅を出て花見スポットへと向かったのだが、上野公園は予想通り混雑していた。私達は人混みを避けるために不忍池へと向かうのだが、ルートは階段しかなく車椅子では降りれない。目の前3メートル、30段も下りれば不忍池だ。

この時初めて車椅子での移動の際、突然ルートが遮断されることもあり、下調べが大事だということを学び、健常者の方々が普段何気なく使う道も車椅子ユーザーにとっては不便でトラップだらけなことも多いことに気付かされた。

結局来た道を再び戻り、駅近くのエレベーターから下に降り公園内を通らず不忍池に辿り着いた私達。私に関しては座りながらレバーを操作するだけなので何てことないのだが、アキコは行ったり来たりの繰り返しで歩き回り、ちょっと待ってという声も出せないほど疲れていたようだ。

ちょうど上野野外音楽堂辺りだろうか、運良くベンチが空いていた。私達は事前に用意していた日本酒を紙コップに注ぎ、酒を喉に通す。

車椅子から見る桜の景色は至って普通で、春の風を浴びながら飲む酒は、私が障がい者であることを忘れさせてくれるひとときであった。

その後、御徒町駅近くの焼鳥屋で飲みたくなり車椅子が入れそうな店を探すが、ガード下の店舗は入れなそうだ。私が思っていた以上に入店できない店が多かった。

店側が拒否することではなく、ただ単に店の入り口にある段差の問題だ。たった10センチの段差も車椅子では移動できなかった。

飲酒モードの私はこのまま諦めて帰る訳にはいかず、結局店の外に車椅子を置かせてもらい、アキコに支えられながら店のカウンター席まで気合いで移動した。

電動車椅子に乗り新しい景色が見えた。アキコには悪いがこれからは沢山外に出て新しい世界地図を構築したい。

久しぶりに食べる熱々のささみ串にツンとしない上品なワサビ。甘じょっぱいタレに満たされた軟らかいレバー。嗜む料理全てが高級料理に見えた。

外では宝石店に強盗が入ったらしく警察が大勢で慌ただしい。しかしそれも私が社会に溶け込めてる日常だと思えれば胸の鼓動は高まってくる。


電動車椅子を貸し出して貰ってから、私は生活に対しての希望が芽生えてきた。

小中学校の同級生と酒を飲みに地元へ移動したり、同級生達と1泊で海沿いのペンションへ旅行に行くこともあった。

電車移動では飽き足らず、飛行機に乗ることもあった。

酔っ払って運転する車椅子も心地よく、酔い醒ましの名目で1つ離れた駅から自宅に帰ることもあった。

帰り道、歩道に並べ置かれているポールを見つけてはマラドーナのドリブルの真似をして、ポール脇を縫うように運転し、

「マラドーナ、マラドーナ、マラドーナ！　マラドーーー！ナーーー！」とメキシコワールドカップの山本アナウンサーの実況が脳内で繰り返しループさせていた。

お陰で車椅子の側面は貸し出し1ヶ月で擦り傷を作り、年季の入った車椅子へと変わっていた。

雨が降ったり止んだりを繰り返していた。夏が終わりラグビーワールドカップが日本で開催され、連日テレビではラグビーのルール解説が頻繁に行われていた秋、私が主宰する「タマチニスタ」の沖縄パーティー「ナハニスタ」は行われた。

参加メンバーはタマチニスタの6人に加え、エッジエンドレーベルから仲良くして貰っている（いつの間にかエッジエンドは音楽レーベルを始めていた）、ライナステイトとメヒカブレスタンダートを呼び、メヒカブレスタンダートのご紹介で知り合えた沖縄のバンドティー、元同僚で仕事を辞めバックパッカーになりオーストラリアの民族楽器ディルリジュを世界中で鳴らし歩いていたマコール、よなきで知り合った女性ＤＪヨウコちゃん。

この県外を越えた個性豊かなメンバーでパーティーは開催された。

東京からもエッジエンドのお客さんが多数集まってくれて、那覇の「まいすく家」のマエソコさんも駆け付けてくれた。よなきの常連さん方も集まってくれて終始お店は満員でイベントとして大成功だ。

　そして、沖縄産まれのヤマちゃんは兄弟とお母さんが沖縄で暮らしているため、一家揃って押し掛けてくれた。沖縄県民の音楽に対するリスペクトとリズムに対する愛を肌で感じられる夜であった。


　翌日、ヤマちゃん一家、ヤマダ家の提案でタマチニスタのメンバーとエッジエンドの常連さんもご一緒して、那覇の波の上ビーチの近くに出来たバーベキュー広場へ、肉を焼きに行くことになった。

　前日イベントが終わってから打ち上げで飲み食いし、ホテルに着いたのは早朝4時、ホテルの朝食バイキングには起き上がることが出来ず、私達は待ち合わせ時間の昼下がりまで、ひたすら二日酔いを解消するために水を飲み、ベッドに溶け込むかのように横たわり続けた。

　待ち合わせ時間が近づき二日酔いもだいぶ楽になり、私達はバーベキュー会場に向かう。ホテルからはタクシーで10分かからないようだ。だが私は電動車椅子に乗っている。沖縄のタクシーはセダンタイプの車が殆どのため乗車できない。

　東京ではオリンピックが近づくにつれ、ジャパンタクシーという車椅子のまま乗車出来るタクシーがセダンタイプより数を伸ばし続け、いつの間にかジャパンタクシー以外見掛けなくなっていた。

もちろん運転手によって、乗車のスロープを取り付ける研修を充分に受けることが出来ないなどの理由でシドロモドロになる運転手もいれば、そもそも乗車拒否をするヤツまでいるし、当たり外れは有るにせよ東京であれば車椅子に乗ったままタクシー移動は比較的日常として存在している。

しかし沖縄の街では難しかった。

徒歩だと30分近く掛かりそうだ。集合には遅れるしアキコを二日酔いの状態で30分も歩かせるわけにもいかない。私は一人旅の経験から波の上ビーチの近くは土地勘があったので電動車椅子に乗ったまま会場に向かうことにした。アキコには先にタクシーで向かわせて事情を説明してもらえばいい。


ホテルからの久しぶりの一人旅。沖縄の追い風に電動車椅子のスピードがいつもより速く前進する。

国内外からの観光客の間をすり抜け国際通りを走りきり、久茂地交差点を松山通りへ南下する。国際通りとは違い道端も狭いのだが、人通りがガクンと落ちたので意外と車椅子でも走りやすい。福州園を越えた辺りから左へ入ると街の雰囲気が一変しコンクリート製の建物が並ぶ静かな住宅地といったところだろうか、地図アプリを立ち上げスマートフォンを見ながら現在地を確認すると、波の上ビーチ裏のラブホ街へと入っていた。

一人旅で出会ったモモちゃんを思い出す。元気でいるのだろうか。

私の一人旅が終わりしばらくし、SNSを通じ大阪に帰郷したという投稿を見た。「今度は大阪で逢おうね」とやり取りをしたまま、いつの間にかSNSからも姿を消していたのだが今年に入り「結婚し今は静岡にいる」とメッセージを貰った。

「徐々に東京へと東に移動してるから大人しく東京で待ってるよ」とメッセージを送った。

そんなことを思い出しながらラブホ街を走りきる。6年もあれば人生ガラッと変わるものだ。

ほどなくして巨大な緑色のネットが見えてきた、ゴルフの打ちっぱなし場だろうか、元ゴルフ店員だということをスッカリ忘れていた私は、緑色のネットを見て久しぶりにサラリーマン時代のことを思い出す。

「もう仕事を辞めて6年以上経つのか」

その間ラジオパーソナリティーやＤＪ活動に精力的に動いていたが、代価としてお金は頂いていなかった。毎月障害年金と生活保護で遣り繰りし、微々たる貯えを繰り返し、このように旅行にまで来ることが出来ているが、果たしてこれで良かったのだろうか。

仕事を出来ていれば、年収だって今の倍近くもらうことが出来たかもしれない。

障がいがあるということで就労を諦めているのではないか。君に与えられる仕事はないと言われ、社会的弱者を演じてるだけで今の気持ち、パッションがあれば再就職も可能ではないのか。

そんなことも考えながら電動車椅子を走らせ、バーベキュー広場に到着していた。

那覇港を見渡せる景色、ウッドデッキで深紅のソファー。まさに映えスポットと言っていいだろう新しくオープンしたバーベキュー会場。

既にタマチニスタメンバーも揃っておりみんな各々に肉を焼く者もいれば、酒をひたすら飲む者もいる。こういう時その人の性格が浮き彫りになる気がする。

もっぱらアキコはひたすら飲むタイプのようで、ヤマダ家の長男と次男の家族を中心に普段から自作ラーメンを作り、料理が得意なユウタは率先して焼き奉行と化していた。

幼い頃からキャンプなど外でのアクティビティの経験が少ない私は、身体が動かないことをいいことに、みんなから飲めや食えやと運ばれてくるモノをひたすら胃に流し込む。

晴天に恵まれ、深い海の青にポツリと浮かぶ大型船。空の大きな水色にスピードを上げて飛び立つ飛行機。それを眺めながら沖縄に移住したいと本気で思うようになっていた。

冬も東京に比べれば暖かいし部屋に引き籠もることもないだろうし、酒が飲みたければ激安のセンベロ街もある。ゆったりとした時間が今の自分には合っているのかもしれない。

焼き物も落ち着いてきたところで、改めてみんなで集まり乾杯を始めた、私の向かいにいるヤマダ家の長男が声を掛けてきた。

「ゴルフ君、沖縄までイベントを開催しに来てくれてありがとう。三男のヨシヤ（ヤマちゃん）が昔からＤＪしてるって聞いてたんだけど一度も見たことなくてね。

昨晩初めて見てさ、兄ながら感慨深いものがあってね、前からゴルフ君の話はチラッと聞いたことがあってね。体調に気を遣いながらかもしれないけど、本当にありがとう」

ヤマちゃんの長男は、熊のような体型と強面《こわもて》の顔立ちからは想像もできない優しい声量で私に感謝をのべている。


「いえいえ、僕も数年前に沖縄に一人旅できて、人の温かさに直接触れることが出来てこの場所で僕の大事なメンバー達とイベントをしたいって考えて」

「ちょっと遠回りしちゃったけど開催することができて、しかも山田家も揃ってくれて、こちらこそありがとうございます。また来年もやりたいなと」

そう伝え、改めてお互い乾杯をした。

「ところでゴルフ君、ラジオ番組持ってたんだよね。パーソナリティー凄いね。今はもうラジオのお仕事していないの？　今は何のお仕事してるのかな？」

長男の唐突な質問に一瞬、私は顔を歪ませたに違いない。数秒考えたのち右上を見ながら
「今は適当に色々と……」

障害年金と生活保護で生きてます、なんて言えるはずもなく私は言葉を濁す。

向けた右上の視界には緑色のネットが見えている。私の喉元に無数のゴルフボールが打ち込まれた感覚が残った。

9　帰還

泉岳寺 ④

2019年

飛行機は那覇空港を離陸するようだ。

車椅子ユーザーの私は3列シートの通路側に座らせられる。通路側の方が客室乗務員が介助しやすいかどうかは定かではないが、決まって私が利用する航空会社は毎回そうだ。

フライト中は窓の外の様子が覗き見える程度で、空から見下ろす街並みも広大な海の色も遠巻きに観察する程度に納まっている。

轟音と身体に掛かる重力を感じながら、大きく旋回するように飛行機は飛び立ち、横を向くと昨日のバーベキュー会場とゴルフ練習場を上から見下ろしていた。

私は東京までの3時間ほぼほぼ目を閉じ、昨日思っていたことを一から整理していた。アキコも思うところがあったのだろうか、疲れているだけだろうか終始無言で目を閉じていた。

「今週末は実家にお土産を渡しに帰るから、大人しくしてるのだよ」

そう言い、アキコが実家に顔を出しに出掛けたのは沖縄旅行を終えた9月末、私は久しぶりに一人での週末を迎えていた。

金曜日、私は昼過ぎまで寝ていたところ玄関の呼び出し音で起こされた。飛び起きるほどの筋力などない私は、ひたすら鳴る呼び出し音に時間を掛けて応答した。

「やあやあやあ、沖縄どうだったー？　二日酔いなのかい？」

そうか、今日はマスダさんがヘルパーの日だったか。沖縄旅行もあってか曜日の感覚がなくなっている私。マスダさんが来る金曜日ということをスッカリ忘れていた。ということはアキコが言っていた実家に帰る週末というのは今日と明日のことか。

久しぶりの一人の週末も電動車椅子を使用するようになり、一人では玄関を出るのに苦労するため、家に籠もることが濃厚のようだ。

「今週末はどこかお出掛けするのかい？　天気は良いみたいだね」

マスダさんは、私がお土産として買ってきた沖縄そばの紙箱を片手でクルクル回しながら話している。

「どこも行くとこないよー、今週一人だし、暇中の暇」

私はパソコンでボートレースサイトにアクセスし適当にライブ中継のレースを眺めていた。

「君！　まだボートレースに飽きてないのかね！　あんな痛い目にあって怪我までしたのに、ホント懲りないねー。ある意味病気だ」

マスダさんはそう言うものの掃除途中の手を止め、一緒にレース動画を見てエア予想をしだした。

「ここは4号艇が1着だな」と根拠も糞もないことを言っているので、私は適当に相槌を打っているのだが、いざレースが始まると4号艇がぶっちぎりで1着であった。

「ほら見たことか！　当たったぞ！　もちろんオレが言った通り君も買ってたよね？　何？　買ってないだと！」

私はどうせまぐれだと思い、次のレースも予想して貰うことにした結果、次のレースも的中した。

もしかしてこの人、秘めたチカラを持っているのかもしれない。

翌日、「よっしゃー！　キタキタ！　的中！」

私は普段、カ細い声のはずだが目の前の水面に向かって叫んでいる。

「なんだなんだ、めっちゃ腹から声出てるじゃん」マスダさんはハズレ舟券を片手に目を丸くしていた。

この日、夜まで空いているというマスダさんを誘い、ボートレース場に来ていた私達。

昨日マスダさんの予想を目の前で見せられた私は、ダメ元でボートレースに誘ってみた。

私が週末一人で家に閉じ籠もっているのを可哀想に思ったのか、マスダさんは「今回だけだよ」と言い、ボートレース場に連れて行ってくれた。

次のレースは注目のレース。私は下調べした選手を軸に購入するのだが、マスダさんは突如ベンチに腰掛け、手のひらを空に向け瞑想し始めたのだ。

いやいや確かにだ、毎週神社に行きお祈りをしていると聞いたことがあるし、パワースポットにも精通している。なんならスピリチュアル系男子だとも思っていたが、まさかボートレース場で天に向けて瞑想し始めるとは思わなかった。

数分後、おもむろに立ち上がり見えたといわんばかりにマークシートに記入し、券売機に向かう後ろ姿は自信に満ち溢れていた。

「今、天からのお告げがあったぞ。この後お互いいいことが起こるとのことだ」

マスダさんはそう言い、串カツを買いに売店へと向かって行った。

結局その後のレースはお互いに外し、私達は仲良く肩を落とし帰宅した。あのお告げとは何だったのか。しかし充実した土曜日だったことには変わりなく私は大満足な一日であった。

その夜自宅で一人晩酌をしているとき、一通のメッセージが届いた。

「お父さんが勤めてた会社が今、障がい者雇用で人を探してるらしいけど、どうかな？　那覇の時に仕事何してるか聞かれて、答えられなくて悔しそうだったから」

アキコからだった。

あまりのタイミングの良さに、のけ反った。

「是非興味があるのでお話を聞かせて頂きたい。可能であれば一度お逢いするためにそちらに伺います。と伝えてくれると嬉しい」

アキコのメッセージに私はこう返信した。

しかし、私は悩んでいた。再就職をするということは生活保護から抜けることを意味する。果たして生活保護を抜けて新しい職場の環境に慣れることができるのか。

もし馴染めず上手くいかなかったら、生活保護に戻ることはできるのだろうか。

内心では再就職したいと思うことがあるのに、その一歩が向こうから近づいてきたにもかかわらず、私はビビっていた。

週明け、私はケースワーカーさんにこういった話があることを伝えた。ケースワーカーさんは再就職の話をえらく喜んでくれていた。

「フクイさんはアクティブだし、何でもトライできるバイタリティーを持っているから大丈夫だと。もし失敗して働く場所がなくなってしまったら再び生活保護を申請することはできるから安心してください」とも付け加えられた。

私はその言葉に安心したし、端から見たらアクティブでバイタリティーがある人物に映っていたのかとも思った。

よし、それならばチャレンジしてみよう。私は再就職のチャレンジに取り掛かることに照準を合わせた。

一度アキコのお父さんに挨拶をと考えていたのだが、先方の会社の方が障がい者雇用を急ぎで探していたようでアキコが仲介役となり直接、先方の方々とお逢いすることになった。

履歴書を書くなんて約20年ぶりだし、椅子でも入れる証明写真機なんてある訳がなかったのだが、スマートフォンで撮影した写真がコンビニで証明書写真用にプリントアウトできるようだ。なんならコンビニで書類をPDF化することもできるようで、私が定職から離れていた数年間で、世間は非常に便利な世の中に変貌していた。


アキコのメッセージから2週間。川のホテルのラウンジカフェで私とアキコは先方の方々と落ち合うことになった。

スーツを着るのは辿々《たどたど》しく、私はせめてもの救いとしてジャケットを羽織り待ち合わせ場所へ向かった。

待ち合わせ場所には、既にアキコのお父さんの友人であり同僚であったタカハシさんと名乗る男性と、ヨシオカさんという年配の方が私達を出迎えてくれていた。

アキコはタカハシさんと数回会ったことがあるようで挨拶を交わしていた。

「フクイさん、はじめましてヨシオカといいます。この度はこちらの雇用の打診にお耳を貸して頂き、ありがとうございます」

ヨシオカさんという男性は、バリバリの関西弁で挨拶を済ませ会社説明を展開していった。

まぁ難しいことはなく、フル在宅勤務で主にデータ入力をしてもらう。勤務時間は6時間のカレンダー通りの週休2日制。賃金は最低限の金額は貰えるようで障害年金と合わせると現状よりも多い金額になるようだ。

不安はあるものの、今の生活保護を抜け出してもう一度会社員として社会に復帰する。

新しい生活を築き上げたい。もう一度チャレンジしたい。その気持ちが勝っていた。

駄目ならその時考えればいい。こんな進行する病なのに雇用して貰えるだけ運がいいと思え、と自分に言い聞かせ、

2019年の10月、私は在宅勤務の障がい者雇用ではあるが約6年ぶりに定職に就くことが出来た。

新橋③

2019年

今まで付き合っていた彼女の親に会ったことがあるのは数人程度で、更に酒を酌み交わしたのは極少数で、それも父親となると更に絞られて、その方は直ぐに思い返すことができる。

私が20前後に付き合っていた彼女の父親は、なかなかの酒癖だと聞いていた。暴れるというより

寝るに特化していた方のようだ。

初めてお逢いすることになり、川崎の寂れたコリアン街で焼き肉を食べた夜、私と彼女の父親は浴びるほど飲み、お互い肩を組みながら酔いざましのために大通りまで歩いていた。

途中尿意を感じた私達は、仲良く連れションに向かい、目の前のパチンコ屋にトイレを借りに入った。

小便器が空いていたにもかかわらず彼女の父親は、大の個室トイレに入ったのが最後、どうやら座りながら尿を足すタイプなようで、そのまま個室トイレで寝てしまったのだ。

私の呼びかけやドアを叩く音にもびくともせず、ただただイビキだけがトイレに充満していた。

こんな即寝てしまう人がいるのだろうか、私は驚きながら外で待っている彼女とその姉を呼び、慌てふためいたのを思い出す。


10月20日、この日ラグビーワールドカップの日本代表が初の準々決勝戦、南アフリカ戦が東京で行われるようだ。

その戦いのキックオフ前の13時、アキコの両親と待ち合わせするために私達は新橋駅のＳＬ広場にいる。

ＳＬ広場の真裏には、私が高校を卒業して直ぐ就職したインポートディスカウントショップが家電量販店に看板を変え、変わらずドデンと仁王立ちしていた。

17年前この店で、私は部活仕込みの体力を思う存分発揮し、連日倉庫から売場へ階段で何往復もし、ゴルフシューズやゴルフボールを品出しし、ゴルフクラブを倉庫で二日酔いと戦いながら段ボールの梱包から解いていた。

右寄りの街宣車、古本市、こいち祭り、街頭インタビュー。

新橋の、とりわけSL広場は私にとっては思い出深い場所である。

待ち合わせ場所にアキコの両親は先に到着していたようで、SL広場前で直ぐさま落ち合うことが出来た。

私達は事前に予約してあった店へと向かい、就職先の紹介の御礼とお付き合いのご挨拶が始まった。事前に両親がどのような雰囲気なのか知っておきたかった私は、アキコに写真を見せて貰っていたため、そこまでの緊張はなかったものの、アキコのお母さんには少しばかり背筋を伸ばしていた。

付き合いはじめ、アキコのお母さんは、私との交際に反対しているとアキコ本人から伝えられたことがあるからだ。

それもそのはずだ。こんな難病の得体の知れない男に、手塩に掛けて育てた娘を、どうぞどうぞと差し出す親もいないだろう。

お母さんの笑顔の下には、私をテッペンからつま先まで、品定めしている別の顔があるに違いない。

お父さんに至っては、マイペース感が滲み出ていた。空気感がアキコそっくりである。事前情報で、お父さんは昔からゴルフ漬けの生活を送っていると聞いていたため、ここぞとばかりにゴルフの話を持ち掛けた。ゴルフの知識が仕事も含めて初めてこの時役に立った気がする。

私は普段と変わりなく自分を演じていたであろう。音楽活動の話や一人旅の話、特に沖縄の話でアキコの両親は沖縄へ行ったことがないと聞き、私は是非来年一緒に行きましょうと提案させて頂いた。

社交辞令だったかは定かではないが、お二人とも私の提案に賛同して頂けた。私は認められたと思い込み目の前にある、乾杯という意味合いのビールを一気に飲み干し、2杯目のビールを注文、アキコは冷ややかな目で私を見つめていたが、お父さんも一緒に付き合ってくれ、改めて乾杯をし、話は更に今までの私の生い立ちへと移っていった。

私は産まれて物心が付く前に両親が離婚しているため、父親の存在や影響力を受けることなく育ち生きてきた。

祖父はこれまた私が幼少期に倒れ、物心が付いた頃にはフガフガ話す程度で、子供の私には何を言ってるか分からず、タバコを吸って新聞読んでてお小遣いくれるお爺ちゃんぐらいな感じであった。そんな祖父も私が中学に上がると亡くなり、叔父が二人いるもののフクイ家自体が集まりのいい家柄ではないため、私が高校に入学する頃には疎遠になっていった。

そんなこんなで父親代わりではないが一回り以上歳上の相談相手は、田町のヒデジくらいしかいなかった私は、アキコのお父さんと話しているうちに自分の父親と話しているような錯覚を起こしていた。

途中トイレに立ち、車椅子用のトイレがなかったため、ゆっくり歩きながらトイレを目指す。後ろから心配したのかお父さんが一緒に付いてきてくれた。その時あの川崎のパチンコ屋のことが脳裏をよぎる。

しかしアキコのお父さんはシッカリ小便器に向かって尿を足していた。私は生まれて初めてお父さんと呼びたい人と連れションを成功させることが出来た。

世間ではラグビーワールドカップ、日本代表初の準々決勝戦の日かもしれないが、私の中では連れション記念日である。


「大晦日どうするの？　私の実家に来る？」

12月も残り数日、アキコは私に聞いてきた。

毎年毎年大晦日だからといって特別、実家に帰る訳でもなく一人で過ごしたり、年やカウントダウンＤＪイベントなどで年を越してきた私にとっては、一般的にいわれる家族行事とは無縁の寂しい日でもあった。

今年は一人では外に出れないので、生まれて初めて紅白をフルで観てみようと思っていた矢先、アキコからの誘いであった。

「お母さんがケンちゃんも来なさいって言ってるけど、どうする？」

寝耳に水である。私とアキコの交際を反対していたお母さんが、ましてや一度だけ会ったきりで、しかもその際に私とお父さんはソコソコ飲んでいたため、最後はお母さんの方からお互いその辺で止めなさいと注意していた、お母さんがである。

私はそんな印象よく映ってなかったかなと、思い込んでいたのだがお母さんの方から私を誘ってくれたのである。

紅白フル視聴と天秤に掛けるまでもなく、私はアキコの実家に行くことを選択した。


品川駅からひたすら東へ電車で1時間。アキコの実家の最寄り駅に到着した私達を、お父さんとお母さんは車で迎えにきてくれていた。車椅子を車に積み込みアキコの実家へと向かう道中、

「ホリエさんは嫌いな食べ物とかあるかしら？」とお母さんが聞いてきた。

ホリエさん？　私とアキコを目を合わせ笑い、お父さんも笑いながら運転している。

どうやら冒険家のホリエケンイチと間違えたようだ。名前がケンイチということもあり、お母さん世代はケンイチ＝ホリエらしい。といってもこの時、私は初めてホリエケンイチという名を知っ

たので、愛想笑いといってしまえば聞こえが悪いが、唐突だったので釣られて笑ってしまった。意外とお母さんはチャーミングである。

終始会話が弾みあっという間に到着し、自宅前ではアキコの甥っ子くんとアキコのお兄さんが迎えにきてくれていた。

1階部分が駐車スペースで2階部分に玄関があるため、私はアキコにいつも通りお尻と腰を支えて貰い、一段一段手すりに摑まり、ゆっくりと上がっていく。

甥っ子くんとお兄さんは私の横に立ちバランスを崩さないように支えてくれていた。

初めましての私に皆さんは、温かくサポートしてくれて、優しさに照れてしまう私がいる。

玄関を上がり、目の前にはオドロオドロしい油絵が飾ってあった。どうやら美大出身のアキコが描いた卒業制作らしい。一般的な綺麗な家にアキコの作品がミスマッチして誉めるとすればいい味が出ているといったところだ。

リビングに通された私に、お母さんは「実家だと思ってノンビリしてていいからね」と言ってくれたものの、私は隅っこのファックスの前で両手をおへその前で組み、餌を待つ飼い犬のように微動だにしなかった。

見かねたお父さんは、すり鉢を持ってきて、私の前でクルミの潰し方をレクチャーしてくれた。明日はクルミ和えの餅を食べると聞いたのだが、クルミ餅を食べる習慣が昔から私にはなく、私の実家では醤油と海苔くらいしかなかったので、新鮮な気分だ。
クルミ餅は岩手で産まれて東北地方では一般的なようだ。東北出身のアキコと東京出身の私、餅の食べ方にも地域性があることを知ることが出来た。

夕方、アキコのお姉さん家族も合流し、とても賑やかな雰囲気となる。それにしてもアキコの家族はみんなよく喋る。うるさい訳ではなく明るい。独りぼっちの年末に慣れていた私には、みんなが輝かしく見えた。

大人は酒を飲み紅白を観ながら「最近の音楽には付いていけない、あの子誰？　演歌が聴きたい」と好き勝手言う。
子供達は携帯ゲームに夢中になっている。アキコの家族の風景に私も溶け込もうと、酒を呷る。そんな初めましての私をみんなが温かく迎えてくれている。

あれから10年が経っている。２００８年の年末に一人でもがいていた夜。一人ヒデジの店で紅白歌合戦をバックに右手を見ながら思いにふけっていた夜。
あの時の私はもういない。

ようやく辿り着いたのであろうか、今の私は大切な人とその家族に守られているような気がする。

スクランブル交差点

2020年

年明け早々、新しい人生行路が始まると思い込んでいたのも束の間だった。

私だけではない。世界中の人々が現実を突き付けられたに違いない。

連日テレビでは、流行り病のニュースが独占し、緊急事態宣言やら3密やら聞き慣れない言葉が耳から眼から脳に入り込んできていた。

外に出ると未知なるウイルスに感染する、そんなハリウッド映画の世界が現実に起きている。

外ではマスクが欠かせず、外に出歩くことすら自粛を要請され、マスク警察やら自粛警察やら、誤った正義感による同調圧力や、誹謗中傷がネットの枠を越えて個人個人に襲い掛かってきていた。

彼、彼女らは、そんな考えの人ではなかったのに。と思い考えた人も多かったはずで、流行り病により家族や友人の価値観の違いが顕著に出はじめていた。

ALSによる基礎疾患があるということで、私は感染により注意をしなければならず、完全に自宅に閉じ籠もることになった。

まん延防止対策として飲食店は営業自粛となり、渋谷エッジエンドも営業できず、私が毎月開催していた「Return Journey」も活動停止を余儀なくされてしまった。

せめてもの救いとしては、外出や外で飲みに行けないことにより貯蓄がスムーズにいったのだが、結局それもボートレースの軍資金に変わり溶かしていった。

案の定、東京オリンピックは延期となり、連日テレビでクローズアップされる新国立競技場は、木材をあしらった外観とはかけ離れて寂しさをも感じられている。

沖縄で開催を予定していた「タマチニスタ」も中止を余儀なくされ、アキコの両親を沖縄へ誘うこともできなくなってしまった。


社会全体が我慢を強いられていた。


街は影を潜め経済が流れない。そんな中、外食が出来ずビールジョッキを持つ機会が減り、私の左右上腕二頭筋はほぼほぼ役目を終えたようだ。３５０ミリリットルの缶ビールさえも持てなくなり、床にぶちまけてしまった。

流行り病で、全てが停止した世界で私の身体の病は音も立てずに進行していく。床に落とした缶ビールから吹き溢れる泡を見て私は舌打ちさえも出なかった。

それほど活力もなくなっていた。

あくる日、私は懲りずにストローで飲酒を試みるようになったのだが、誰かがいった知恵袋的なストローで飲酒すると酔いが早いという効果は、残念ながら私には効き目がなかったようだ。逆にゴクゴク飲めてしまい、もっと早くからストローで飲んでおけば良かったと思うこともあった。

いつの間にか猛暑の中のマスク生活が過ぎ、流行り病による感染者数が落ち着き始めた10月、私は渋谷へと出掛け慣れ親しんだスクランブル交差点を電動車椅子で渡る。行き交う人々がみんなマスクをし顔を下げ、人との接触を避けるかのように足早で通り過ぎていく姿は、魂のない同調ロボットにも見えた。

久しぶりに道玄坂の上へと向かい、エッジエンドが入る雑居ビルの前へ。この時間帯は営業はしていないのは分かっていたのだが、雑居ビルの1階に車椅子を置き急な階段を上れるのか試してみたかった。

そう、この階段を上ることができなければ、私はまた新たなチャレンジを探す旅に出て、得たものを持ち帰ってくるのだろう。

環境が変わり、時代が変わり、身体が変わり続けても私は私であり続けたい。

10 手紙

WISH YOU WERE HERE

お久しぶり
元気にしてたかい？

あれからどのくらいの月日が経ったのか、もう覚えてもないし考えようともしなかったけど、ちょうど昨日のことだったたんだ。

君に似た人を見たんだ。背は君より少しばかり大きかったんだけど、後ろ姿のその人を無意識に目で追いかけてる僕がいて、結局何年経とうとも男なんてそんなもんなんだなって思い返されたよ。

僕といったら結局まだ、昔と変わらない行動範囲の中で生活しているし、君と訪れたコンビニや待ち合わせした駅前なんかを通る度に、あの頃がフラッシュバックして、今より若かった当時の僕を羨ましくも思うんだ。


体調はどうだい？

こちらはお陰様で変わらず病気の進行はゆっくりと進んでいるけど、なんとか工夫しながら生活をしているよ。

まぁ残念なことといえば災禍の中で、とうとう階段の上り下りが難しくなっちゃって、支えてもらいながら上るのもしんどくなっちゃってさ。

ＤＪイベントやライブハウスに顔を出すことが億劫になって、自分のイベントを開催するのも難しくなってしまった。

なんだかんだ十年近く続けてきた渋谷エッジエンドでの「Return Journey」も開催するのに、ハードルが上がってしまってできずに悩んでいたんだ。

その時ちょうど宅飲みが流行ってて、もしかしたら自宅からＤＪ配信できないかどうか試したところ、意外にも簡単に配信できることが分かって、それ以来自宅からＤＪ生配信という形で、変わらずＤＪを続けることができているんだ。

みんなからはお店に行くより手軽に聴けて嬉しいとか、配信の方が沢山の人に聴いてもらえるからいいよねとか言われるけど、やっぱり現場で音の弾みを浴びて欲しい気持ちも強いからもどかしいよ。

なんてカッコつけてるけど、内心はウチの母親の愚痴じゃないけど「本当に便利な世の中よね」と思いながら、踊ってたりもするんだよね。

そうそう、今はアキコと一緒に暮らしてるんだ。さすがにね、電動車椅子を置いたまま、ワンルームのウサギ小屋みたいに狭い部屋には限界があってさ、生活保護も抜けてるし曲がりなりにも就職もできて昔よりは安定した生活を全うできてるし、ボートレース熱も冷め始めてさ。

と言っても、前に住んでたマンションの真裏のマンションだから、全く心機一転て感じでもなくてね。

少なからずこの先僕の病気が進行して、最悪別々の生活環境になる恐れも高いから、今できることを、できるうちにやっておこうという理由がお互い強かったのかな。

モリヤもいるしね。

モリヤなんて、実家に預けておいた5年間で幼い頃の面影がないくらい大きくなってさ。元々モコモコした毛並みだったから大きくは見えてたんだけど、猫よりタヌキか、いや違う、タヌキよりハットリ君に出てくる「ししまる」みたいになってしまった。

あれは完全に肥満だね。

中におっさんが入ってるんじゃないのかなって思うくらいグータラしてるし、毎朝決まった時間に起こしてきておやつ欲しくてねだるんだけど、無視してたら噛みつくし顔にケツの穴押し当ててくるしで、朝から喧しくもあり楽しくもありって感じかな。

それとね、
アキコのお母さんが亡くなってしまって、それには正直僕も堪えたんだよね。ホントに家族として迎え入れてくれたから、物凄く嬉しかったんだけどホントに突然のことだったんだ。

お通夜の際にお父さんが「一緒に沖縄行こうって話が叶えられなかったね」って僕に語ってくれたんだけど、今もアキコのお母さんの写真を見るとその言葉が思い返されるんだ。

そのことがあって、アキコは月1で実家に週末帰ってるんだけど、僕はヘルパーのマスダさんの助けも借りて不自由なく生活できてるかな。

マスダさんとももう何年目になるか数えてはないけど、ウチでモリヤを飼い始めたらマスダさんが毎回鼻の調子が悪くなってね。病院で調べたら猫アレルギーだったってことが判明したらしいよ。

彼とはそんなことがありながら、相変わらずゆるく自由な関係性を作っていけてると思う。


田町のヒデジの店覚えてる？

なかなかね、田町の街も昔に比べたら大人しくなってしまってさ、ヒデジも頑張って持ち直そうとお店の方針変えつつ頑張ってたんだけど体調壊しちゃってね。

残念ながら閉店してしまったんだ。

高校の頃から知っている、ある意味僕の青春に近い感情が詰まったお店だったから、なくなることを物凄く惜しんだけど、これも時代なんだろうね。

仲良くしてくれた常連さん達とも簡単には逢えなくなってしまったけど、半年に一度ウチに集まって、サカモト社長がシャンパンを段ボールごと持ってきて、アキラさんと与一のウエダさんとで肉を焼きながら競馬を賭けるというニッチな会を開催してくれてるよ。

外に出歩くのが困難になったけど、こうして自宅に逢いに来てくれるみんなに感謝だね。座ってるだけでお酒や肉が目の前に運ばれてくる人生も悪くないかもね。

と近況報告はこの辺に。

実はね、つい最近、新しい会社に再就職をして全く未知な世界に飛び込もうとしてるんだ。在宅ではなく、社会と繋がりながら出勤ベースで働ける環境が欲しくてね。

その会社は特例子会社といって、障がいのある方の雇用を広めるために設立された会社で、従業員はほぼ身体や心に障がいを抱えてる方が働いてる会社なんだけど、ホントに刺激的なんだよね。

視覚障がいの方の音に対する感受性が物凄くて、普段僕は気にもかけてなかった環境音の変化に戸惑うこともあるみたい。驚いたのは最近多くなってきた電気自動車。エンジン音が聴こえないため、横断歩道を渡る時に更に気を遣うみたい。

その目線からの答え合わせには驚いたし、発達障がいの方の集中力や素直な発言に脱帽することもある。

僕と同じく車椅子生活の方も多いこともあり、今まで一人で悩み解決してきたことも、僕よりも遥かにベテランの車椅子ユーザーさん達にアドバイスを貰えたり、雑談しながら「車椅子あるある」なんかも笑いながら話し合える環境なんだ。

ホントに今まで障がい者の方々と、一緒にお仕事やモノを作り上げていくことなんてなかったし、ましてや僕がその中のメンバーに入るなんて考えたこともなかったから、毎日が新鮮でワクワクでドキドキしてるんだ。

ようやく、もう一つ社会と繋がる上のステージに上がれた感じかな。


そんな中、配属された部の上司カワニシさんから言われたのが、

「フクイさんの自叙伝読んでみたい」だってさ。

僕は盛ることなく、今まで経験してきた話やその時思ったことをカワニシさんに話してたんだけど、カワニシさん、元小学校の先生だからか目の付け所も先生ぽくて、とりあえず作文書きなさい的な感じかな。

それで今までろくに本も読んでこなかったし、国語の授業もうつ伏せ担当だった僕に、自叙伝が書けるのか定かじゃないんだけど、病気の発症当時を思い出しながら素人なりに書き出してみようと思うんだよね。

まぁ言いたいことは、この手紙で伝えられたかな。

何が言いたかったかっていうと、ＡＬＳに侵されても僕は僕であり続けてるよってことかな。

一つ旅が終わったら、また次の旅に出る。
僕の人生、それが一番しっくり来るのかなって思うよ。
また次逢える時があるのなら、今度は君の話を聞かせて欲しいな。
その日が来るのかは分からないけど、僕はいつでも楽しみに待っているよ。

本作品には、実在の人物、団体、施設名等が登場しますが、これは著者自身の体験に基づくものであり、本作品とは直接の関係はありません。

〈著者紹介〉
福井研一（ふくい けんいち）
1983年８月生まれ　東京都出身
多大な影響を受けたバンドの解散と共にDJ活動をスタート
インディーズレーベルの専属DJとして数々のライブイベントに出演
2012年３月　難病ALS（筋萎縮性側索硬化症）と診断され、DJ活動停止を余儀なくされる
2023年１月　株式会社Act.（日鉄ソリューションズ株式会社の特例子会社）に入社し、本著を執筆
現在は、在宅での会社広報活動の他、趣味で動画サイトにてDJ配信も行う

Return Journey

2025年4月23日　第1刷発行

著　者　　福井研一
発行人　　久保田貴幸

発行元　　株式会社 幻冬舎メディアコンサルティング
〒151-0051　東京都渋谷区千駄ヶ谷4-9-7
電話　03-5411-6440（編集）

発売元　　株式会社 幻冬舎
〒151-0051　東京都渋谷区千駄ヶ谷4-9-7
電話　03-5411-6222（営業）

印刷・製本　中央精版印刷株式会社
装　丁　　稲場俊哉

検印廃止

Printed in Japan
ISBN 978-4-344-69230-5 C0095
幻冬舎メディアコンサルティングＨＰ
https://www.gentosha-mc.com/